JN017801

夜フクロウとドッグフィッシュ

TO NIGHT OWL FROM DOGFISH

ホリー・ゴールドバーグ・スローン／メグ・ウォリッツァー

訳 三辺律子

小学館 SUPER!YA

To Nightowl, From Dogfish
by Holly Goldberg Sloan & Meg Wolitzer
Copyright ©To Nightowl, From Dogfish by Holly Goldberg Sloan & Meg Wolitzer
Japanese translation rights arranged with Writers House LLC
through Japan UNI Agency, Inc.

装画／サイトウユウスケ
装丁・デザイン／城所潤・大谷浩介（ジュン・キドコロ・デザイン）

▼もくじ

▶ 4月上旬のある日

From: ベット・デヴリン
To:　エイヴリー・ブルーム
件名：そっちはあたしのことを知らない

──わけだけど、とにかく、メールを書きます。迷惑メール（めいわく）に振り分けられちゃうかもしれないけど。でも、ちゃんと迷惑メール（めいわく）もチェックするタイプの人かもしれないもんね。あたしはちがうけど。

　そっちのメアドは、ネットで調べたんだ。変わってる名前だよね。エイヴリーって名前の人、初めてかも。だけど、おかげで探しやすかった。変わった名前に感謝。あと、そっちの学校が、遠足の写真をネットにあげてる＆生徒のメアドは全員、名字.名前@TheShipfieldSchool.orgにしてる＆生徒に専用のアカウントを配付してることも、ありがたかったし。うちの学校は、そういうタイプの学校じゃないから。

　ってことで、ちょっと言いにくいんだけど、言うね。そっちのお父さんとうちのお父さんは、3か月前、シカゴの建築博覧会とかいうので出会ったんだ。ダウンタウンにあるマリオットホテルで開かれたやつ。どうして知ってるかは説明はしないけど、2人は今、付!き!合!っ!て!る!!!んだよね。

　それ自体は、ほんとはあたしがどうこう言うことじゃないはずなんだけど、今回はそうもいかない!!!んだ。っていうのも、

6

うちのお父さんが、今年の夏、あたしをCIGIとかいうところにいかせようとしてるから。

　CIGIとか、聞いたことなかったから、ネットで調べたわけ。Challenge（挑戦）Influence（影響）Guide（導き）Inspire（ひらめき）って書いてあった。

　あ、これ、コピペだから。これの頭文字をとったらしい。「CIGIは、ミシガン州で行われる、10歳から15歳の知識欲旺盛なお子さんのためのサマープログラムです」だって。

　もうこのメールを読むのにあきてるかもしれないよね。だけど、おどろかないでよ。いい？　あんたも、このCIGIにいくことになってんのよ!!!!!

　あたしはいくつもりはないから。お父さんがなにを言ったって関係ない。だけど、そっちもCIGIにいかないことにしてくれれば、うちのお父さんもあたしを無理やりいかせるのはやめると思うんだよね。

　それが、このメールを書いた理由。

ベット・デヴリン

From: エイヴリー・ブルーム
To:　　ベット・デヴリン
件名:　Re:そっちはあたしのことを知らない

なにか勘ちがいしていると思います。別の人とまちがえているんじゃないかしら？　もしうちのパパがあなたのお父さんとお付き合いをしているとしたら、わたしは100パーセント知っているはずです。パパとわたしはとても仲が良くて、わたしが生まれてから今まで、ほとんど2人だけで暮らしてきたから、おたがいを親友だと思っているし、パパはわたしになんでも話します。

まず学校の件だけれど、専用のメールアドレスがあると便利です。学校にいるあいだに先生にメールをして、授業の課題について質問もできるし（ピッカリング先生なんて、5分で返信してくることもあるのよ！）。うちの学校関係者の家庭や団体以外の人に、メールアドレスが知られてしまって、メールが送られてきたなんて、今回が初めてです。プライバシーとセキュリティの設定をアップグレードしてもらったほうがいいかも。学校に報告しておきます。

それからCIGIのことだけど、友だちのカリー・ウォークマンのお姉さんが去年、参加しています。それで、わたしも今年、8週間のコースに申し込みました。独創的な文化系の子たちのキャンプみたいなものかな。CIGIには、「どこでも読書」「ロマンティック・ロボット工学」といったクラスや、本物の化石を探す「ここ掘れ！　化石」という考古学のクラスもあります。電子レンジで作ったポップコーンを食べながら観る「ねむねむ映画鑑賞」もあって、夜に外国の映画を観

て、そのあとみんなでテーマについて話し合います。

　一番いいのは、スポーツを強制されないこと。わたしは、スポーツは苦手だし、水泳は大嫌いです。わたしは「過度の心配性」で、心配なことがたくさんあります。（賞味期限切れのものを食べること、病気になることなど。でも、一番怖いのは、おぼれること）

　あなたはCIGIにいかなくていいと思います。わたしひとりがいけばいいことだから。

エイヴリー・A・ブルーム

P.S.　わたしは12歳で、ニューヨーク市に住んでいます。パパは建築家です。まちがえメールだったとしても、興味があるので、教えてもらえますか。あなたは何歳で、どこからメールを送っていますか?

From: ベット・デヴリン
To:　エイヴリー・ブルーム
件名:　Re:re:そっちはあたしのことを知らない

- -

　あたしも12歳＆住んでるのはカリフォルニア。だけど、ニューヨークにもいったことあるよ。夏でめちゃくちゃ暑い＆バッカみたい!!!!!に混んでた。ニューヨークの人が気の毒

になったけど、マジでかわいそうなのは動物!!!!!

　うちのお父さんはプール＆噴水を造ってる。水に関係する
ものならなんでも。設計をするんじゃなくて、造るほう。そ
っちのパパは建築家なんだね。お父さん、ふだんは建築家と
はけんかばっか!!!!!なんだけどな。

　パパとはなんでも話してるって書いてたけど。じゃ、パパ
のメールとかメッセージも見てる?!?!?!?!　うちのお父さん
は今、着信音が鳴るたびに、にやってしてる。ははは、まっ
たくまいるなあ、って感じで。

　あと、キャンプならしたことあるから。何十回もね。でも、
自分で勝手にいくキャンプだけで、そういうCIGIみたいのに
いかされたことはない。うちは、そういうことに払うお金は
ないし。今回、お父さんがあたしをいかせたがってるのは、
あなたがいるから。

　あたしたちに友だちになってほしいのよ。

　悪くとらないでよ、でも、絶対にそれだけはないから!!!!!

ベット・デヴリン

From: エイヴリー・ブルーム
To:　　ベット・デヴリン
件名:　Re:re:re:そっちはあたしのことを知らない

ベットさま

　あなたがウクライナのハッカーとかじゃないって、確認する方法はないわよね。（ウクライナって、国の名前です。フランスとかと同じ）。つまり、もしかしたら、ぜんぶ詐欺で、わたしの生活の細かいところまで聞きだして、銀行口座からお金を引き出すとか、もっとひどいことをたくらんでたとしても、おかしくないわけです。ちなみに、わたしの口座は預金専用で、大学の学費用だから。

　なので、あなたのメールにはとても注意して返信するようにします。

　パパと共有しているグーグル・カレンダーを見たら、パパも1月にシカゴの建築博覧会にいっていました。でも、だからと言って、何かの証拠になるわけではありません。

　今週末、パパはうちにいません。仕事でサンアントニオにいっています。もしかしたら、こんなことを書くのは危険かもしれないけれど。

　一応言っておくと、わたしは1人で留守番しているわけではありません。ちゃんと大人がひとり、一緒にいます。それに、うちのマンションにはドアマンがいて、上の階に有名な人が住んでいるから（そこまで有名ではないけど）、セキュリティには相当うるさいです。

　今すぐパパにメールをして、はっきりさせてもらうことも

できます。

　そうしたほうがいいですね。知らない人とネットでやりとりしてはいけないことになっているし。

　もうそちらにメールをすることもないと思います。人ちがいだし、パパちがいだから。キャンプだけは合っていたけれど。でも、ふしぎな偶然の一致というものだと思います。

エイヴリー・A・ブルーム

From: ベット・デヴリン
To:　エイヴリー・ブルーム
件名: Re:re:re:re:そっちはあたしのことを知らない

- -

　それ、サンアントニオへの出張じゃないから!!!　確かにテキサス州にいることはいるけど、うちのお父さんと一緒。うちのお父さんは、そこはうそはついてないけど、でも、言わないのもうそのうちだよね!!!　っていうのも、あたしには、お父さんのお母さんに会いにいくって言い方してたから。

　おばあちゃんはベティっていうんだ。

　あたしの名前は、ベティおばあちゃんからもらったってわけ。あたしはふだん、Bettyのyはとって、「Bett」にしてるわけだけど。

　ベティ（あたしは、ガガって呼んでる）は、テキサスはテ

キサスだけど、サンアントニオからは2時間の小さな町に住んでる。

　あたしのお父さんは、あなたのパパを元祖ベティに紹介し{しょうかい}たいって思うほど、ほれちゃってるってこと!!!!!

　これって、かなり深刻な状況{じょうきょう}だから!!!!!

ベット・デヴリン

From: エイヴリー・ブルーム
To:　　ベット・デヴリン
件名: Re:re:re:re:re:そっちはあたしのことを知らない

- -

　まず言っておくと、パパにメールを送ったけど、まだ返事はきていません。

　こんなこと、めったにない。でも、たいした意味はないと思います。

　それからもうひとつ、そうやって「!」をたくさん使われると、どなられているような気になります。ネットいじめは、現代の深刻な問題のひとつなのよ。

　あと、ついでにひとつ。おばあちゃんがいるなんて、ラッキーね。そのおばあちゃんがサンアントニオから2時間のところに住んでいるとしても（本当の話ならということだけれど）。うちは、親戚付き合い{しんせき}はほとんどないから。でも、こ

れも個人情報ね。

エイヴリー・A・ブルーム

From: ベット・デヴリン
To:　エイヴリー・ブルーム
件名:　Re:re:re:re:re:re:そっちはあたしのことを知らない

　そっちばかりじゃ、なんだから、うちのプライベートなことも少しだけ。そっちのパパの返事がなかなかこないらしいからね!!!!!　あたしにはお父さんが2人いた。でも、ひとりはあたしが小さいころに亡くなって、だから覚えてない。それから11年間、あたしとお父さんと2人だけでやってきた。だから、これからもそのままでいい。別になにひとつ、不足はないから。

　フィリップを亡くして以来、お父さんはおばあちゃんのところにだれかを連れていったりしなかった。

　そっちのパパから、返事きた?　なんだって?

ベット・デヴリン（ウクライナじゃなくて、カリフォルニア州のベニス!!!!!から。イタリアのじゃないよ）

P.S.　直接会うことがないよう、祈ってる。

From: エイヴリー・ブルーム
To: ベット・デヴリン
件名: Re:re:re:re:re:re:re:そっちはあたしのことを知らない

ベットさま

　前回送ったメールは無視してください。以下、パパとのやりとりです。

わたし：パパ、今、カリフォルニアの男の人とテキサスにいて、ベティっていう女の人のところへいってるの？

　2時間11分間　返信なし。

わたし：パパ、電話くれる？
パパ：わかった。10分以内に電話する。
わたし：それで、プールを造っている男の人とテキサスにいるわけじゃないのよね？
パパ：電話する。15分待って。
わたし：わかった。でも、新しいボーイフレンドがいるの？いるかいないか、教えて。

答えもなければ、15分の待ち時間もありませんでした。

　すぐさま電話がかかってきたから。

　2人は会っていました。それに、そういう関係のようです。パパが内緒<ruby>内緒<rt>ないしょ</rt></ruby>にしていたことが信じられない。これまで一度も秘密を作ったことはなかったのに。パパは、話すのにいいタイミングを待っていたと言いました。それに、2人の関係が本物だとちゃんと確かめておきたかったからって。

　つまり、またひとつ、悪い知らせが増えました。2人の関係は本物だった、ということだから。

　それで、これからがもっと悪い知らせ。2人は、わたしたちに姉妹みたいに仲良くなってほしいと思っているそうです（それを言うなら、双子<ruby>双子<rt>ふたご</rt></ruby>？　わたしたち、同じ年だから）。なぜなら、わたしたちが「家族」になるかもしれないから（「家族」にかぎカッコを使ったのは、皮肉な気持ちをこめるためです）。

　パパには、わたしたちは今だって家族でしょと言いました。そうしたら、「まあそうだが、家族は多いほうがいいだろう?」だって。

　わたしは、多いほうがいいなんて思いません。

　パパには、夏のCIGIの件は気が変わったというつもりです。ずっとうちにいて、自分で化石でも作ってるほうがいいかも。

　いろいろな情報をくれたこと、感謝しています。わたしも、会うことがないよう願ってます。

エイヴリー・A・ブルーム

From: ベット・デヴリン
To:　 エイヴリー・ブルーム
件名:　Re:re:re:re:re:re:re:re:そっちはあたしのことを知らない

- -

エイヴリーさま

　そっちがパパと話してるあいだ、あたしもお父さんに電話して→耳が痛いって伝えたんだ。外耳炎(がいじえん)はよくやるんだ。サーフィンやるから海に入るし＆雨のあとは海が汚染(おせん)されるから。ま、気にしてないけどね。だって、雨のときが一番大きい波がくるし。嵐(あらし)がくれば、波は大きくなるからね。

　とにかく、うそをついて、お父さんがテキサスから予定より早くひきあげてくるか、試してみたわけ。そしたら、「痛み止めを飲め」＆「バスルームの点耳剤(てんじざい)を使え」だって。一緒(いっしょ)に留守番してるディーに電話をかわれとすら言わなかった。

　こっちだって、大家族なんてかんべん。そもそも、最初にこのメールを送ったのだってそれが理由なんだから!!!!!

　姉妹だろうと、義理の姉妹だろうと、腹ちがいの姉妹だろうと、双子(ふたご)もどき!!!だろうと、とにかく、マジでそういうの、いらないから。

ってことで、ほかにも超!重!要!!!なこと、書いとく。たぶん、そっちのパパは知らないだろうから。うちのお父さんはピーナツアレルギーだから!!!　これって、超危険＆タイ料理の店禁止ってこと。つまり、そっちのパパも、一生!!!タイ料理店にはいけない!!!ってことだから!!!　そっちのパパのフォークにほんのちょっとピーナツソースがくっついただけでも、近くにいたら、お父さんには命取りになりかねない。人ってたいてい、しゃべってるとき、つばが飛ぶから。

　遠慮なく、そっちのパパにこのことを話して。タイ料理好きな人、多いからね。

ベット・デヴリン

From: エイヴリー・ブルーム
To:　　ベット・デヴリン
件名:　Re:re:re:re:re:re:re:re:re:そっちはあたしのことを知らない

ベットさま

　気分が悪くなったので、ミントティーをいれて、横になることにしました。今夜は寝ようとしても、最悪なことになりそう。もともと寝つきが悪いタイプだから。夜型なの、フク

ロウみたいに。遮光カーテンを使って、部屋が真っ暗になる
ようにしているし、〈安眠のためのサウンドマシン〉も持っ
ています。水の関係する場所の音は使わないけど、「風にそ
よぐ松」の音を聞いていると、落ち着くような気がします。

　サウンドマシンは持っていますか?

　明日、パパが帰ってきたら、メールします。

　それまでは、もう健康に悪影響があるから連絡を取り合わ
ないほうがいいと思う。

エイヴリー・A.ブルーム

P.S.　わたしは将来作家になりたいと思っています。だから、
メールや本を読むとき、スペルや文法にも目がいってしまう
の。

From: ベット・デヴリン
To:　　エイヴリー・ブルーム
件名:　Re:re:re:re:re:re:re:re:re:re:そっちはあたしのことを
　　　知らない

エイヴリーさま

　あたし、本を読むのは好きだけど、本の虫になるひまはな

いんだよね。それに、スペルは得意じゃないし。まあ、別にいいんだ。だって、ラッパーのスヌープ・ドッグとか、あとチャーチルとかいう人も、スペルが苦手だったんだって。ほら、よく買い物袋についてる〈KEEP CALM AND CARRY ON（平静を保ち、ふだんの生活を続けよ）〉ってスローガンを考えた人。もしかしたら、最初にKEYP COMM AND CAREY ONとかめちゃくちゃなスペルで書いたのは、チャーチルだったのかもね【注：第二次世界大戦時のイギリス首相のチャーチルは、スペルが苦手だったと言われている。KEEP〜はチャーチルの名言のひとつ】。

　ま、わからないけど。

　とにかく、スペルなんて、脳のごくごくちっちゃい部分しかたずさわっていない（たぶんね）＆今はスペルチェック機能があるから、世界一重要なことってわけでもないし。

　連絡を取り合わないほうがいい!!!って書いてたけど、こっちは、もうひとつ、言わなきゃいけないことがあるんだ。うちのお父さんはマーロウって呼ばれてるけど、本当の名前はダグラス!!!　いつもD.マーロウ・デヴリンってサインをしてると思うけど、最初のDは、ダグラスのDを略してんの。

　つまり、本当はダグラスって名前なのに、ミドルネームのマーロウってほうが名前みたいなふりをしてるわけ。だからそっちのパパが、お父さんが「ダグ」なんてダサい名前だって知ったら、ちょっとさめるかもよ。

そっちのパパに伝えてよね!!!!!

ベット・デヴリン

From: エイヴリー・ブルーム
To:　　ベット・デヴリン
件名: Re:re:re:re:re:re:re:re:re:re:re:そっちはあたしのこと
　　　を知らない

- -

ベットさま

　一応先に言っておくと、わたしはいじわるじゃないし、む
しろ、〈父と娘の読書クラブ〉で〈思いやりナンバー１〉に
選ばれたくらいです。いつも必ずおやつを持っていくからと
いうだけじゃなくて、課題本を読みおわってない子たちのた
めにあらすじをネットにあげているから。

　その上で言いたいんだけど、ベットの書き方はきついと思
う。特に、「そっちのパパに伝えてよね!!!!!」みたいなところ。

　今日の午後、パパが帰ってきたので、ベットのお父さんが
ミドルネームで呼ばれている経緯をちゃんと伝えました。

　そしたら、パパはなんて言ったと思う？　にっこり笑って、
「おまえたちが連絡を取り合っているなんて、うれしいよ!
幸先がいいな」だって。

そのあとがもっとひどいの。「彼の名前がダグラスだって
ことは、知っているよ。ピーナツアレルギーのことも、アク
ション映画が大好きなことも、スカイダイビングで足首の骨
を折ったことも知ってる。エイヴリー、パパは彼のことが大
好きなんだよ。運命の相手、パパにとってたった１人の大切
な人だと思っている」

　ベットのお父さんには悪いけど、でも、パパの「たった１
人の大切な人」はわたしだから!

エイヴリー・A・ブルーム

From: ベット・デヴリン
To: 　エイヴリー・ブルーム
件名: Re:re:re:re:re:re:re:re:re:re:re:re:そっちはあたしのこ
　　　とを知らない

- -

　やっと状況を理解してくれたみたいで、よかった。あたし
たち、なにがなんでも!!!今回のことを!!!阻止しなきゃ!!!

　こっちは着々と準備してる。

　キッチンに黒板があって伝言用なんだけど、今、「ゴミ袋
を買うこと」っていうのを消して、めちゃ大きな字でこう書
いたところ。

〈今年の夏、CIGIにはいかないから！　無理やりいかそうたって無理!〉

ベット・デヴリン

P.S.　こっちだって、「たった1人の大切な人」はあたしだから。

From: **エイヴリー・ブルーム**
To:　　**ベット・デヴリン**
件名:　**Re:re:re:re:re:re:re:re:re:re:re:re:そっちはあたしの
　　　ことを知らない**

　最新情報です。

　夕食のあと、パパはこう言いました。

「ふわふわマシュマロにすわろうか」

　ふわふわマシュマロというのは、うちにある革のソファのことで、白くてマシュマロみたいだから。パパがずっと昔にまちがえて買ったイタリア製のソファなんだけれど、ローマから船便で送ってもらったから、返品できなかったの。

　〈ふわふわ〉にすわると、パパはコーヒーテーブルの引き出しの中に隠してあった袋を出して、いかにもうれしそうに差し出しました。

　中には、Tシャツが入っていました。フランスの彫刻家の

オーギュスト・ロダンの有名な彫刻「考える人」の写真がプリントしてあるものです。男の人が片ひじをひざにのせて、すわっている像。(でも、ひじをのせているひざが、逆じゃないかと言われています。あんな格好で、長いあいだすわっていられないから。無理があるし、あれじゃ、体がしびれちゃう)。

　でも、Tシャツのほうの像はサングラスをかけて、CIGIのロゴの入っている野球帽をかぶっていました。

「払いもどしは、できないんだ。ふわふわマシュマロを買ったときと同じだよ。CIGIにはなにがなんでも絶対いくんだ。マーロウの娘もだよ。2人が、同じ班になれるよう頼んである。マーロウも今日、ベットに同じTシャツを、わたしてるはずだ」

　だから、そろそろベットのお父さんもサングラスをかけた「考える人」のTシャツをくれると思います(もしかしたら、もうもらったかもね)。

　気を悪くしないでほしいけれど、わたしたち、ルームメイトになったら、とんでもなくひどいことになると思います。

エイヴリー

From: ベット・デヴリン
To:　エイヴリー・ブルーム
件名: Re:re:re:re:re:re:re:re:re:re:re:re:re:re:そっちはあたし
　　のことを知らない

エイヴリーさま

　そうやってオーギュスト・ロダンのことをだらだら書かな
くていいから。うちの学校には、情操教育のプログラムがあ
って、親友のエンジェルとサマーは2人とも!!!それをとって
る＆2人にプリントとか見せてもらったことがあるから。そん
なにすごい像とは思わなかったけど。

　うちのお父さんは、ハンティントンビーチのスパで岩が割
れる事故があって、今朝早く出ていったから会ってない。だ
けど、あたしはCIGIのことばかり考えてたから、体育の授業
で平均台から落ちちゃった。一番、楽しみにしてる授業なの
に。うちの体育は今、体操やってんの。あたしはクラスで一
番うまいのに、平均台から落ちるとかって、ふつうありえな
い。体操は、スケボーと同じくらい好きだから。スケボーは
やる?

　で、あたしはTシャツをもらうことになるんだ???　それで、
うちのお父さんがCIGIっていうお泊りキャンプにお金を払

ったことを知るってシナリオ?

　なんなのよ?????

　親が1人しかいないと面倒なのは、今回みたいな大事件が
起こったときに、味方になってくれる人がいないってこと。
うちのお父さん＆（死んじゃった）フィリップは、ブラジル
の女の人に代理母をたのんで、9か月間、あたしをおなかの
中で育ててもらったんだ。だから、あたしは半分ブラジル人
ってことになるけど、ブラジルのパスポートは持ってなくて、
それってひどいよね。で、その女の人には一度も会ったこと
ないから、味方になってもらうのは無理。

　お父さん（＆フィリップ）は代理母のサービスを利用して、
女の人はお金をもらったわけだから、それって仕事だったわ
けだし、親っていったって、法律上のことだしね。ついでに
言っとくと、D.マーロウ・デヴリンのほうが（フィリップじ
ゃなくて）、あたしの生物学的な父親。お父さんはアフリカ
系アメリカ人。だから、あたしもそう。フィリップはアフリ
カ系アメリカ人じゃなかったんだ。エイヴリーの写真見たけ
ど、エイヴリーもアフリカ系アメリカ人じゃないね。

　フィリップはニューメキシコの出身だけど、フィリップの
両親はニューのついてない本当のメキシコの人だった。フィ
リップから直接聞いた記憶はないんだけど、お父さんとあた
しでくりかえし話してることのひとつ。あたしは、有色人種
だってことを誇りに思ってる。

作家になりたいって書いてたけど、どうして今から将来の
ことがわかるの?

　あたしは、歯医者とか、ほとんど屋内で過ごすような仕事
はいやだってことだけはわかってるけど。

　あと、もうひとつ、やりたくないってわかってることがあ
る。CIGIのキャンプにいくこと!!!!!!

　あとさ──ネコと犬、どっちが好き?

ベット・デヴリン

From: エイヴリー・ブルーム
To:　　ベット・デヴリン
件名:　Re:re:re:re:re:re:re:re:re:re:re:re:re:re:re:そっちはあた
　　　　しのことを知らない

- -

　あまりプライベートな話をしないほうがいいのはわかって
いるけれど、わたしは、代理母から生まれたのではありませ
ん。わたしは自分の出生について、だれかれかまわず話した
りはしません。それって、言ってみれば頑丈な鍵をかけて守
らなきゃならないようなプライバシーでしょ。何重にも。

　歯科医はとても重要で、尊敬されるべき職業よ。

　ベットがどうしても屋外で働きたいなら、選択肢はかなり
せばまると思います。ちなみに、作家は屋外で書くこともで

きます。中庭で、角度を調整できるキャンバス地のパラソルを使うとかすれば。わたしも、パパと週末旅行にいくときなどは、外で書いています。

　民族と人種と文化を混同してはいけないというのはわかってるけど、ややこしいと思います。

　うちのパパは白人でユダヤ人。

　〈23 and Me〉っていう遺伝子検査をやりました。唾液（だえき）を送ると、DNA解析（かいせき）して、祖先のことを調べてくれるの。うちのパパの先祖は、ウクライナ（国の名前ね）からきていました。母親のほうについては、ノーコメント。

　あと、わたしはあまり対動物の経験はありません。本当のことを言うと、犬は怖（こわ）いの。怖（こわ）いけど、中にはすごくかわいい犬がいるのは、わかってます。だから、かわいい犬を見ているのは好き。遠くからなら。

　前に一度、まだ小さいときに、セントラルパークで大きい犬にとびかかられたの。おし倒（たお）されて、くちびるをかまれました。主治医のグロスマン先生の考えでは、この事故は、ちょうどわたしの成長の重要な時期と重なったということです。

エイヴリー・ブルーム

From: ベット・デヴリン
To:　　エイヴリー・ブルーム
件名: Re:re:re:re:re:re:re:re:re:re:re:re:re:re:re:re:re:そっちはあた
　　　しのことを知らない

　じゃ、言っとかなきゃ。うちには、2匹(ひき)犬がいるんだ。ジュニーとレーズン。それからネコもいるけど、おとなりと一緒(いっしょ)に飼ってるから、プルーニーがあたしだけのネコって言うのは、あんまりフェアじゃないかも。セロニスさんちのネコでもあるからね。首輪には、セロニスさんとうちと両方の電話番号を入れてるけど、名札はつけてない。

　ジュニーとレーズンは保護犬なんだ。レーズンはいわゆる「劣悪(れつあく)な環境(かんきょう)」で飼われてた。実際になにがあったかはわからないけど、たいていの人にむかってうなるし、革のワークブーツをはいてる男の人にかみつこうとしたことも3回ある（お父さんは別だよ）。

　エイヴリーかエイヴリーのパパ、革のワークブーツは持ってる？

　どうやらそれでスイッチが入って、レーズンは興奮しちゃうみたいなんだよね。

ベット・デヴリン

From: エイヴリー・ブルーム
To:　　ベット・デヴリン
件名:　Re:re:re:re:re:re:re:re:re:re:re:re:re:re:re:re:re:re:そっちはあ
　　　たしのことを知らない

　革のワークブーツは持っていません。犬たちの写真を送っ
てもらえませんか（かわいい犬なら）。ネコの写真は送って
くれなくてもいいです。

　でも、ベットの犬たちに直接会うことはありえません。グ
ロスマン先生に、犬には近づかないほうがいいと言われてい
るから（特に大型犬は）。つまり、カリフォルニアにしろ、
うちのアッパーウェストサイドのマンションにしろ、わたし
たちが一緒に暮らす可能性はこれでゼロになったということ。

　もちろん、ベットのお父さんが犬をだれかにゆずるという
手もあるけれど、そんなひどいこと、するわけないものね。
わたしがこんなことを書いたこと自体、忘れてください。ベ
ットはスケートボードとサーフィンが好きだって書いていた
けれど、つまり海のそばに住んでいるということですか？
海はきれいだけど、とても恐ろしい場所でもあると思う。な
にが起こるか予測がつかないし、わたしはおぼれるのが怖い
から。

　水の事故で死ぬ確率は、どの自然災害（天候の関係するも

のも含めて）で死ぬ確率よりも高いのよ。

　この事実をほとんどの人は知らないけれど。

エイヴリー・A・ブルーム

From: ベット・デヴリン
To:　　エイヴリー・ブルーム
件名:　Re:re:re:re:re:re:re:re:re:re:re:re:re:re:re:re:re:そっちは
　　　　あたしのことを知らない

　あたしはほとんど毎日、ビーチにいってる。あたしたちが
住んでるのは、カリフォルニア州のベニスの防波堤から18
ブロックのところにある小さい教会なんだ。教会っていって
も今はもう教会じゃないけどね。お父さんが買い取ったんだ
よ。みんな、お父さんが教会を取りこわして新しい建物を建
てると思ってたみたいだけど、そのまま住んでる。

　ガレージはないから、サーフボードはぜんぶ外の塀のとこ
ろに立てかけてあるよ。

　うちには幽霊!!!がいるっていううわさがあるんだ（エイヴ
リーの極度の心配性の中には、霊の世界に対する恐怖も入っ
てる?）。ここが教会だったときは、死体がたくさんあったか
ら。これ、うそじゃないよ。だって、しょっちゅうお葬式を
やってたわけじゃん?

それに、だれもこの古い教会をほしがらなかったのは、ほかにも理由があって、すぐそばに薬物中毒患者用の診療所がある＆みんな、そのそばには住みたがらないから。でもその人たちは知らないけど、薬物中毒の人はいい人＆なんとか助けてもらおうとしてる。だから、薬物中毒の人を怖がるのは、まちがってる。

　まあ、エイヴリーとはあまり個人的な話はしないでおく。だって、ぜんぜん知らない人だもんね。

　これが、レーズンとジュニーの写真。2匹とも、超かわいいでしょ。背中に黒いぶちがあるほうが、レーズンだよ。

ベット

From: エイヴリー・ブルーム
To:　　ベット・デヴリン
件名:　Re:re:re:re:re:re:re:re:re:re:re:re:re:re:re:re:re:re:そっちはあたしのことを知らない

ベットさま

　2匹とも、信じられないくらいかわいいです。ジュニーは、耳があるはずのところに穴しかないけれど、ちゃんと聞こえるの？　写真だと、穴に見える。バンダナを2枚巻いてるから、

はっきりはわからないけれど。

エイヴリー

From: ベット・デヴリン
To:　　エイヴリー・ブルーム
件名: Re:re:re:re:re:re:re:re:re:re:re:re:re:re:re:re:re:
　　　そっちはあたしのことを知らない

　ジュニーは、ちゃんと聞こえてるよ。事故のせいで、耳を
なくしちゃったんだ。たぶんけんかしたんだと思う。あたし
たちにはわかりようがないけど。

　そういえば、お父さんはキャンプのTシャツのことはそん
なに大げさにやらなかったよ。昨日、ふつうに!!!あたしの部
屋の引き出しの中に入ってるのを見つけた。だから、３つに
切って、ぼろきれ用の箱につっこんで、もう一度、「CIGIに
はいかないし、無理やりいかせるのは無理だから!!!」って言
ってやった。

　だけど、そのときはなにも言わなかったくせに、今日ネッ
トにつないで、エクスペディアのお父さんのアカウントを見
てみたら、あたしのミシガン行きの航空券を買ってた!

　いったいお父さんはどうしちゃったわけ!?!?!?!?　どうし
てあたしの言うことを聞いてくれないの?　これまではいつ

だって必ず絶対に、あたしの言うことに耳をかたむけてくれ
たのに。そっちのパパに出会って、あたしの言うことは聞こ
えなくなったらしい。

　いきなり、大きい耳あかでもつまったみたい。じゃなきゃ、
ひどい外耳炎になったとか?

ベット

From: エイヴリー・ブルーム
To:　　ベット・デヴリン
件名: Re:re:re:re:re:re:re:re:re:re:re:re:re:re:re:re:re:
　　　re:そっちはあたしのことを知らない

ベットさま

　人って、恋愛となると、どうかなってしまうんだと思いま
す。体内の化学物質が変化するから、バカなことをしでかす
んじゃないかしら。ずっと同じ曲ばかり聴くとか。おたがい
を恥ずかしい名前で呼びあうとか。わたしたちの父親の場合
は、自分の娘たちを同じキャンプにいかせて、一緒の班で生
活させよう、っていうことだったわけです。それって、悲劇
で終わりかねないのに。

　わたしたちが全力で阻止しようとしても、結局のところミ

34

シガンにいかされることになったら、ひとつの提案として、キャンプにいったとたん、精神に変調をきたしたふりをするというのはどうですか？　現代社会では、〈不安にさいなまれる若者が増加中〉だから。これは、うちの学校の保護者に毎週配られている〈週刊ニュース〉の見出しです。学校のお知らせの記事としては、不適切だったけれど。これを読んだせいで、わたしはよけい不安になったから。

　キャンプにいかなきゃならなくなったら、わたしたちのうちどちらか1人がすぐに帰るしかないと思います。その場合、わたしよりベットのほうがいいと思う。なぜなら、わたしは、パパたちがこんなことになる前から、本当にCIGIに興味を持っていたでしょ。

　あと、聞きたいこと。5000キロ近く離れているのに、お付き合いすることは可能？　それって、つまり、なにもかも頭の中で進行しているということ？

　だとしたら、どうすれば、それをパパたちの頭から追い出せると思う？

　それから、もうひとつ。でも、答えたくなければ答えなくていいです。これまで男の子と付き合ったこと、ありますか？　もし同性が好きなら、女の子とってことになるけれど。どちらが好きかってことについては、もう自分ではわかってる？

　わたしは去年、カイル・シャピロっていう男子のことが好きだったんだけど、進展はなかったの。だから、その手のこ

とに関しては、経験はゼロ。

エイヴリー

From: ベット・デヴリン
To:　エイヴリー・ブルーム
件名:　Re:re:re:re:re:re:re:re:re:re:re:re:re:re:re:re:re:
　　　re:re:そっちはあたしのことを知らない

- -

　去年、ザンダー・バートンがあたしと付き合ってるって思いこんで＆みんなにそう言ったんだけど、それってぜんぶザンダーの作り話。4回手をつないだからって、付き合ってるってことにはならないし。相手のパーカーを着てるのだって、別に付き合ってる証拠（しょうこ）じゃないよね。もらったんだもん。そのパーカー、めちゃめちゃカッコいいから、返す気ないし。

　あたしが好きになるのは男の子。昔からそう。お父さんは、あたしが幸せならだれを好きになってもかまわないって言ってる。まあ、今となっては、あたしが幸せかどうかちゃんと気にしてくれてたころの話だけどね!!!

　ロビー・ランバートって子がいつも桟橋（さんばし）のところでサーフィンしててね、へんなんだよね。だって、彼、しょっちゅうあたしの夢に出てくるんだもん。何度もだよ。

　ロビーはあたしより2歳（さい）上だから、話しかけたことはない

んだ。それに、たぶん彼女いると思うし。でも、いても、ずっと続くことはないよね。

ベット

From: エイヴリー・ブルーム
To:　　ベット・デヴリン
件名: Re:re:re:re:re:re:re:re:re:re:re:re:re:re:re:re:re:re:re:re:re:そっちはあたしのことを知らない

- -

　みんな、パパがゲイだってわかると、じゃあ、男の人と結婚していて、わたしは2人の父親に育てられたんだろうって考える。〈ゲイの父親になるのに、結婚する必要はない〉ってスローガンをかいたステッカーを作って、車のバンパーにはりたいくらい。みんながみんな、カップルじゃなきゃいけないなんておかしい。カップル限定なんて、ノアの箱舟みたい。一人親だって、いい親になれるもの。わたしの経験からしても。

　わたしは結婚式に出たことはないのだけど、ベットはありますか？　友だちのミア・ジャブロンスキイは一度、フラワーガールをやったことがあるんだって。でも、わたしたちの場合、そんなこと考えるのもやめておいたほうがいいですね。結婚式が行われることはないんだから。

絶対にそんなことにならないようにしないと。

エイヴリー

From: ベット・デヴリン
To: エイヴリー・ブルーム
件名: Re:re:re:re:re:re:re:re:re:re:re:re:re:re:re:
re:re:re:re:そっちはあたしのことを知らない

「結婚式」って言葉を書くのもやめて!!!!!　絶対やめてよね。
それって、あたしの「スイッチ」みたい。今の今まで、自分
にスイッチがあることさえ知らなかったけど。

　夕方、反キャンプのハンガーストライキをするからってお
父さんに言ったの。お父さんが要求をのむまで、何も食べな
いからって。そしたら、お父さん、カルバーシティまでわざ
わざいって〈ハニーケトル〉ってお店のフライドチキンをテ
イクアウトしてきたんだよ。あたしの大好物を。

　ひと口も食べなかったよ。ずいぶんたってやっとお父さん
が部屋から出ていってから、食べたけど、もう冷めてた。に
もかかわらず!!!おいしかったけどね。ハンガーストライキは
だめそうだから、別の方法を考えなきゃ。

ベット

P.S.　あたしの誕生日は８月７日。エイヴリーは？　あと、もしどんな動物にも!!!なれるとしたら、なんになる？

From: エイヴリー・ブルーム
To:　　ベット・デヴリン
件名: Re:re:re:re:re:re:re:re:re:re:re:re:re:re:re:re:re:re:re:re:re:re:そっちはあたしのことを知らない

　ご参考までに。CIGIでは、８人ずつひとつのバンガローで生活します。わたしたちの年齢（ねんれい）の女子のバンガローは３つ。だから、そもそもわたしたちは一緒（いっしょ）のバンガローにすらならないかも。そうならないように祈（いの）ろうって書こうとしたけれど、やめておきます。性格が悪い人みたいだから。

　本当にキャンプにいくはめになったら、口をきかないようにすればいいだけの話。たいして難しくはないはずです。だって、わたしたちには共通点がないし、おたがいのこと、ぜんぜん知らないのだから。

　わたしの誕生日は５月28日。動物は、なんにでもなれるとしたら、夜フクロウ（夜フクロウという種類のフクロウがいないのは、もちろん知ってます。慣用句【注：英語で夜のフクロウ（ナイトオウル）は夜ふかしの人の意味】だってことはね）。夜もずっと本を読んでるの、本当は寝（ね）なきゃいけないのだけど。でも、まだま

しなほうです。なぜなら、健康には良質な睡眠をとることが大切で、寝る前に液晶画面を見るのは睡眠の質を下げるから。本なら大丈夫です。あと、もうひとつの理由は、わたしはメガネをかけてるから。なぜか漫画に出てくるフクロウってメガネをかけてるでしょ。（あと、卒業式のときみたいな帽子をかぶってることも多いわよね。今の話とは関係ないけれど）

エイヴリー

From: ベット・デヴリン
To:　　エイヴリー・ブルーム
件名: Re:re:re:re:re:re:re:re:re:re:re:re:re:re:re:re:re:re:re:re:re:re:そっちはあたしのことを知らない

　夜ふかしの夜フクロウか。いいかも。あたしもたまに夜ふかしすることあるよ。規則正しい生活って好きじゃないんだ。
　どんな動物にもなれるとしたら、あたしはドッグフィッシュ。犬が大好きだし＆泳ぐのが好きだから。ドッグフィッシュってサメのことだよ。ツノザメって種類のサメ。知らない人も多いけど。
　それから、あたしも賛成。ほんとにキャンプにいくはめになったら!!!しゃべらないことにしよう。今日、疑問に思ったんだよね、そもそもどうやってお父さんはCIGIとかいうやつ

のお金を払えたんだろう？

　だって、先月、ピグミーゴートを２匹ほしいって頼んだんだけど、お父さんに値段が高いからだめだって言われたんだ。すごく小さいヤギのことだよ。ネットで売りに出てたんだ。まだ売れてなかったら、サイトで見られるよ（クレイグズリストってサイトを開いて、ロサンゼルスの、農場＆庭のカテゴリーを見てみて）。エイヴリーは条件にあてはまらないけど。屋外に柵のあるスペースがある人じゃないと、飼えないから。２匹で250ドルだったんだよ。お買い得だよね！　しかも、絶対!!!大きくならないからね。

　でも、そんな最高のペットの代わりに、キャンプなんかにお金が使われちゃうなんて。しかも、何千ドルも!!!!!　ってことはつまり、あたしは大学にはいかないってことかも。それって、あたしが決めるべきことだと思わない？　もしかしたら多額の奨学金を借りることになって、人生、出だしからつまずくかもしれないのに。

　まだあるんだよね、うちのお父さんの頭がおかしくなった証拠。あたしたちが住んでる古い教会だけど、屋根を新しくしなきゃならないんだ。冬になると、雨もりがひどいから。水が落ちてくるところに鍋を置いてるんだけど、ジュニーは目が悪いから、たまに鍋に足をつっこんじゃうんだ。なのに、そんな危機的状況はほったらかしのまま、あたしをキャンプにいかせるんだから。

本当だったら今ごろ、ピグミーゴートを何十匹!!!だって飼えたはずなのに。しかも、ヤギの毛を刈って、編み物だってできたかも。ま、あたしは編み物のやり方は知らないけど、知ってる人に売ることだってできたじゃん?

ベット

From: エイヴリー・ブルーム
To:　　ベット・デヴリン
件名: Re:re:re:re:re:re:re:re:re:re:re:re:re:re:re:re:re:re:re:re:re:re:re:re:そっちはあたしのことを知らない

　わたしも編み物はしないです。でも、ピグミーゴートについては調べてみました。すごく興味深かった。少なくとも、説明を読んでるぶんには。サメについても調べるつもりだけど、そうでなくても、すでに水にまつわる危険について考えすぎているから。

　今日、パパに「荷造りの準備」を始めるようにと言われました。パパは、旅行にいくとき、いつも荷造りの準備から始めます。まず持っていくかどうか考えているものをそれぞれ山にして、次にそこからいらないものをどけていって、最終的に持っていくものを決めるという方法。その際、整理しやすいように、それぞれの山の上に付せんをつけます。たとえ

ば、「暖かい服」「改まったディナー用」「その他いろいろ」みたいに。『整理術：ノルウェー式荷造り』という本で読んだんだけれど、とても便利なのよ。

　わたしも荷造りはいつもこの方法。パパが、一番効率的だって教えてくれたから。

　質問。ベットのお父さんもまず山を作ってから、荷造りしますか?

エイヴリー

From: ベット・デヴリン
To:　エイヴリー・ブルーム
件名: Re:re:re:re:re:re:re:re:re:re:re:re:re:re:re:re:re:re:re:re:re:re:re:re:そっちはあたしのことを知らない

- -

　答えはノー。山を作ったりしない。

　あたしたちはなんでも、ぎりぎりでするタイプ。

　いきなりだけど、リップグロスは使ってる?

ベット

From: エイヴリー・ブルーム
To:　　ベット・デヴリン
件名: Re:re:re:re:re:re:re:re:re:re:re:re:re:re:re:re:re:re:
　　　re:re:re:re:re:re:re:re:re:そっちはあたしのことを知ら
　　　ない

- -

　リップグロスはいろんな種類を持ってます。リップクリー
ムもリップバームも持っていて、ニューヨークの日曜市で買
った、小さなくちびるの絵がいっぱいついてるポーチに入れ
てます。持っているのはほとんどが薬用。舌なめ口唇炎<ruby>口唇炎<rt>こうしんえん</rt></ruby>にな
りやすいの（聞いたことないかもしれないけど、本当にそう
いう病気があるのよ）。

　リップグロスについてはどういう考え?

エイヴリー・ブルーム

From: ベット・デヴリン
To:　　エイヴリー・ブルーム
件名: Re:re:re:re:re:re:re:re:re:re:re:re:re:re:re:re:re:re:
　　　re:re:re:re:re:re:re:re:re:そっちはあたしのことを知
　　　らない

- -

あたしはまだ、リップグロスについては調べ中。

いきなり質問その2。もう生理きた？　友だちのサマー＆エンジェルが、聞いてみてって言うから。2人ともエイヴリーのことは知らない（＆これからも知ることはない）わけだけど、興味があるんだって。

ベット

From: エイヴリー・ブルーム
To:　　ベット・デヴリン
件名: Re:re:re:re:re:re:re:re:re:re:re:re:re:re:re:re:re:re:re:re:re:re:re:re:re:re:そっちはあたしのことを知らない

ずいぶんプライベートな質問だけど、答えはイエス。最初にきたのは、10歳と8か月（わりと早いほう）。学校で思春期の身体の変化についての映画（アニメの）は見ていたけど、始まったときはそれだって、わかりませんでした。血液の病気で死んじゃうのかと思った。

そのときはサガポナックっていう、ニューヨーク州のハンプトンズにある村にいて、海にいくから着替えていたのだけど（水着じゃないです、わたしは泳がないから。別の短パンに着替えただけ）、いきなり、血が。

気を失いそうになりました。

　よく「気を失いそう」って言うけど、それって喩えで、本当に失神するという意味じゃないでしょ。でも、わたしの場合は、本当に気を失ったことがあります。今までに3回。実際になにが起こっているかというと、血圧が急激に下がって、意識がなくなるの。あらゆる検査をして、心因性のものだとわかりました。郵便配達人のハリソンさん（より正確に言えば、「故」ハリソンさん）みたいに、脳腫瘍のせいではないって。

　そういうわけで、血を見たとたん、気を失いそうって思ったのだけど、それはありませんでした。でも、泣いてしまったの（わたしはすぐに泣くけれど、それって必ずしも悪いことではないのよ。泣くと、封じこめていた感情を表に出せるから）。わたしが廊下を走っていって、バタンと音を立ててバスルームに閉じこもったのに気づいて、パパが追いかけてきました。パパはドアのむこう、わたしはこちら側にいたから、携帯でメッセージを送りました。

「パパ、出血多量で死んじゃう」って。

「エイヴリー、どういうことだ？　どこから血が出てるんだ?」

「プライベートなところ」って返信して、それから、伝わってないと困るから、さらに「脚のあいだ」って打ちました。

　パパはちゃんと対応してくれました。すぐに、どういうことかわかってくれたから。だけど、「衛生用品」は用意して

ありませんでした。なんのことか、わかると思うけど。

　サガポナックには、ガスじいさんって呼ばれてる年配の男性がやっている雑貨屋さんがあって、カウンターの大きなびんでニガハッカのキャンディを売ってます。19世紀に子どもがせき止め薬として飲んでいたもので、長靴みたいな味。もちろん、長靴を食べたことがあるわけじゃないけど、未来の作家として、どんな味か想像するのは大切でしょ。

　わたしは家で待っていたから、パパがガスじいさんに言わなきゃなりませんでした。「生理用ナプキンは置いてますか」って。

　でも、ガスじいさんはよく聞こえなくて、パパがふつうのナプキンを買いたがってるって思ってしまって、ふつうのナプキンを出してきました。

　そのころには、うしろに列ができはじめてて。週末にサガポナックにきてる人たちが、ローズマリーのクラッカーとヤギのチーズとか、そういうのを買いにきていたわけ。その中でパパはもう一度、生理用ナプキンをくださいって言わなきゃなりませんでした。そうしたら、ガスじいさんが大きな声で「ああ、生理用のか！　女性の月経用のだね!」って。

　パパは、ものすごい気まずかったって言ってました。それ以来、そのお店にいくときは、わたしは必ず車の中で待つことにしてます。

　ベットはもう生理はきた？

わたしのキャンプの荷造りの山には、「衛生用品」っていう付せんのついている山もちゃんとあります。

エイヴリー

From: ベット・デヴリン
To:　　エイヴリー・ブルーム
件名: Re:re:re:re:re:re:re:re:re:re:re:re:re:re:re:re:re:re:re:re:re:re:re:re:re:re:re:re:re:re:re:re:そっちはあたしのことを知らない

- -

　あたしは生理はまだ。

　くるのは、遅^{おそ}ければ遅^{おそ}いほど、いい!!!　たまに大勢の人がいるのを見る→ここにいる女の人の中で何人が血を流してるんだろうって思う。それって、考えててあまりいいもんじゃない。

　それに、あたしはサーフィンをするから、生理になると、サメにおそわれる危険性が増すってこと。サーフィン雑誌で読んだんだけど、エイヴリーは読んだことないよね。あ、でも水の危険の話だから、もしかしたら読んでるかもね。あたしは、カッコいい写真が見たくて買ってるんだ。切り抜いて、部屋の壁^{かべ}にいっぱいはってる。

　お父さんに聞いたけど、エイヴリーとパパはベジタリアン

なんだってね。あたし＆お父さんは肉好き。動物は大好き!!!
だけど、肉は食べるよ。食用の動物は、農場でなきゃ生きら
れない!!!わけで、農場は市場に出荷するために動物を育てて
るわけだし。だから、肉を食べないようにしたって、動物の
命を救うことにはならない。むしろ生まれるのをじゃまする
ことになる。

　ちゃんと考えてみれば、納得できることなのに、たいてい
の人はちゃんと考えないんだよね。

　一番好きな肉は、ベーコンだよ。

ベット

From: エイヴリー・ブルーム
To:　　ベット・デヴリン
件名: Re:re:re:re:re:re:re:re:re:re:re:re:re:re:re:re:re:re:
　　　re:re:re:re:re:re:re:re:re:re:re:re:re:re:そっちはあたしの
　　　ことを知らない

- -

　言っておいたほうがいいと思うのだけど、ベーコンを食べ
る人は、食べない人よりもガンになる確率がはるかに高いで
す。添加物（てんかぶつ）に使われている硝酸塩（しょうさんえん）はとても体に悪いから。

　それに、ベーコンは動脈をつまらせる可能性もあります。
今すぐではないけど、これからずっと先、ベーコンを食べて

なんておいしいんだろうって思ったときより、はるかあとに
なってから。

エイヴリー

From: ベット・デヴリン
To: 　エイヴリー・ブルーム
件名: Re:re:re:re:re:re:re:re:re:re:re:re:re:re:re:re:re:
　　　re:re:re:re:re:re:re:re:re:re:re:re:re:re:そっちはあたし
　　　のことを知らない

- -

　ベーコンのことは心配しないで。あたしたちが年取るころ
には、医者が、ベーコンの病気を治す方法を見つけてくれて
るよ。
　あたし＆お父さんは具合が悪くなると、診療所（しんりょうじょ）にいってる。
グエン先生はいい先生だよ。前は、空軍の戦闘機（せんとうき）に乗ってた
んだって。机の上の器にお楽しみサイズのチョコバーを入れ
てて、だれでも食べていいんだよ。
　大きいサイズのじゃなくて、小さいチョコバーのほうが「お
楽しみ」だなんてへんだよね。そんなのうそじゃん。

ベット

From: エイヴリー・ブルーム
To:　ベット・デヴリン
件名: Re:re:re:re:re:re:re:re:re:re:re:re:re:re:re:re:re:re:re:re:re:re:re:re:re:re:re:re:re:re:re:re:re:re:re:re:re:そっちはあたしのことを知らない

　わたしは、木曜日にCIGIに出発します。１人でいく予定。飛行機は、かなり不安です。海の上は飛ばないけれど、墜落（ついらく）する可能性だってあるし。地面に墜落（ついらく）するのと、海や湖の上に落ちるのと、どっちがいやかな？　水の上でも、衝撃（しょうげき）は相当だし、もし生きのびたとしても、今度はおぼれ死ぬ可能性があるわけでしょ。前者だと即死（そくし）だろうけど、後者だと、死ぬまでもう少し時間がかかるかも。どっちがましか考えてるうちに、頭が痛くなってきました。

　どちらかの事故が起こったら、パパはわたしをキャンプにいかせたことを心の底から後悔（こうかい）すると思います。

　荷造りはすべて終わりました。ベットは終わった？

エイヴリー

From: ベット・デヴリン
To:　エイヴリー・ブルーム
件名: Re:re:re:re:re:re:re:re:re:re:re:re:re:re:re:re:re:re:re:re:re:re:re:re:re:re:re:re:re:re:re:re:re:re:そっちはあたしのことを知らない

　荷造りはまだ始めてもいない。めちゃめちゃ長い持ち物リストが送られてきたのは知ってるけど、捨てちゃった。ゴミ箱に捨てる前にぱっと目を通したけど、それでじゅうぶん。あたしは「個人的に愛着のあるもの」なんて持っていくつもりはないし。例として、テディベアがあがってたよね。赤ん坊か、っていうの。

　愛着のあるものをひとつあげるとしたら、うちの犬だけど、持ってけるわけないし。エイヴリーはなにか持っていくの? ぼろぼろになった愛用の毛布とか持ってくる女子がいたら、マジで無理。

　ひとつだけ、なにが!なんでも!絶対!!! iPadは持っていく(うちの学校は、全生徒分寄付されたんだ)。リストには、「携帯情報機器はお持ちにならないことをお勧めします」って書いてあったけど(これって、科学&テクノロジーもやるキャンプじゃなかった?)、お父さんにiPadを持っていけないなら、ぜ、っ、た、い、に、いかない!!!って宣言した。だから、お父さ

んは、特別許可書をもらってくれるはず。

　エイヴリーもiPadを持ってたら、持ってきなよ。連絡をとる必要が出てくるかもしれないし。2人の決まりは、キャンプではしゃべらない!!!ってことだから、iPadとかで連絡とるのはいいわけでしょ。

　あたしはスカートにオレンジのTシャツを着ていくつもりだから。どれがあたしだか、わからないかもしれないから念のため。オレンジは一番好きな色なんだ。

ベット

P.S.　送信ボタンをおす前に、お父さんのメールをチェックしたら（今、留守だから）、めちゃすごいニュース!!!

　読む前に、すわったほうがいいと思うよ。気を失いやすいんでしょ?

　うちのお父さんとエイヴリーのパパ、一緒に!!!中国に!!!いくんだって!!!!!　あたしたちがキャンプにいってるあいだに!

　そう、まちがいないよ、ちゅ、う、ご、く。8週間も!!!海外に!!!いくなんて!!!＆つまり、なにかあっても!!!連絡もつかないかも!!!ってことだよね!!!!!

　これを読んで、めまいがしてないといいけど。

ベット

From: エイヴリー・ブルーム
To: ベット・デヴリン
件名: Re:re:re:re:re:re:re:re:re:re:re:re:re:re:re:re:re:re:
re:re:re:re:re:re:re:re:re:re:re:re:re:re:そっちは
あたしのことを知らない

　中国?　ほんとに?!　息が苦しくなって、吸入器を使った
けど、ぜんぜん効かない。コントロールできない感情は、肺
の平滑筋（へいかつきん）の動きを妨（さまた）げ、胸部圧迫（あっぱく）の原因になるの。神経性喘
息（そく）っていって、前にもなったことあるけど、今もまた発作が
起きそう。

　吸入器はなるべく使わないようにしています。そうしない
と、依存（いぞん）するようになって、好ましくない状況（じょうきょう）におちいる可
能性もあるから。

　ひどくうろたえたとき（今みたいに）は、どれか本を1冊
えらんで読むことにしています。ふだんから、5、6冊を並
行して読んでるの。マンションのあちこちの部屋に置いてあ
るんだけど、しおりを使うから、開いたまま伏（ふ）せたりはしま
せん。そうやって置くと、背表紙が傷むから。それで、どれ
だけ衝撃（しょうげき）を受けたかというと、読書にも集中できないくらい。

　パパたちは中国へいって、そのあいだわたしたちはお泊（とま）り
キャンプにいかされる。わたしたちの生活、どんどんとんで

もないことになっていく。

A

エイヴリー＆ベットへ　（アルファベット順だよ）

　キャンプへようこそ！　これと同じ文面の手紙を、おまえ
たちの二人のカバンの中に、この手紙をそれぞれ一通ずつか
くしておいたよ。CIGIが世界最高のキャンプかはわからな
いが、ベットにはアウトドアのアクティビティが、エイヴリ
ーには屋内のプログラムが、いろいろあるはずだ。

　2人には、わたしたちがいないところでのびのびと過ごし、
仲良くなってほしい。今回のキャンプは、これからずっと長
いあいだ続くことになる、友情の第1歩になると思っている
んだ。

　ずっと、というのはつまり、永遠ということだ。

　だから、たっぷり楽しんでおいで。化石を探したり、ロボ
ット工学の勉強をしたり。おたがい、心を開いて、新しい方
向へ進むんだ。8週間のあいだに、もしかしたら2人家族×
2から、4人家族×1になるかもしれないからね。CIGIの
〈数学ロックンロール〉のプログラムだったら、（2×2）＝
4もしくは$(-2)^2＝(-2)×(-2)＝4$ってところかな。

心から愛をこめて

パパ＆お父さんより

From: ベット・デヴリン
To:　エイヴリー・ブルーム
件名: Re:re:re:re:re:re:re:re:re:re:re:re:re:re:re:re:re:
re:re:re:re:re:re:re:re:re:re:re:re:re:re:re:re:そっちは
あたしのことを知らない

Aへ

　2人とも、電子機器携帯許可書をもらっといてよかったね。
確かにひと言もしゃべらない!!!って決めたけど、キャンプに
きた以上、話さなきゃならないことがあるもん。
　エイヴリーのほうが先についてるだろうって思ってたけど、
キャンプ責任者のダニエルいわく、遠くからくる人のほうが
たいてい、近い人よりも早く到着するものなんだって。ニュ
ーヨークのほうが、ロサンゼルスよりも近いもんね。
　雷雨のせいで飛行機が遅れたのは、エイヴリーのせいじゃ
ないし。
　遅れても、なんの問題もないよ。エイヴリーがくる前にや
ったのは、たいくつなルールの説明だけ（っていっても、あ

たしは聞いてなかったけど。封筒に入ってたのとまったく同じ＆キャンプにナイフとか花火なんて持ってくるわけないじゃん?)。

　それから、荷物をほどいたら、お父さんの手紙が出てきた。「というのはつまり、永遠ということだ」ってところを読んで、マジで頭きた。

　あたしがなにか文句を言うたびに、お父さんは「ベット、永遠に続くものなんてないんだ」って言ってる。だから、この部分は、うちのお父さんじゃなくて、エイヴリーのパパが書いたんだと思う。っていうか、ぜんぶ!!!エイヴリーのパパが書いたんだと思う。だって、うちのお父さんは一度も!あたしに!手紙なんて!書いたこと!ないもん!!!

　エイヴリーのパパのほうが、今回のことに入れこんでるとか、言いたいんじゃないよ。2人とも、同じくらい入れこんでると思うから。だから、あたしたちはここにきて、化石を掘るはめになったんだから。主催者のほうで先に化石を隠してるに決まってるよ。『密着!ヘリコプター乗組員──行方不明者捜索!』っていうテレビ番組で見たんだ。山くずれの現場に犬を連れていくんだけど、本物の死体を隠しておいたんだよ。じゃないと、3匹いるビーグル犬が興味を失っちゃうから。CIGIみたいなキャンプだったらきっと山のように化石を隠してるよ。じゃないと、あたしたちが探すのやめちゃうから。

とにかく、あたしたちがここで化石探しごっこをするあいだ、お父さんたちにはお父さんたちのプランがあるってこと!!!　中国へいくって認めたんだから。でも、バイク旅行だなんて知らなかった。それを知ったのは、空港で。

　いかにもうちのお父さんって感じ!!!　なにか思いつく→即、いって→即、実行。今度、ニューメキシコで熱気球に乗ったら雪が降りだしたときの話、メールで教えてあげる。あたしが忘れてたら言って。

　エイヴリーはバイクのことは知ってた?　なのに、あたしに言わなかったの?

　エイヴリーのパパって、バイク好きなの?　エイヴリーに似てるんなら、なんかちがう気がするけど。

　うちのお父さんは、いろんな!!!ことができる。フォークリフトの運転＆パラセイリング＆ジェットスキー＆スノーボード＆ハンググライダーも持ってたことある。ずっと昔から、本格的なバイク旅行をしたいって言ってたんだけど、それって、あたしが大きくなったら、一緒にいくことになってたんだよ。もともとあたしたち!2人の!計画!!!だったのに。だから、こんなの、マジで許せない。

　返事ちょうだい。寝てるように見えるだろうけど、寝てないから。時差ぼけ＆あたし抜きのバイク旅行のせいで。

ベット

P.S.　明日、みんなでそれぞれ世話をする動物を選ぶんだって。
あたしは、ブタを選ぶつもり。最低なのは、鶏らしいよ。
なつかないから。

From: エイヴリー・ブルーム
To:　　ベット・デヴリン
件名: Re:re:re:re:re:re:re:re:re:re:re:re:re:re:re:re:
re:re:re:re:re:re:re:re:re:re:re:re:re:re:re:そ
っちはあたしのことを知らない

Bへ

　今、午前3時2分。ベットは眠ってます。ペチュニア班の
リーダーのレイチェルに、ベットのいるところを教えてもら
いました。レイチェルは、ベッドのふくらんでるところを指
さしてくれたんだけど、ベットは頭からすっぽり毛布をかぶ
ってて見えなかった。すぐにベットが窒息するんじゃないか
って心配になったけれど、レイチェルが小声で「ああ、ベッ
ト・デヴリンはなんでも自分が好きなようにやるのよ」って。
　つまり、ベットはここにきてまだ10時間だけど、すでに
キャンプのリーダーにかなり反抗的という印象を持たれてい
るみたいです。わたしにはありえないことです。

今は眠ろうとしてるんだけど、ここまでの移動のせいで興奮していて眠れません。それに加えて、パパのことまで心配しないとならないし。バイクが危険だというのは、だれでも知っています。頭を打つのは、とても危険だから。うちの近所に脳神経学者の人が住んでいたの。よくしゃべる人だったから、いろいろ聞いたの。

　パパは偽善者だと思います。旅行するときはいつも、わたしたちの安全が第一だって言ってるのに。わたしの心配性は、DNAに引き継がれたものなのだと思います。

　恋のせいでパパは変わってしまったんだと思う。

A

P.S.　わたしはもう、世話をするのは鶏って決めました。ベットのメールは見たのだけど、鶏は脳がとても小さいせいで、過小評価されていると思います。だから、オウムの訓練法を使って鶏のIQ（知能指数）をあげられるんじゃないかと考えています。そうしたら、それについて書いて、9月にある、全国青少年作家コンクールに出せるかもしれないし。3部門に応募しようと思っています。

　ベットには明日会えるけど、もちろん話しかけるつもりはないから。キャンプにはいっぱい人がいるから、それぞれ友だちができると思うし。万が一、集まっているとき近くにい

るのに気づいたら、どっちかがさりげなく離れて、植物にでも興味があるふりをすればいいんじゃないかと思います。

（アイコン）

From: ベット・デヴリン
To:　エイヴリー・ブルーム
件名: Re:re:re:re:re:re:re:re:re:re:re:re:re:re:re:re:re:re:re:re:re:re:re:re:re:re:re:re:re:re:re:re:re:re:re:re:re:
そっちはあたしのことを知らない

Aへ

　一応経緯を説明しとくけど、あたしが自分からペチュニア班を出たいって言ったわけじゃないから。

　むこうが、適当にあたしを選んだだけ。どういうことかっていうと、ステラっていう女の子が今日、遅刻!!!してきたのよ、ねんざしたとかで。だとしたら、一日で治ったってことになるけど。で、ステラは、超ウザいディランって子のいとこなんだって。それで、泣いたのよ、同じ班になるはずだったのに、スパティフィラム班になったって。

　いじわるなことは言いたくないけど、なりたい班になれなかったから泣くとかって、12歳の子としてどうかと思うよね。あとさ、どうして班の名前はぜんぶ花なわけ？　動物のほうがよかった。このTシャツも破られて、ぼろきれ箱入り

の運命になりそう。

　まだ荷物も開いてなかったから、別の班に移ることになっても、そう面倒じゃなかったけど。とにかくこれで、あたしたちが顔を合わせるのは、全体のイベントのときだけ!!!　たいていのことは、班ごとにやるみたいだから。同じ班じゃない子とは仲良くならないって話＆どっちにしろあたしたちはしゃべらない予定。だから、これでお父さんたちの計画もおじゃんになったってことだね。

　iPadでは!やりとり!できる!!!けど、お父さんたちのことで情報が入ったときだけにしとくのがいいね。

　あたしが別の班に移ったこと、エイヴリーのパパに言わないで＆うちのお父さんにも言わないから。今ごろ、中国まで何千万時間のフライト中だろうし、どっちにしろ、あたしたちのことなんて忘れてるだろうし。お父さんにメールするつもりないから。ちょっとお仕置き。

　午後の特別自由クラス、どれに参加するか決めたよ。アスレチックの綱わたり。あと、キャンプ生活術（マッチを使わずに火をおこす方法を習いたいんだ）、あと、アドベンチャー岩登り＆ロープすべり。エイヴリーは、なにに登録した？

　もしエイヴリーがどうしてもってことなら、ひとつくらい重なっちゃってもいいかもね（そのあいだもしゃべらないけど!!!）。あたしはスパティフィラム班で、エイヴリーはペチュニア班になったわけだし。場合によっては、キャンプ生活

術をやめて別のにしてもいいよ。けど、ひとつだけ、あやつ
り人形制作だけは絶対にやりたくない。そもそもそんなクラ
スがあること自体、なぞだし。

　エイヴリーのサングラス、いいね。それって、度入り？
レンズがかなり厚そうだったから。

B

P.S.　鶏（にわとり）を選ぶのは失敗だと思うよ。あたしの新しいリーダ
ーはベニタっていうんだ（レイチェルよりいい人だよ）。プ
エルトリコ出身＆歌うのが好き。ベニタいわく、ブタは1回
エサをあげれば、あげた人のことを覚えるらしい。そのくら
い頭がいいってこと。それに、ブタを選ぶと、1日に3回、
キッチンに、エサ用の残飯をもらいにいくんだって。調理師
さんたちと仲良くなれるといいなと思ってるところ。

From: エイヴリー・ブルーム
To:　　ベット・デヴリン
件名:　Re:re:re:re:re:re:re:re:re:re:re:re:re:re:re:re:
　　　re:re:re:re:re:re:re:re:re:re:re:re:re:re:re:
　　　re:そっちはあたしのことを知らない

Bへ

わたしが選んだのはぜんぶ屋内のアクティビティです。以下の4つ。

＊自分を表現しよう（さあ、今すぐ書こう!)

＊みんなのための STEM 教 育【注：Sience・Tecnology・Engineering・Mathematicsの頭文字をつなげた言葉】（女子限定）

＊ヴィーガン【注：完全菜食主義】料理基礎コース

＊あやつり人形制作（仮面からマペットまで）

　おたがい、今のままにしたほうがよさそうね。

　わたしのサングラスは、度入りです。フレームは、パパがカナダのケベックにいったときに買ってくれたもので、ビンテージ物です。ケベックでは、2人ともフランス語でしゃべるようにしたのよ。すごく楽しかった、パパとわたしと2人きりで。そのときわたしは、10歳になる直前だったけど、まさか2年半後に人生ががらりと変わることになるなんて、思ってもいなかった。

　今日は〈自分を表現しよう〉のクラスで、物語を書きはじめました。ベットにも読ませてあげようかなと思って。もし興味があれば、見てみて。なければ、削除してください。

『永遠ということ』

作：エイヴリー・A・ブルーム

　レイトン・Z・スウィズラーは自分が恵まれた育ちなのは、わかっていたし、それは仕方がないと思っていた。レイトンのせいではないからだ。レイトンは、オーガニック素材のカラフルなスカーフが好きで、いつも独創的な方法で巻いたり結んだりしていた。ほかにも、本を集めていて、マンションのあちこちに読みかけのものを置いていたけれど、決して開いたまま伏せたりはしない。中のページのもつれた言葉をほどき、頭の中でいろいろなアイデア同士を結びつけていくのだった。

　レイトンの母親は同性愛者で、廊下に栗色と金色のストライプの壁紙のはってあるマンションに娘と2人で暮らしていた。マンションはマンハッタンのアッパーウェストサイドにあって、家族向けのとても快適な環境だった。

　ある夜、レイトンがオーガニック素材のスカーフを整理しているときに、母親は仕事の集まりへ出かけて、ある女性と出会った。2人はひかれあった。相手の女性には、レイトンと同じ年の娘がいて、名前は、コート・タップラーといった。

　それからすぐに、レイトン・スウィズラーの母親とコート・タップラーの母親は付き合いはじめた。

　2人の娘たちも顔を合わせたけれど、あまりうまくいかな

かった。例えるなら、糊とミルク、または雪と花崗岩のようだったのだ。

コート・タップラーはなんでも自分のやりたいようにやるのが好きで、言動もとてもえらそうだったけれど、動物のことは心の底から愛していた。

レイトン・スウィズラーは、将来すぐれた作家になる運命だった。レイトンの毎日を見れば、将来有望だということがわかる。とはいえ、たいていの人の目には、感情的で、心配性で、生来用心深い子どもと映っただろう（ちなみに、社会科学的には、これらの特性は知性のあらわれと考えられている）。

2人とも、相手が自分のことを好きでないのはわかっていたし、口をきかないと決めていたけれど、父親たちには仲良くやっていくようにと言われていた。
「これからずっと長いあいだ、一緒に過ごすことになるのだから」とレイトンの父親は言った。「つまり、永遠ということだよ」と。

続く。

すぐれた作品とは言えないのはわかっているけど、わたしは、〈さあ、今すぐ書こう！〉のクラスでこうやって「自分を表現」しているの。

ベットがペチュニア班じゃなくなったのは、よかったかも
ね。昨日の夜遅く、気がついたら、脳内パワーポイントで悲
しい考えのプレゼンテーション資料を（悲しい画像付きで）
作りはじめていました。ベッドの中で少し泣いてしまったく
らい。でも、リーダーのレイチェルは、スマホの懐中電灯ア
プリを使ってようすを見にくることさえしてくれませんでし
た。ルームメイトの子たちも、無反応。たぶんもう寝ていた
んだと思うけれど。

　たいていの場合は、ほかの人が見たり聞いたりしている前
で泣くほうがいいとされているの。

　とりあえず今のところ、ベットとわたしにキャンプ以外の
つながりがあることは、だれも知らないわね。

エイヴリー

From: エイヴリー・ブルーム
To: 　ベット・デヴリン
件名: Re:re:re:re:re:re:re:re:re:re:re:re:re:re:re:re:
　　　　re:re:re:re:re:re:re:re:re:re:re:re:re:re:re:re:
　　　　re:re:そっちはあたしのことを知らない

Bへ

大変。今、送ったメールの小説を読み直していたら、いわゆる「フロイト的本音」を書いてしまったのに気づきました（ベットが知ってるかわからないけど──本当はちがうことを言うつもりだったのに、別のことを言ってしまって、でも、心の奥底<ruby>奥底<rt>おくそこ</rt></ruby>では、口に出したことのほうが本音という意味です）。

　レイトンとコートの「父親」って書いてしまっているところのことよ。本当は、「母親」って書かなきゃいけないのに。

A

From: ベット・デヴリン
To:　　エイヴリー・ブルーム
件名: Re:re:re:re:re:re:re:re:re:re:re:re:re:re:re:re:re:re:re:re:re:re:re:re:re:re:re:re:re:re:re:re:re:re:re:そっちはあたしのことを知らない

Aへ

　フロイト的失言のことは知ってるよ、だって、その名前がついてる下着を売ってる店があるから。オレゴンにね。あたし＆お父さんは車でポートランドにいって→シーライオンケイブっていうアシカの生息地になってる洞窟<ruby>洞窟<rt>どうくつ</rt></ruby>を見にいったんだ。エイヴリーはいったことある？　洞窟<ruby>洞窟<rt>どうくつ</rt></ruby>はすっごくくさい!!!

けど、アシカは最高にすてき＆めっちゃ大きかった!!!

　エイヴリーの短編は、時間があるときに読むね。悪いけど、今からウィルバー＆ミニーのところへいかなきゃいけないから。ブタたちが、待ってるからね。もうなついてるんだ。コンビーフをあげたからってだけじゃないよ。あたしが囲いにいないと、大声で鳴くんだから。ほんとだよ。キィキィ大声でさわぐの、あたしを呼びもどそうとして。世話のしがいがあるよね。エイヴリーにも、鳴き声聞こえた?

ベット

From: エイヴリー・ブルーム
To:　 ベット・デヴリン
件名: Re:re:re:re:re:re:re:re:re:re:re:re:re:re:re:re:re:re:re:re:re:re:re:re:re:re:re:re:re:re:re:re:re:re:re:re:re:そっちはあたしのことを知らない

- -

Bへ

　了解。別に急いで読まなくてもいいから。あのあと、もう2編、作品を書いたの。あと、詩も18篇。そのうち、6篇は俳句だけど。こんな感じ。

＊＊＊＊＊＊＊
子を見捨て　父らは東　どうなるの?

エイヴリー・ブルーム　（12歳(さい)）
ペチュニア班
＊＊＊＊＊＊＊

　納屋のある方角から、自転車のブレーキみたいなキィキィ
いう音が聞こえてたけど、あれがペットのブタたち?　わた
しは鶏(にわとり)に手から直接エサをやろうとしているところ（名前
はJ.K.ローリングにしたの。将来作家になって、憧(あこが)れのロー
リングさんに会えたら、その話をするつもり）。

　手でエサをやるのは、オウムをならすときに使う方法です。
でも、今までのところ、J.K.ローリング（鶏(にわとり)のほう、作家じ
ゃなくて）では、うまくいってません。指をつつかれて神経
に傷がついたらって思うとちょっと怖(こわ)くて（作家にとっては
とても大切なことだから。キーボードを打つでしょ）、備品
置き場からガーデニング用の手ぶくろをとってきて、それを
棒の先につけて、エサをやっているせいかも。

　お料理のクラスで友だちができたと思う（ディルシャッド・
パテルという子）。わたしと同じベジタリアンだけれど、ち
がうのは、ディルシャッドがベジタリアンになった理由は、
牛海綿状脳症(ぎゅうかいめんじょうのうしょう)（BSE）が怖(こわ)かったせいではないというところ。

ベットも知ってると思うけど、ここ数年、何度か発生しているのよ。

A

From: サム・ブルーム
To:　エイヴリー・ブルーム
件名: 近況

- -

大事な娘へ（今はペチュニアだね!　ジャジャーン、新しいニックネームだ!)

　もうそっちについて、落ち着いているころだろう。おまえの夏が始まったわけだ。キャンプのサイトに毎晩、写真がアップされるから、グループ写真におまえがいないか、探しているよ。ちょうど今、クラスでおまえが手をあげている写真を見つけて、小躍りしているところだ。たぶん作文かなにかのクラスじゃないかな。昔、おまえは内気で、慣れるまでに時間がかかるタイプだったが、この写真では、いすから飛び出さんばかりに見えるよ。がんばれよ、エイヴリー!
　CIGIからは、親は子どもに関わりすぎないようにと強く言われている。だから、毎日メールは書かないようにするよ。だが、わたしが国内にいないという理由で、電子機器携帯許

可をもらっているからな。その気になれば、１日10回だって
メッセージを送れるということだ。距離は遠く離れているか
もしれないが、いつもそばにいるとも言える。これこそ、現
代社会だろう？

　マーロウとわたしの旅行は始まったばかりだ。信じられな
いような冒険だ！　定期的に連絡は入れるようにする。過保
護になりすぎて、娘に嫌われない程度にね。

愛をこめて
パパ

From: ベット・デヴリン
To:　　エイヴリー・ブルーム
件名: Re:re:re:re:re:re:re:re:re:re:re:re:re:re:re:re:re:re:
　　　re:re:re:re:re:re:re:re:re:re:re:re:re:re:re:re:re:
　　　re:re:re:re:re:そっちはあたしのことを知らない

Aへ

　今、事務室からメールを打ってるんだ。説明しときたいこ
とがあるから。リーダーたちは罰のつもりだろうけど、ここ
に１人でいられるって、むしろ最高だから。キャンプで１人
になれることって、ないじゃん？

で、ペチュニア班でみんなが、今日のロープすべりでなに
があったかうわさしてるのはわかってる。たぶん、めっちゃ!
ショックな!事件!!!ってことになってるだろうね。

　CIGIのロープすべりのコースは、一部が湖の上を通ってる。
なのに、飛びこめないなんて、意味なくない?　エイヴリー
はちがう!のはわかってるけど、泳ぐのが好きな人ならわか
るはず!!!　うちでは、週に2、3回は海にいく＆ウエットス
ーツだって2着持ってる。ユタ州のがけから下の深い泉に飛
びこんだことだって何度もあるし。最後にいったときなんか、
お父さんはもっと高いところまでいけって言ったくらい。そ
れに、一度、お父さんと一緒にカーン川でカヤックに乗って
滝下りだってしたんだから。滝を下っちゃったのは予想外の
ハプニングで、一生忘れない、絶対にね。

　で、確かに、ロープすべりのときに安全ベルトをはずした
のは、ほんと。リーダーたちはぜんぜん気づかなかったんだ
から。しかも、ロープをすべりはじめる前にはずしたのに!!!
安全ベルトが「きちんと装着」されてるように見えるように
したんだ、本当はそうじゃなかったけどね。スタントン(ほ
ら、19歳ですでに髪が薄くなりかけてる感じのリーダー)
が叱られないといいんだけど。スタントンが、ベルトをチェ
ックする係だったから。実際、チェックしたんだけど、その
あと、スタントンが見てないときに、脚のほうの留め金をは
ずしておいたんだ。そうしとけば、前の留め金をはずすのは、

楽勝だから。

　そういうわけで、今はキャンプ責任者のダニエルと面談するのを待ってるところ。もしかしたら、うちに帰されるかも。食料が買える＆ペット用ホテルに預けた犬たちを連れて帰れるなら→ぜんぜん問題ないんだけど。夏じゅう家で1人で過ごすくらいなんでもないし。だけど、ダニエルたちも、あたしを1人でカリフォルニア行きの飛行機に乗せはしないよね。

　もう一度、ブタたちに会えるといいんだけど。ミニーとウィルバーがいなかったら、さんざんどなられたせいで、今ごろ頭がおかしくなってたかも。

　12歳の子ども相手に、あんなにどなるなんて、どうかと思う。もしかしたら、法律違反ってこともありえるよ。だって、こっちはお金払って、キャンプにきてるんだから。

From: ベット・デヴリン
To:　　エイヴリー・ブルーム
件名: Re:re:re:re:re:re:re:re:re:re:re:re:re:re:re:re:re:
　　　re:re:re:re:re:re:re:re:re:re:re:re:re:re:re:re:re:
　　　re:re:re:re:re:re:そっちはあたしのことを知らない

エイヴリーへ

　机に大型のパソコンがあるところに1人でいるから、ネッ

トでちょっとした調べ物もできちゃうわけ。だから、このふたつめのメールを書いてるところ。お父さんのメールにログインしてみたんだ。そしたら、ヘンリーって友だちに中国のことを!!!いろいろ!!!書いてた!!!!!　おかげで、お父さんたちのバイク旅行のようすをたっぷり!!!読めたよ。

　エイヴリーは、読む前にまず、すわったほうがいいかも。

　もうすでに2回も事故ってた。1回目は、道路の穴にひっかかって縁石《えんせき》にぶつかったらしい。2回目は、お父さんがホーカーとかいう乗り物に衝突《しょうとつ》したみたい。エイヴリーのパパは、頭に切り傷＆ひじにひどいアザ。うちのお父さんは、鎖骨《さこつ》がほぼ折れたんだって。ほぼ折れたってどういう意味だと思う？　折れたってこと？

　だけど、まだバイク旅行は続けてるらしいよ!

　これでひどいニュースは終わりって思うかもだけど、これよりひどいニュースがあるから。うちのお父さん、エイヴリーのパパに病院に連れてってもらったんだって!!!!!

　ピーナツアレルギーで!!!!!

　食べたものが、ピーナツオイルで炒《いた》めてあったらしい。エイヴリーのパパが、中国語でお父さんのアレルギーのことを書いたカードを作ってくれてたのに（いい人だね）。

　お父さんがエピペン【注：食物アレルギーを起こしたときの緊急《きんきゅう》補助治療用《ちりょうよう》の注射キット】をいつも持ち歩いてて、よかった。自分で太ももに注射できたから。これまで7回しか、やったこと

がないんだよ。おかげで、中国のどっかでピーナツアレルギーで死なずにすんだわけ。

　注射をしたあと、エイヴリーのパパはうちのお父さんをバイクのうしろに乗せ→病院へ直行。

　一度、ピーナツアレルギーを起こすと、そのあとしばらく具合が悪いのに、たった3時間でまた傷だらけのバイクに乗って西へむかったらしい。先導車をやとってるからだって。お金払（はら）って。

　だけど、予定より遅（おく）れちゃったから、日が沈（しず）んだあとも走りつづけたんだって。それはやらないって言ってたのに。そしたら案の定、先導車を見失っちゃったらしい。さらに、曲がるところを見過ごして、泊（と）まる予定だったホテルのある町にいけず→大麦畑に毛布をしいてねるはめになったんだって。

　そのせいで、いろんなよくわかんない虫に刺（さ）されて、ずっとかゆくてかゆくてたまらないらしい。エイヴリーのパパは、もう二度と、エイヴリーに大麦の料理は作らないってジョークを言ったんだって。本当にそんなもの、作ってるの？？？

　返事ちょうだいね。もうCIGIともお別れかもしれないし、このあたりの家に預けられちゃうかもしれないし。その家が、ペットを飼（か）ってることを祈（いの）る。

　じゃなきゃ、ほかにやることないし。

ベット

From: ダニエル・バーンバウム
To:　マーロウ・デヴリン
件名：お嬢さんのベット・デヴリンの件

　お父さまは海外にいらっしゃるということで、電話ではなくメールを書いています。緊急のご連絡ではありません。が、それに近いものではあります。安全は、当キャンプでもっとも重要なものであり、わたしたちはキャンプの参加者を守るため厳しいガイドラインを設けています。ベットは、一番大切なルールのうち、いくつかを破りました。今日は、ロープすべりのときに安全ベルトをはずし、6メートル下の湖に飛びこみました。運よく、けがはしませんでしたが。

　ベットは人気者です。寝泊まりするバンガローのことでゴタゴタがあったときも、すぐに自分からペチュニア班を出て、スパティフィラム班に移ると言ってくれました。アウトドアのアクティビティにも積極的に参加していますし、先日も、毎朝の〈今日の言葉〉に対して疑問があると発言しました。これまで、そんなことを言った参加者はいません。つまり、ベットはわたしたちがのばしたいと思う資質を持ったお嬢さんです。

　一方で、短所もあります。ベットは、決められたことに従うのが苦手です（ベットの保護者であるお父さまは、経験ず

みでいらっしゃるでしょう）。ベットは、スケジュール通りに行動するのは得意ではないと言い張っています。最初の数日は、大目に見ていましたが、いまだにキャンプのスケジュールに合わせることができないままです。

　子どもは、さまざまな無力感や気分の落ちこみといった問題と闘っているものです。今日、お嬢さんはわざと危険なことをしようとしたのでしょうか？　なにか話したくないような、かくされた悩みなど、お持ちなのでしょうか？

　キャンプのメンタルヘルスの専門家とは、面談させました。その結果が出るまでは、ベットの行動を注意深く観察していくつもりです。ロープすべりは二度とやらせません。キャンプ生活術のクラスも、やめていただきました。手斧を使いますので。

では、よろしくお願いいたします。

CIGIキャンプ責任者

ダニエル・バーンバウム

From: エイヴリー・ブルーム
To:　　ベット・デヴリン
件名: Re:re:re:re:re:re:re:re:re:re:re:re:re:re:re:re:re:re:re:re:re:re:re:re:re:re:re:re:re:re:re:re:re:re:re:re:re:re:re:re:re:そっちはあたしのことを知らない

ベットへ

　ロープすべりのことは、シカゴからきたサイモンという男子に聞きました。サイモンが、アメリアとゾイとライに説明していたので、わたしも横で聞いてたの。サイモンは、キャンプ側は「模倣犯罪」が起きるんじゃないかと心配してるって言ってました。だから、ロープすべりは無期限休止になるかもって。

　アメリアとゾイとライには説明しようとしました。サイモンがフローズンヨーグルトのディスペンサーのほうへいったあとに。ベットはサーファーで水にも慣れてるし、そもそもだれもけがをしてないんだから、犯罪でもなんでもないって。

　たくさんの子が、ある意味ベットに感心してると思います。だけど、心配もしてるかも。ロープすべりが閉鎖になることについては、まちがいなく怒ってる。

　ジャスミンがディルシャッドとディランに「ベットとは仲良くしないほうがいいよ。トラブルメーカーだから」って言っているのを聞きました。いくらなんでも言いすぎだと思います。そしたら、オードリー・Bが、ベットは今夜、診療所で寝ることになるって言ってたけど、本当？　わたしも見てみたいです。ここの医療設備ってどんな感じ？　下から選ぶとしたら、どれ？

　　a. まあよい

b. よい

　　　c. とてもよい

　　　d. すばらしくよい

ちょっと興味があって。

エイヴリー

From: ベット・デヴリン
To: 　エイヴリー・ブルーム
件名: Re:re:re:re:re:re:re:re:re:re:re:re:re:re:re:
　　　　re:re:re:re:re:re:re:re:re:re:re:re:re:re:re:
　　　　re:re:re:re:re:re:re:re:そっちはあたしのことを知らない

- -

　うん、診療所（イケアのベッドがいくつか置いてあって、
シャワーカーテンで区切ってるだけの部屋の呼び名にしては、
大げさだと思うけど。イケアだってわかったのは、うちに同
じベッドがあるから）に連れてかれたのは、ほんと。でも、
残念ながら、病院ぽいものはなにもないよ。なにか深刻な事
態が発生したら、天に祈るしかないって感じ。

　となりに寝てる男子は、めっちゃ！ひどい！ウルシかぶれ!!!
カリフォルニアにもツタウルシが生えてるんだ。でも、その
子は、自分のはツタウルシじゃなくてウルシだって言いつづ
けてる。なにがちがうわけ？

でも、ここではWi-Fi＆トランプも発見（クラブの9がないけど）。ウルシかぶれ患者（かんじゃ）に、ブラックジャックをやらないか聞いてみるつもり。返事を書いてくれて、ありがとね。

B

From: エイヴリー・ブルーム
To:　　ベット・デヴリン
件名: Re:re:re:re:re:re:re:re:re:re:re:re:re:re:re:re:re:re:re:re:re:re:re:re:re:re:re:re:re:re:re:re:re:re:re:re:re:re:re:re:re:re:re:そっちはあたしのことを知らない

ベットへ

　わたしたちは口もきいてないし、相変わらず友だちでもないけど、わたしはベットの味方です。今日の午後、ベットのようすを見に診療所（しんりょうじょ）へいきたいって言ったら、レイチェルに、今はやめておいたほうがいいって言われました。それよりも、明日の3Dプリントの宿題をやりなさいって。革新的な調理器具を作るっていう宿題。わたしのは、左利き用の穴あきゴムベラ。パパは左利きなの。左利きの人はたくさんいます。バラク・オバマとかジャスティン・ビーバーとか。社会は、そういう人たちがキッチンで困らないような努力をきちんと

していないと思う。

　そういうわけで、ベットのところへはいけなかったけど、これは伝えておきます。夕食のときにレモン風味のトウフチーズケーキを食べないでおいたの。それで、紙ナプキンに包んでから、スパティフィラム班のバンガローへいって、ベットのベッドに置いてあった赤いパーカーをとってきました（もしかして、これがザンダー・バートンにもらったパーカー?）。ベニタには診療所へ持っていくと言ったんだけど、本当はミニーとウィルバーのところへいってきたの（2匹とも寝てたけど、わたしがきたとたん、目を覚ましました）。

　ベットの赤いパーカーを着てから、エサ箱にチーズケーキを入れておいたから。パーカーのにおいをかいで、わたしがベットの代わりにエサをやってるってことが、ブタたちにわかるといいんだけど。

エイヴリー

From: ベット・デヴリン
To:　　エイヴリー・ブルーム
件名: Re:re:re:re:re:re:re:re:re:re:re:re:re:re:re:re:re:re:re:re:re:re:re:re:re:re:re:re:re:re:re:re:re:re:re:re:re:re:re:re:re:re:re:re:re:reそっちはあたしのことを知らない

エイヴリーへ

ありがとう!!!!! ミニー＆ウィルバーにデザートを持って
いってくれたなんて。2匹が、あたしはどこへいっちゃった
んだろうって思ってるかもって気にしてたんだ。それから、
あたり!!!!! それがザンダー・バートンからもらったパーカー。
だから、めっちゃ大きいの。

今、診療所にはまた別の子がいて、その子もここでひと晩
過ごすみたい。あやつり人形制作のクラスで、木の棒で目を
刺しちゃったんだって。知ってる子? ウィスコンシン出身
＆小さな銀の鈴のネックレスが特徴。鈴は、超うるさい。今
は眼帯をつけてるから、けががどのくらいひどいかは、よく
わからない。

1時間前に寝るように言われたんだけど、ウルシかぶれ男
子は明かりをつけておきたくて＆人形制作眼帯女子とあたし
は2人とも消したいから、それが問題。

ウルシかぶれ男子が寝るのを待って→ベッドを出て→天井
の真ん中の大きい明かりを消すつもり。照明のまわりで虫が
ぐるぐる回ってる。ベニスのビーチの近くに駐車しようとし
てぐるぐる回ってる車みたい。

ウィルバーとミニーの世話をしてくれて、ほんと、ありが
とね。

XO　ベット

From: ストール医師
To: キャンプ責任者ダニエル・バーンバウム
Cc: マーロウ・デヴリン
件名: CIGIキャンプ参加者（49302）の心理鑑定（かんてい）結果

　本日、CIGI（参加者ナンバー49302）を１時間ほど診察（しんさつ）しました。12歳（さい）の女子として、明るく、情緒（じょうちょ）も安定していると思います。この年ごろの子どもは、自尊心の問題を抱（かか）えていることが多いのですが、それも見受けられません。

　49302は、家庭は一人親であり、父親が生活の中心だと説明しています。動物とのあいだに強い絆（きずな）を築いており、個人の好みもかなり確立しています（睡眠（すいみん）、食事、アクティビティの選択（せんたく）など）。

　49302は、キャンプに参加したのは今回が初めてです。今回参加を決めたのは、自分ではないので、そのことは必ず書いておいてほしいと言われました。

　しかし、CIGIにきてから11日間、とても楽しく過ごしていると言っています。班のカウンセラーや、同じ班のメンバーたちも好きだと言っていますし、ニューヨークからきた49319のことも「自分とはぜんぜんちがうタイプだけど、いい子だ」と言って名前をあげています。「ロープすべりのトラブルのあと、あたしのブタの面倒（めんどう）を見てくれた」からだそ

うです。49319は、49302とは別の班なので、49302が広い範囲で友人を作る力があることを示しています。

　ロープすべり以外でもキャンプのルールを破ったかどうかたずねたところ、キッチンで働いているコニーという調理師から、コンビーフとココナツクッキーをもらったと言っていました。コンビーフはブタにあげたそうです。クッキーは自分で食べたと認めました。

以下、結論です。

　49302には、自分もしくは他人を傷つけたいという兆候は見あたりません。父親のことは恋しがっていますが、初めてキャンプにきた子どもとして通常の範囲内です。安全に関わるルールに対し、自分がとった行動が認められないものであることも理解しています。

　49302は、スパティフィラム班にもどりたいと言っており、また世話係になっている動物（前述のブタ）に会いたがっています。また乗馬クラスに入りたいと希望。火のおこし方や、今度行われるアーチェリーの試合にも関心を示しています。

From: マーロウ・デヴリン
To:　　ベット・デヴリン
件名: おまえのこと

「中国」からハロー!　ここの人たちは、自分の国をこう呼んでいるんだ。訳すと、「中央の国」。最初にわかったのは、中国の人たちは自分の国のことをチャイナとは言わないこと。昨日、聞いたところによると、一説には、ヨーロッパの探検家たちがきたとき、この国を治めているのは、秦という一族らしいと考え、それでチャイと呼ぶようになったらしい。

　それで、今日、CIGIの責任者のダニエル・バーンバウムからメールをもらった。おまえが湖に飛びこんだと聞いて、お父さんがふるえあがると思ったようだが、もちろんダニエルはスケートボードに乗ったおまえをピックアップ・トラックで引っぱったことなどないからな（やつには言うなよ。あと、たぶんエイヴリーにも言わないほうがいいだろうな）。だが、いいか、もしおまえがそこから放り出されたとしても、今は迎えにいけない。だからルール違反はしないようにしてくれ。

　まだ礼を言ってなかったな。今年の夏のことは、おまえが決めたんじゃないということはわかってる。だが、たまには快適な環境から出ることで、人は成長するんだ。

　お父さんが言いたいのは、世の中というのはタフだが、おまえもタフだってことだ。おまえが正しいことをすると信じてる（要は、安全のルールに従ってくれってことだ!）。それに、おまえとお父さんはこうやってメールをしている。今まではいつも一緒にいたから、こんなことはなかっただろう?　スマホのメッセージのやりとりは、日々の用件だけだからな。

今回のようなメールのやりとりは、2人にとって初めてのことだ。これからも、できるかぎり、連絡をとるようにするよ。これまでのところ、中国の旅は今までの旅行と比べても相当荒っぽいほうだ。そういえば、想像がつくだろう？　中国がどれだけの歴史を持っているか、わかっていなかった。自分の小ささを思い知ったよ。

　エイヴリーとはうまくやってるか？　ほかにも、同性の両親がいる子はいる？　それとも、そもそもそんな話はしない？おまえたちの世代は、おれたちの世代に比べて、そういったことで人を判断しなくなっているからな。喜ばしいことだ。

おまえに会いたいよ。愛をこめて、
父

P.S.　昨日、葱油もちをたっぷりのソースに浸して食べたよ。おまえがどんなに気に入るだろうって、そればかり考えていた。帰ったら、まずマンダレッテ飯店で食事をしよう。おまえは二人前頼んでいいぞ。

From: ベット・デヴリン
To:　マーロウ・デヴリン
件名: ロープすべりの誤解の件

お父さんへ──湖に飛びこむなんて、ぜんぜんたいしたことじゃないと思ってた。だけど、今はたいしたことだってわかってる!!!　ちょっとした度胸試しみたいなものだったんだ。っていうのも、エリック・ピーボディって子が、おれも自分の番のとき飛びこむって言ったから。でも、エリックはやらなかったんだよ。ガガがよく言ってる「カウボーイハットだけかぶってる偽カウボーイ」だよね。あたしは本物!!!だけどね!!!　とにかく、心配しないで。今日、またバンガローにもどれることになったから。

エイヴリーは、ロープすべり事件のことでは本当によくしてくれたんだ。あたしがそう言ってたって、エイヴリーのパパに伝えてもいいよ。班を移ったから、エイヴリーとは同じバンガローじゃないんだ。

今すぐ葱油もち、食べたいな。お父さんと一緒に食事にいけるってことだもん!

大好き＆会いたい。
ベット

From: ダニエル・バーンバウム
To:　　マーロウ・デヴリン
件名:　49302（ベット・デヴリン）のその後について

- -

デヴリンさま

　ベットはスパティフィラム班にもどり、わたしたちも事件のことは忘れることにしました。しかし、今回のことがあったので、その日の〈今日の言葉〉を「失敗は成功のもと」にしたことは、お伝えしておきます。

　もうひとつ、お伝えしておきたいことがあります。今回、キャンプ参加者の1人がベットを擁護し、ペチュニア班の女子全員でTシャツを裏返しにして着て、ベット支持を表明するというパフォーマンスをしました。これには、おどろきました。2人がしゃべっているところは見たことがなかったので。とにかく、CIGIではキャンプ内を二分するような対立はなんとしてでも避けたいと思いましたので、ランチの時間に、全員、今日はTシャツを裏返しに着たらどうかと提案しました。

　おかげでどうやら、班のあいだにあった壁が取り払われつつあり、結果としてよい効果が生まれたと考えています。

　念のため、当然ながらベットの記録にひとつマイナスがついたことはお知らせしておきます。

敬具
CIGIキャンプ責任者
ダニエル・バーンバウム

From: ベット・デヴリン
To:　エイヴリー・ブルーム
件名: Re:re:re:re:re:re:re:re:re:re:re:re:re:re:re:re:re:
　　　re:re:re:re:re:re:re:re:re:re:re:re:re:re:re:re:re:
　　　re:re:re:re:re:re:re:re:re:re:re:そっちはあたしのことを
　　　知らない

Aへ

　スパティフィラム班にもどったよ。特になにかしちゃいけないとか言われたわけじゃないから、事件なんてなかったみたいだけど、中にはあたしがいるとしんとなる女子もいる。たぶん、問題児菌が!感染!する!!!とでも思ってるのかもね。

　あたしたち、これから食堂で会ったら、ひと言、あいさつするくらいはいいんじゃないかな。あと、口をきかないルールも１回くらい曲げてもいいと思うんだよね。そしたら、ストール先生のところにいったときのこと、話せるから。ストール先生は、先生は先生でも、キャンプのアクティビティの教師じゃなくて、心理カウンセリングをしてくれる、医者のほうの先生だよ。

ベット

From: エイヴリー・ブルーム
To:　ベット・デヴリン
件名: Re:re:re:re:re:re:re:re:re:re:re:re:re:re:re:re:re:re:
　　re:re:re:re:re:re:re:re:re:re:re:re:re:re:re:re:re:re:
　　re:re:re:re:re:re:re:re:re:re:そっちはあたしのこ
　　とを知らない

ベットへ

　ストール先生って、〈迷路のハツカネズミから学ぼう!〉クラスを教えてるストール先生?　そのストール先生なら、金曜日には、〈他者を助ける:手を出さないほうがいいときはどんなとき?〉っていうコミュニティートークも担当しています。ちなみに「手を出す」って、暴力をふるうというほうの意味じゃないから。「関わる」っていう意味のほう。

　うちのバンガローの半分は、今夜の〈ボキャブラリーを増やそう!〉クラスに参加するみたい。(「!」のつくクラス名が多すぎると思わない?)

　でも、わたしはいかないつもりです。そのクラスで使う単語帳を見たんだけど、ほとんどの言葉はもう知ってたから。

AB

From: ベット・デヴリン
To: 　エイヴリー・ブルーム
件名: Re:re:re:re:re:re:re:re:re:re:re:re:re:re:re:re:re:
　　　re:re:re:re:re:re:re:re:re:re:re:re:re:re:re:re:re:
　　　re:re:re:re:re:re:re:re:re:re:re:re:そっちはあたしの
　　　ことを知らない

- -

　そのネズミの迷路、あたしもやりたい。ハツカネズミをく
れるならね!!!　くれなくても、一緒（いっしょ）に遊ぶとかエサをやれる
だけでもいいけど。でも、ベニタに言ったら、そんなわけな
いって。

　夕食のあとは、〈バードウォッチング・フォーラム〉にい
く予定。

　どうしてフォーラムって言うのかな？　ネットの掲示板（けいじばん）み
たいだよね。

　夜でも見える双眼鏡（そうがんきょう）をくれるらしいよ。っていっても、本
当にもらえるんじゃなくて、終わったらまた返さなきゃいけ
ないんだけどね。

　もしよければ、一緒（いっしょ）にいかない?

BD

From: サム・ブルーム
To:　エイヴリー・ブルーム
件名: ようすはどうだい?

- -

わたしの天使エイヴリーへ

　今回の旅は、次から次へいろんなことが起こって、そのせいで、ここ数日、連絡できなくてすまなかった。くる前にもっといろいろ調べておくべきだった（我が家は2人ともそうする主義だが──みんながみんな、わたしたちみたいではないということだ）。マーロウはまさに「経験と勘で行動する」タイプだ。それはすばらしいときもある。だが、すばらしいとは言えないときもある。

　いってみたら、中国にはバイクが禁止されている都市がたくさんあったんだ。われわれは同行者をやとって（そうするよう、法律で決められている）、彼ら2人が乗った車のあとについて走っている。護衛ということだな。彼らの前を走るか、うしろを走るかは、こちらで決めていいのだが、あまりいいシステムじゃないな。しょっちゅう見失ってしまうんだ。

　いくつか事故もあったが、そこまで深刻なことじゃない。ここは美しい国だ（バイクでないほうが、景色を楽しめると思う）。まさに、一生に一度の経験をしている。まあ、なか

には本当に一生に一度ですむことを祈るような経験もあるが。

　マーロウから、おまえがマーロウの娘を助けてやったと聞いた。湖で、水泳のインストラクターとのあいだに意見の相違があったんだって？（マーロウが詳しくは話さなかったんだ）マーロウの娘は、おまえとはずいぶんちがうタイプのようだね（ウォータースポーツが大好きだと聞いているが、ほかの点でも）。

　早く８月14日になってほしいよ。おまえに会えるからね。

これまでもこれからもずっと、おまえのことを考えているよ。

パパ

From: エイヴリー・ブルーム
To:　　サム・ブルーム
件名:　Re:ようすはどうだい?

パパへ

　マーロウとパパは旅行を楽しんでるの？　パパのメールからだと、よくわからなくて。

　ベットとわたしは、少しずつ一緒に過ごすようになっています。最初はベットのこと、ちょっと思いやりに欠けてるんじゃないかって思ってたの。でも、ブタのウィルバーとミニ

ーとか、馬たち（ベットが馬小屋にくると、みんなしっぽを
ふるのよ。ほかの人のときはしないのに）と一緒にいるベッ
トを見ているうちに、最初思っていたような子じゃないって
わかったの。

　昨日の夜は、ベットとバードウオッチングにいきました。
同じアクティビティに参加したのは初めて。外は真っ暗だっ
たけど、怖くなかったのよ。木の上でフクロウが鳴いてるの
が聞こえて、そしたら、ベットがブタ小屋の横にはしごが置
いてあるのを見つけたから、2人で小屋に立てかけて屋根に
登ったの。そんなことをしていいか、わからなかったんだけ
ど、ベットが規則の中にはしごや屋根のことはなにも書いて
なかったから大丈夫って。

　そうしたら、すばらしいことがあったの! フクロウが飛
んできて、小屋の屋根にとまったのよ。わたしたちのすぐそ
ばに! 暗視ゴーグルを使わなくても見えるくらい（わたし
がフクロウ好きなのは、パパも知ってるでしょ。『ハリー・
ポッター』に出てくるせいだけじゃないからね）。かぎづめ
でネズミをつかんで、食べようとしてたんだから（食べたと
ころまでは、見なかったけど）。ベットは、フクロウを見た
ことは内緒にしようって。ほかの子たちが、仲間はずれにさ
れたような気になるでしょ。バードウォッチャーのフォーラ
ムだからね。

　パパ、体に気をつけてね。パパがいなくてさみしいけど、

パパは新しいボーイフレンドと夢の休暇中だし、わたしはミシガン州のサマーキャンプだしね。そうだ、びっくりしないでね。わたし、まだ一度も吸入器を使ってないの!

大好きよ、
エイヴリー

From: ベット・デヴリン
To:　　エイヴリー・ブルーム
件名: Re:re:re:re:re:re:re:re:re:re:re:re:re:re:re:re:re:re:re:re:re:re:re:re:re:re:re:re:re:re:re:re:re:re:re:re:re:re:re:re:re:re:re:reそっちはあたしのことを知らない

　もう寝てるよね。あたしのバンガローの子もみんな、寝てる。昨日の夜、フクロウ!!!を見られたのは最高だったよね? エイヴリーのお気に入りの生き物だし! あたしも、カリフォルニアでドッグフィッシュ、つまりサメを見たことあるんだ。サメっていうと怖そうだけど実際はそうでもないんだよ。
　夜フクロウとドッグフィッシュが戦ったら、どっちが勝つと思う? あたしはドッグフィッシュだと思うな。陸上じゃ、無理だろうけど。
　二段ベッドの下で寝てるソラナって子のいびきが、ほんとひどいんだよね。鼻呼吸を学んだほうがいいよ。もう消灯時

間だけど、あたし、決められた時間に寝るのには慣れそうにない。エイヴリーみたいな、夜ふかしの夜フクロウではないんだけどね。

　メールを書いてるのは、今日の〈たき火の輪〉の時間にへんな気持ちがしなかったか、聞きたかったから。

　キャンプ責任者のダニエルが、CIGIはひとつの家族!!!って話をしてたとき。そのあと、自分の家族!!!にも感謝するようにって言ったじゃん？

　だけど、あれって、みんなを〈家族の日〉にむかって盛りあげようとして言ったに決まってるよね。

　エイヴリーもあたしも、〈家族の日〉に会いにくる家族はいないわけでしょ。前に、エイヴリーのパパは（うちのブラジルの女の人みたいな）代理母をやとったんじゃないって言ってたよね。ってことは、エイヴリーは生みの母親がだれだか、知ってるの？

　別に答えなくてもいいから。でも、あたしは起きてるからね。

夜フクロウへ。
ドッグフィッシュより

P.S.　飼育係のロドリゴが、J.K.ローリングをウィルバーとミニーのところに移すのは、だめだって。ブタは鶏を殺すこ

とがあるらしい。ウィルバーとミニーがそんなこと!するはず!なーい!!!と思うけど、ロドリゴはリスクが大きいって言うんだよね。

From: エイヴリー・ブルーム
To:　　ベット・デヴリン
件名: Re:re:re:re:re:re:re:re:re:re:re:re:re:re:re:re:re:re:re:re:re:re:re:re:re:re:re:re:re:re:re:re:re:re:re:re:re:re:re:re:re:re:re:re:re:re:re:re:re:re:re:re:re:re:re:そっちはあたしのことを知らない

ドッグフィッシュへ

　今は本当なら寝(ね)てなきゃいけないし、ベットもそれは同じ。なぜなら、睡眠不足(すいみん)は心臓病と高血圧とⅡ型糖尿病(とうにょうびょう)の原因になるから。ネットにもちゃんとのってる。うそじゃないから。
　で、ベットがわたしのママのことを知りたいなら、家族に関わる個人情報の鍵(かぎ)を開けることにします。
　わたしの生物学上の母親は、クリスティナ・アレンベリーという人です。
　パパの大学時代の友だちなの。話すと長い話。

夜フクロウより

From: ベット・デヴリン
To:　エイヴリー・ブルーム
件名: Re:re:re:re:re:re:re:re:re:re:re:re:re:re:re:re:re:re:
　　re:re:re:re:re:re:re:re:re:re:re:re:re:re:re:re:re:re:
　　re:re:re:re:re:re:re:re:re:re:re:re:re:re:re:そっちはあ
　　たしのことを知らない

　ええっ???　マジで!?!?

　あたしとお父さんは去年、2回、クリスティナ・アレンベリー!!!って人の書いたお芝居を観たよ!!!　プログラムをとってあるんだ。だから、名前も覚えてた。部屋の壁にはってあるよ。『荒野の犬』ってほうのお芝居のプログラムについてた犬の絵が好きだったから（ちなみに、お芝居には犬は出てこなかったと思うんだけど）。もうひとつ、『ジミーが帰ってきたら、教えて』も観たよ。

　エイヴリーのママと同一人物?　エイヴリーのママは!有名な!脚本家!!!ってこと?

　すぐ返事ちょうだい。ソラナはめっちゃ!うるさい!!!し、エイヴリーのママの情報はめっちゃ!おどろき!!!　何時間でも起きてるから。

From: エイヴリー・ブルーム
To:　　ベット・デヴリン
件名:　Re:re:re:re:re:re:re:re:re:re:re:re:re:re:re:re:re:re:
　　　re:re:re:re:re:re:re:re:re:re:re:re:re:re:re:re:re:re:
　　　re:re:re:re:re:re:re:re:re:re:re:re:re:re:そっちは
　　　あたしのことを知らない

- -

　そう、その人がわたしの生物学上のママ。

　だから、わたしの名前はエイヴリー・A・ブルームなの。

Aはアレンベリーの頭文字。健康調査票くらいにしか、わざ

わざ書かないけどね（健康調査票はしょっちゅう書くけど）。

　ベットがママの芝居（しばい）を観てたなんて、信じられない!

　A

From: ベット・デヴリン
To:　　エイヴリー・ブルーム
件名:　Re:re:re:re:re:re:re:re:re:re:re:re:re:re:re:re:re:
　　　re:re:re:re:re:re:re:re:re:re:re:re:re:re:re:re:re:
　　　re:re:re:re:re:re:re:re:re:re:re:re:re:そっち
　　　はあたしのことを知らない

- -

　クリスティナ・アレンベリーがエイヴリーのママ!!!なんて、

マジで信じられない!!!!!

100

From: エイヴリー・ブルーム
To:　ベット・デヴリン
件名: Re:re:re:re:re:re:re:re:re:re:re:re:re:re:re:re:
re:re:re:re:re:re:re:re:re:re:re:re:re:re:re:re:
re:re:re:re:re:re:re:re:re:re:re:re:re:re:re:そ
っちはあたしのことを知らない

　あんまり興奮しないで。ママとは、もう10年くらい会っ
てないから。グーグルの画像検索<ruby>検索<rt>けんさく</rt></ruby>がなかったら、顔だって知
らなかったくらい。最後に見たのは、アイスランドでマント
にシルクハットみたいのをかぶって、演劇の講義をしてる写
真。ふしぎな事実をひとつ。アイスランドは<ruby>緑<rt>グリーン</rt></ruby>が豊かで、
グリーンランドは<ruby>氷<rt>アイス</rt></ruby>だらけなのよ。

　ベットにクリスティナのこと話して、よかった。だけど、
クリスティナのことはあまり知らないの。クリスティナとパ
パはあまり仲良くないから。

From: ベット・デヴリン
To:　エイヴリー・ブルーム
件名: Re:re:re:re:re:re:re:re:re:re:re:re:re:re:re:re:
re:re:re:re:re:re:re:re:re:re:re:re:re:re:re:re:
re:re:re:re:re:re:re:re:re:re:re:re:re:re:re:re:
そっちはあたしのことを知らない

夜フクロウへ

　エイヴリーのパパと有名な脚本家クリスティナ・アレンベ
リーが仲良くないなんて。

　すごいけんかでもしたの？　あれこれ聞きだそうっていう
んじゃないんだけど。あたし、好奇心旺盛なんだよね。

　あ、それから、実際にシルクハットとマントを身に着ける
ような時代に暮らしてみたかったな。アイスランドで演劇の
講義をするときじゃなくても。

　ドッグフィッシュ

From: エイヴリー・ブルーム
To:　　ベット・デヴリン
件名: Re:re:re:re:re:re:re:re:re:re:re:re:re:re:re:re:
　　　re:re:re:re:re:re:re:re:re:re:re:re:re:re:re:re:
　　　re:re:re:re:re:re:re:re:re:re:re:re:re:re:re:re:
　　　re:そっちはあたしのことを知らない

　すごいけんかの原因は、わたし。

　わたしは、シルクハットはあまり好きじゃないの。

　ベットとベットのお父さんがママのお芝居を観てたなんて、
まだ信じられない!

　おやすみなさい、ベット……。

エイヴリー・A・ブルーム
またの名を夜フクロウより

From: ベット・デヴリン
To:　エイヴリー・ブルーム
件名:　Re:re:re:re:re:re:re:re:re:re:re:re:re:re:re:
　　　re:re:re:re:re:re:re:re:re:re:re:re:re:re:re:
　　　re:re:re:re:re:re:re:re:re:re:re:re:re:re:re:
　　　re:re:そっちはあたしのことを知らない

- -

　了解。でも、あともうひとつだけ。だから!!!まだ!!!寝ないで!!!

　うちのお父さん、『ジミーが帰ってきたら、教えて』の終わりのところで泣いたんだよ。理由はわからないけど。ほんとのこと言って、あたしは役者がなに言ってるのか、わからなかったんだよね。席があまりよくなかった＆役者がろれつの回らない人だったから。

ドッグフィッシュ

P.S.　もう4日もお父さんから連絡ない。今のお父さん、模範的な親とは言えないよね。

From: エイヴリー・ブルーム
To:　　ベット・デヴリン
件名: Re:re:re:re:re:re:re:re:re:re:re:re:re:re:re:re:re:re:re:
　　　 re:re:re:re:re:re:re:re:re:re:re:re:re:re:re:re:re:re:re:
　　　 re:re:re:re:re:re:re:re:re:re:re:re:re:re:re:re:re:re:re:
　　　 re:re:re:そっちはあたしのことを知らない

ドッグフィッシュへ

　わたしもそのお芝居（しばい）は両方、観たけど、パパはそのことを知りません。自分のお金でチケットを買って、それをコリー・コールのママにわたして（ミンディ・コールっていって、不動産会社に勤めてる）、一緒（いっしょ）にいってくれるかどうか、聞いたの。コリーは同じ読書会のメンバーで、コリーのママはわたしをいろんなところに連れていってくれる。コリーが大勢の人のいるところが苦手だから。

　ジミーって、橋の上にいた男の人のこと？　それとも、風船を持ってた小さい男の子のほう？　コリー・コールのママ（ミンディ・コール）には質問はできなかったの。わたしの生物学上の母親（クリスティナ・アレンベリー）がこの芝居（しばい）を書いたってことをコリーのママは知らないから、なんとなく気まずくて。

　ということで、ベットのお父さんから連絡（れんらく）あったら、教え

て。パパたちのことを、思い出したときはいつも心配してます。でも、ここにいると、うちにいるときよりもいろいろ心配する回数が減るみたい。

　夜、寝る前に単語のリスニング・ゲームをしてる?

夜フクロウより

From: ベット・デヴリン
To:　エイヴリー・ブルーム
件名: Re:re:re:re:re:re:re:re:re:re:re:re:re:re:re:re:re:re:re:re:re:re:re:re:re:re:re:re:re:re:re:re:re:re:re:re:re:re:re:そっちはあたしのことを知らない

- -

　してないよ。リスニング教材はなにもしてない。してもしなくてもいいやつだもん。スパティフィラム班の子たちは全員!!!やってるけど。みんながやってるあいだ、あたしはインスタをチェックしてる。ロン・スワンソンって名前の子犬のアカウントがあって、それをフォローしてるんだ。あと、パンプキンていう保護されたアライグマのも。バハマに住んでて、自分のこと、犬だと思ってんの。ウィルバーとミニーのアカウントも作ろうかなって思ったんだけど、夏が終わっちゃったら続けられないから、やってもむだかなって。

　夜のリスニング、あたしも始めたほうがいいかも。バンガ

ローの子たちがみんな、すぐ寝ちゃうのは、きっとあれを聴いてるせいだから。

From: ベット・デヴリン
To: クリスティナ・アレンベリー
件名: CIGIキャンプの〈家族の日〉について

- -

拝啓　クリスティナ・アレンベリーさま

　あたしは、エイヴリー・アレンベリー・ブルームと新しく仲良くなった友だちです。エイヴリーのことは、わかりますよね。このメールアドレスは、あなたの公式サイトの〈PLAYWRIGHT〉で調べました（どうしてplaywriteじゃなくて、playwrightっていうスペルなのか、調べました。「play＝劇」を「write＝書く」んだから、てっきりplaywriteのほうが正しいのかと思ってたら、wrightって職人っていう意味なんですね。だから、「劇を作る職人＝playwright」。でも、「劇を書く人＝playwrite」ってほうがわかりやすいのに。英語って面倒ですね）。

　それはそれとして、本題からそれないようにします。ネットで、クリスティナさんが今、シーロッケンというところで行われている演劇フェスティバルに参加していることを知りました。招聘作家に選ばれて、おめでとうございます!!!　す

106

ごく楽しそう。しかも、クリスティナさんは演劇が好きなんだから、もちろん楽しいですよね。

　そして、びっくりしました。シーロッケンがあるのはミシガン州だったから!!!

　すばらしい偶然だと思います。というのも!!!　あたしは今、娘さんのエイヴリー・アレンベリー・ブルームと一緒にCIGIっていう（さえない名前の）キャンプにいるんだけど、それがやっぱり!ミシガン州!!!にあるんです!!!　グーグルマップによると、シーロッケンから車で1時間42分です。

　去年、お父さんと『荒野の犬』と『ジミーが帰ってきたら、教えて』を観ました。サンタモニカのブロード劇場の年間チケットを持ってるんだけど、たいていだれかに売っちゃうんです。お父さんもあたしも忙しいし、年間チケットっていいアイデアに思えるけど、実際買うと、「呪縛」になるんですよね。劇場のスケジュールにしばられちゃう感じで。祖母のベティ（あたしたちは、ガガって呼んでます）がそう言ってました。祖母はテキサスに住んでます。

　それはとにかく、お父さんとあたしはクリスティナさんのお芝居を両方観ました（チケットの買い手が見つからなかったんです）。

　それで、ここからがメールを書いた理由です。CIGI（クリスティナさんがいるところからすぐ近く!!!のキャンプ）で今度、〈家族の日〉っていうのがあります。近いところに家族

がいる子は、そんなに多くありません。たとえば、エイヴリー・アレンベリー・ブルームのパパは今、中国にバイク旅行にいってます。うちのお父さんも一緒です。それが、あたしたちのつながりってこと。エイヴリーのパパとうちのお父さんはちょっと前にシカゴで出会って→真剣なお付き合い!!!をしているんです。

　2人が帰ってきたら、あたしたちは家族になることになってます（いつ、どこでかは知らないけど）。それってつまり、あたしたちみんな、かなりいろんな調整をすることになるってこと。あたしが住んでるのはカリフォルニアで、ご存じのとおり、エイヴリーたちはニューヨークだから。

　そういうわけで、あたし＆エイヴリーはときどき一緒に行動するようになっていて、たぶん、2人の父親を持つことになりそう。これまでは、1人ずつだったわけだけど。あたしには、もう1人父親がいたけど（フィリップ）、超昔に死んじゃったから、フィリップがいないことにはもう慣れたけど、これからもずっとフィリップのことは忘れないと思います。毎年、フィリップの誕生日には、ろうそくに火をつけて星を見ることにしてます。どうしてかっていうと、フィリップがお父さんに、自分の魂は空いっぱいに広がるって言ったから。

　それはそれとして、クリスティナさんがエイヴリーの生物学上の母親ってことは、あたしも近いうちにクリスティナさんの家族の一員!!!になるってことですよね。継母とか言うつ

もりはないけど。まだ一度も会ったことがないし。だから、もしクリスティナさんがCIGIの〈家族の日〉にきてくれたら最高だなって!!!!!!　キャンプではランチが出るし、肉・魚・乳製品抜(ぬ)きのヴィーガンのメニューも選択可(せんたく)（一応言っておくと、豆です）。クリスティナさんがヴィーガンなら。

　今回のイベントは、家族がこない子はさみしい思いをするって聞きました。そういう子たちも楽しめるように、ウォーターパークに連れていってくれるらしいけど、エイヴリーは水が大嫌(だいきら)いだから、楽しめません。

　あと、お伝えしとかなきゃならないのは、CIGIはふつうのキャンプじゃないってことです。毛糸でブレスレットを作ったり、手をたたきながら歌ったりはしないってこと。ここでは、想像力をきたえるために数学をしたり、スポーツをアートや科学に変えたりするんです。あたしはエイヴリーみたいな超(ちょう)本好きじゃない（クリスティナさんがエイヴリーのこと知ってるか知らないけど、鶏(にわとり)にJ.K.ローリングって名前をつけてるんだから）&夜に自由選択のリスニングの宿題(せんたく)もやってないけど、すでに新しい知識がいっぱい!!!!!増えました。

　エイヴリーからは、クリスティナさんとエイヴリーのパパは大学の友だちで、いろんなことがあったらしいって聞いてます。

　うちのお父さんは、『ジミーが帰ってきたら、伝えて』で、あのひげの男の人が橋の上でブツブツ言っているときに泣き

ました。

　というわけで、今週の日曜の11時半に、CIGIのあたしたちのところにいらっしゃいませんか!?!?!?　朝食のすぐあとに、『オペラ座の怪人』の上演があります。

　別にそれを観るためにくるようなものじゃない!!!!!けど。

　こられそうなら、連絡をください。エイヴリーもメールを書いてるかもしれないけど、今、胞子の実験プロジェクトでめちゃくちゃ忙しいから。

　お忙しいところ、失礼しました。

敬具
ベット・デヴリン

From: ベン・ボンドラーク
To:　　ベット・デヴリン
件名: CIGIキャンプの〈家族の日〉について

- -

ベット、こんにちは。

　ぼくは、クリスティナ・アレンベリーの秘書兼シーロッケン演劇センターで夏のあいだインターンをやってるベンだ。クリスティナに、きみに返事を書くように頼まれた。クリスティナは、今年の夏のワークショップで制作してる新しい芝

居『空の半分を支えて』のリハーサルに、かかりっきりだからね。伝えてほしいって言われたんだ、きみとエイヴリーがキャンプに招待してくれたことに、ものすごく感動してるって。ぼくは、リハーサルのスケジュールがぎゅうぎゅうにつまってるから、いくなんて無理だって言ったんだけど、クリスティナはなんとかいきたいって言ってる。クリスティナはそういうすごい人なんだよ。

　ぼくが車を運転していくことになると思う。クリスティナは、運転はしないからね。ぼくは先月免許をとったばかり（今、19歳で、今度オーバリン大学の2年生になる）で、今年の夏は両親の車を借りてるんだけど、走っていいのは一般道だけで、高速道路は走っちゃいけないことになってるんだ。

　そっちまでいくことになったら、スケジュールが狂わないようにあの手この手を尽くさないとならない。「スケジュール通り」っていう言葉は、クリスティナ・アレンベリーの辞書にはないからね（一応言っとくと、これはここだけの話だよ）。

　あと、きみとエイヴリーはクリスティナと外に食事にいける？　いけるとしたら、ウーラースヴィルに好きなレストランはある？　グーグルマップによるとCIGIがあるのは、ウーラースヴィルだよね。クリスティナはベジタリアン向けのペルシャ料理が好きなんだ。もし、そっちにそういう店があるならだけど。

敬具

クリスティナ・アレンベリーの秘書兼インターン

ベン・ボンドラーク

From: ベット・デヴリン
To:　　ベン・ボンドラーク
件名:　Re:CIGIキャンプの〈家族の日〉について

- -

ベンさま

　クリスティナが〈家族の日〉にくる!!!って聞いて、めっちゃうれしい!!!　キャンプの責任者に話したら（内緒にしておくように頼みました!!!）→すごく喜んでました。ダニエル・バーンバウムっていう人なんだけど、シカゴで『ジミーが帰ってきたら、教えて』を4回観た大ファンだって伝えてくれだって。

　じゃあ、今度の日曜日にベンとクリスティナがきてくれるってことですね。なにか持ってこようとか気を使わなくていいです。人によっては、お菓子＆ガム＆サプライズのプレゼント（サミカル印の個別包装になってるスパイシーサラミスティックとか）を持ってくるらしいけど、あたしたちは別に期待していません。

ということで、ありがとう、ベン。日曜にね!

ベット・デヴリン（＆エイヴリー・アレンベリー・ブルーム）

P.S.　キャンプを出ちゃいけないことになってるから、〈家族の日〉のあと、外に食事をしにいくことはできません。

かわいいベティ・ジュニアへ　　　ガガだよ!

　すまないね、あたしからの手紙を開封(かいふう)するのは、これが最初だなんて。ずっと忙(いそが)しかったんだよ（「なにもしない」って用事がたくさんあってね!）。毎日、今日こそはおまえに手紙を書こうと思っていたんだよ。そう、きれいな切手をはって送る、本物の手紙をね。これなら、手元にとっておけるからね。電子メールじゃ、だれもとっとかないだろ。プリントアウトでもすりゃ別だろうけど、するはずないしね。
　言っときたかったのは、このことだ。ニューヨークのエイヴリーって子にやさしくするんだよ。おまえのお父さんに聞いたよ。新しいお父さんとその子どもが家族に加わるって言ったら、おまえがそりゃもう大さわぎしたってね。まあ、その気持ちもわかるけどね!!!　忘れるんじゃないよ。おまえはいつだって、あたしのところにきて一緒(いっしょ)に暮らしたっていい

んだからね。そういう選択肢（せんたくし）もあるってことさ。だけど、お
まえのお父さんには、あたしがそう言ってたって言うんじゃ
ないよ。誤解するかもしれないから。あたしはベティ・ナン
バー1で、おまえはベティ・ナンバー2。ベティ同士協力し
ないとね。

　おまえのお父さんは、中国大旅行にいっちまってから一度
も連絡（れんらく）をよこしてこないよ。サムに出会ってから、すっかり
腑抜（ふぬ）けだね。

　おまえのお父さんは、昔からおまえ＆あたしほど動物好き
じゃなかったんだよ。だけど、あたしはずっとおまえに、ポ
ニーを買ってやりたいと思ってたんだ。それは知ってるだろ
う？

　じゃあね、愛してるよ。今回のこともなんとかなるさ。こ
れまでだって、なんとかなったんだから。

愛をこめてキスを！　もっと愛をこめてハグを!

ガガ

P.S.　本当は言っちゃいけないのかもしれないがね、おまえ
のお父さんは、中国でサムにプロポーズするつもりらしいよ。
もう今ごろは婚約（こんやく）してるかもしれないね。だから、中国にい
く前に、2人であたしんところにきたんだよ!!!　あたしの許
しをもらいたいからってね。でも、あたしになにか言えるわ

けないだろ？　相手のことをなにも知らないんだから!　いい男性のように見えたがね、週末だけじゃ、判断しようがないよ。でも、おまえのお父さんは一刻も早く片ひざをついて、結婚の申し込みをしたくてしょうがないみたいだね。2人が結婚したら、おまえたち2人がフラワーガールをやることになるのかね？　友だちのダイヤモンドが、YouTubeで結婚式のビデオを見せてくれたんだけどね、90歳のおばあさんが真っ白い花でかざられた歩行器をおしてるんだよ、時速1キロでね。で、そのおばあさんがなんとフラワーガールだったのさ。動画はものすごい勢いで拡散してたよ。あたしはあそこまで年寄りじゃないけどね!　結婚式をすることになったら、おまえとあたしとでおそろいのドレスを着るのはどうだい？　オーダーメイドでないとだめだろうけどね。

From: ベット・デヴリン
To:　　ベティ・デヴリン
件名: 手紙、ありがとう

- -

ガガ

　お父さんが!婚約する!つもりだなんて!ぜんぜん!!!知らなかった!!!!!

　ほんとにほんと!?!?　指輪!!!は用意したって言ってた？　そ

の後の情報がわかったら知らせて!!! エイヴリーに言おうか
どうか、悩んでる。ビッグニュースを聞くと、気を失っちゃ
うかもしれないから。しばらくは、秘密にしておいたほうが
いいかも。だけど、あたしは秘密を守るのが得意じゃないか
らなー。ガガもだけど!

　ガガの手紙は、こっちにきてから初めて受け取った本物の
手紙だったよ。1日1通ずつもらってる子も何人かいるんだ。
たいていは絵葉書で、親が「愛してる」って書いてるだけだ
けど。ああいうのは、すぐに古くなっちゃいそう。ガガも、
これからそうしたければメールを使って。あたし、iPadある
し、ここのインターネットのパスワードも知ってるから。だ
って、最弱パスワードなんだよ。KNOWLEDGE（知識）な
んだから!!!!!

　あと、心配はいらないよ。エイヴリーとは仲良くしてるか
ら。エイヴリーはいい子なんだ。こっちにきて3日目に「飛
びこみ禁止」エリアで飛びこんでどなられたんだけど、エイ
ヴリーはそのことに関してもすごくいい感じだった。

　なんやかんやいって、あたしたちはうまくやってる→〈家
族の日〉にはエイヴリーのためにサプライズを用意してるく
らい! エイヴリーが喜んでくれるといいけど。

　ガガ、ガガには悪いんだけど、あたしはもうポニーをほし
がるような年齢じゃないよ。ガガはいつもポニーの話をする
けど。これからは、ポニーじゃなくて馬を検討しない? ピ

グミーゴートのつがいでもいいよ。じゃなきゃ、カピバラとか（ブタに似てるけど、実際は世界一大きなネズミの仲間なんだよ——調べてみて）。

愛をこめて
ベティ・ナンバー2

P.S.　サマー＆エンジェルに婚約（こんやく）の話をしてもいい？　「将来CIGIにきたいと思うかもしれない」人に手紙を送んなきゃいけないの。義務なんだよ義務!!!　サマー＆エンジェルはきたがらないだろうけど、その手紙でお父さんの結婚話（けっこんばなし）を伝えられるから。2人とも、秘密が大好きだからね。

From: サム・ブルーム
To:　　エイヴリー・ブルーム
件名: また街道から。ようすはどうだい?

エイヴリー

　毎日のように、マーロウと私はこの地球の裏側のおどろくべき国から多くのことを学んでいる。
　これまでのところ、一番大変なのは、バイクに乗るのに慣れることだ。先に訓練しておくべきだった。一日が終わると、

ろくに歩くこともできない。両腕は、削岩機を使ったあとみたいにガクガクになっている。もちろん使ったことがあるわけじゃないが、かなりあたっていると思う。

　おまえはCIGIに慣れたみたいだね。うれしいよ。家畜小屋の屋根にはしごで登ったというのはいただけないがな。だが、おまえはちゃんと賢明な判断をすると信じているよ。これまでもそうだったからね。

　マーロウも私も〈家族の日〉にそっちへいけないのは残念に思っている。だが、私たちにとっては、毎日が〈家族の日〉のようなものだからな。だろう？

月にいけるくらい愛しているよ
パパより

From: エイヴリー・ブルーム
To:　　ベット・デヴリン
件名: ありがとう

- -

ドッグフィッシュへ

　ダニエルと交渉してくれて、ありがとう。〈家族の日〉にだれもこないからって、罰を受けるなんておかしいもの。ほとんどの子は、ウォーターパークにいくのが罰だとは思わな

いだろうけど、わたしは溺死恐怖症だから。一緒に残るって言ってくれるなんてベットは本当に親切ね。

　2人で行動してもいいことに決まりを変えて、よかったと思ってる。だけどもちろん、だからってわたしたちが友だちとか姉妹とかいうことじゃないし、将来に関してなにも同意したことにはならないけれど。

XO
夜フクロウより

P.S.　わたしたちも、親がきている人と一緒に〈家族の日〉用のアクティビティをするのかな?　どうするか、考えておかなきゃね。

From: ベット・デヴリン
To:　エイヴリー・ブルーム
件名:　Re:ありがとう

- -

〈家族の日〉のことは、明日わかるよ。きっとびっくり!!!するほど楽しい日になるって!!!

　あと、新しいTシャツ!!!をもらうじゃん?　家族の人たちも全員1枚ずつ。あれ、ポピー班のベッキー・ジャンセンがデ

ザインしたんだよ。ベッキーって、芸術の才能あるんだよね。
フクロネズミのイラスト＆超リアル。あたし、フクロネズミ
好きなんだ。

　前に友だちのエンジェルが読んだ本に、フクロネズミは誤
解されてるって書いてあって→エンジェルがどういうことか
ぜんぶ説明してくれたんだ。

XO
B

CIGIのみなさん!

〈家族の日〉のスケジュールは以下になります。スケジュー
ルの下に、CIGIのテーマソングの歌詞がありますので、ホー
ルでこのプリントが手元にあるうちに、覚えるようにして
ください。ご家族の方々に一番いいところをお見せしたいで
すからね。

　ご家族のみなさまは、つねに刺激やはげましをあたえてく
ださいます。各分野の第一線で活躍なさっている方々もたく
さんいらっしゃいます。特に今年は、何人か、著名なお母さ
まやお父さまたちがいらっしゃる予定です。きっと、みなさ
んがきちんと考えた質問をすれば、こころよく答えてくださ
るでしょう。

たとえば、こんな方々がいらっしゃる予定です。

　ハリー・リーのお母さまのウェンディ・リー氏は考古学者で、クセルクセス王の墓の遺跡発掘をなさっています。

　ベントレイ・マッギーのお父さまは、高名な生物学者のジェームズ・マッギー氏で、国立衛生研究所の「年間最優秀科学者」賞の候補にもなられました。

　ジョージー＆カルメン・ヘルナンデスのおばさまのマリア・ヘルナンデス氏は、ヘルナンデス式細胞核顕微鏡＆自動制御遠心分離機の発明者でいらっしゃいます。今回は姪たちに会いにこられます。

　それから、芸術の分野でトップレベルの活躍をしていらっしゃるサプライズ・ゲストもいらっしゃいます！　個人的にも、明日、その方をお迎えできるのは非常に光栄に思っています。こうしたお客さまをはじめ、ご家族やお友だちを楽しみにお迎えしましょう。

　ウォーターパークにいく子どもたちへ。

　バスは午前8時ぴったりに出発します。水着はファスナー、ボタン、ベルト、鋲や金属のかざりのたぐいはついていないものを用意すること。ウォーター・スライダーに傷をつけたり、ひっかかって水着が破れたりする恐れがあります。あと、サングラスやメガネは、なくさないように、すべるときは必ずゴムひもをつけること。バスでタオルを配るときに、ゴムひももわたします。

では、みなさん、楽しい日を過ごしましょう！

キャンプ責任者ダニエル

〈家族の日〉キャンプ・スケジュール

午前8時　駐車場混雑を最小限にするため、保護者には時差
到着をお願いずみ

午前9時　アクティビティ参観。参観できるのは、〈すごいぞ、
ゲノム、ミトコンドリア、葉緑体!〉〈分子ガスト
ロノミー:化学的相違について。担当：モリー調
理師〉

午前10時　午前のおやつタイム（グルテンフリー）

午前10時半　CIクスピア劇団主催　『オペラ座の怪人・CIGI
バージョン』

正午　ラン・ラン・ランチ

午後2時　合唱　オープニング・ソング『CIGIに永遠の忠誠
を』

（歌詞カード）

いつだってCIGIに忠誠を
どこへいこうと
いつだってCIGIに忠誠を

賢いことを、恐れる必要はない

考える頭があるなら
ためらわず
せいいっぱい使え
いつだってCIGIに忠誠を
学習の集いに

From: マーロウ・デヴリン
To:　　ベット・デヴリン
件名:　災難

ベットへ

　旅の最新情報だ。まず、昨日、サムの革の旅行バッグが盗まれた（2人分のパスポートとお父さんのスマホが入ってたんだ!）。盗まれたかどうかについては、100パーセントの確信はない。

　お父さんたちのうちどちらかがホテルに置いてきたという可能性も、わずかだがある。だから、ホテルにもどったが、見つからなかった。

　とにかく、出国前に代わりのパスポートを手に入れなければならないという頭の痛い問題ができてしまった。パスポー

トの再発行自体は、それほど大変ではないということだ。

　次に、今、お父さんたちはバイク1台に2人で乗っている。1台、こわれてしまったんだ。おまけに、サムのスマホの調子が悪くなってしまった。ささいな事故があって、ポケットから落ちたんだ。そのため、今、電話を受けることはほぼできるが（できないときもある）、こちらからかけることができない。

　早い話が、今、いろいろややこしいことになっている。サムはお父さんより動揺している（あらゆることにキレそうになってるのがわかる）。だが、今のところ、なんとか平静を保ってる。

　おれは、テクノロジーから自由になるいい機会だと思って、今の瞬間を生きるようにするから、サムにもそうしようってずっと言ってるんだが、なかなかその境地にはなれないみたいだ。

　とにかく、心配しないでほしい。じきにぜんぶ解決して、そのあとはすばらしい旅になるだろう。

　ナントカの日を楽しめよ！　いけなくてすまないな。

愛をこめて！
父（または、「ババ」より。中国語で「父親」の意味だよ!)

From: クリスティナ・アレンベリー
To: サム・ブルーム
件名: 森のサマー・キャンプと、魔法のような出来事……

サム

　連絡をとらなくなってずいぶんたつわね。何年になるかしら。そのあいだ、あなたの決めたルールは尊重してきました。だけど、事情が変わったの。すべて説明するために中国に電話したのだけれど、通じなかった。だから、こうしてメールを書いています。

　ええと、どう書いたらいいかしら。

　信じられないような運命のいたずらによって、エイヴリーがわたしのところへやってきたの。

　わたしがエイヴリーのところへいった、というほうが正確かもしれないわね。

　結局のところ、今回のことはあなたのおかげ。もっと正確に言えば、あなたの人生に現われた男性の娘のおかげ。

　脚本家らしく、状況の説明から始めるわね。

　ミシガン州。7月、湖畔、午後、高湿度、木陰の気温27度。わたしは、夏のフェスティバルの招聘作家としてここにきている。そこへ、とても変わったメールが舞いこむ。そのメー

ルによれば、わたしたちの娘のエイヴリーとあなたのお友だちの娘のベットがすぐ近くのサマーキャンプにきていて、〈家族の日〉というイベントが行われるそう。わたしはそれに招待される。

　では、わたしはどうするか？　スケジュールをすべて組み直して、キャンプへ。

　アシスタントのベンが運転する車でむかうけど、ベンが対向車線のある場所で絶対左折しようとしないなんて知る由もない。それでも、なんとか無事に到着（とうちゃく）する。駐車場（ちゅうしゃじょう）で、ベット・デヴリンという魅力的（みりょく）な12歳（さい）の女の子が出迎（でむか）えてくれる。ベットは待ってましたとばかりに言う。

「エイヴリーは、クリスティナさんが今日くることを知らないんです！　サプライズを用意してるよとは言ったけど、話したのはそれだけ」

　さて、こういう形で娘と再会するのは、正しいことだろうか？　一瞬（いっしゅん）、わたしは迷い、おじけづく。

　けれど、ベットのあとについて、牧草地にむかう。そこで、メガネの上から水玉もようの布で目かくしされた女の子が待っている。ベットが目かくしをはずして、さけぶ（なかなかの肺活量）。

「ジャジャーン!」

　エイヴリーがわたしを見る。

　わたしがエイヴリーを見る。

エイヴリーはショックを受けている。エイヴリーは12歳にも112歳にも見える。CIGI〈家族の日〉の新しいTシャツを着ている、老賢者のような少女。わたしは娘に腕を回したい、2度と手放したくないと思う。けれど、娘が引いてしまうかもしれないと思って、踏み出せない。

　エイヴリーがベットのほうを見て、言う。

「どうして？　どうしてこんなこと、したの？」

「2人は会ったほうがいいと思ったから」

　ベットは答える。

「〈家族の日〉だもん。クリスティナさんは、エイヴリーの家族でしょ」

　2人のあいだに恐ろしいほどの緊張が走る。これが芝居なら、観客がみな、なにか裏切りがあったのを感じとるところ。エイヴリーがこうさけぶから。

「これってプライベートなことよ、ベット！　ベットに話すんじゃなかった！　ママを招待するのは、ベットの役目じゃない！」

「エイヴリーじゃ、呼ばなかったでしょ。だから、あたしが呼ぶしかなかったのよ！」

　ベットがどなり返す。

「ベットは、なんだってやりたければやっていいと思ってる。やりたければいつだって、やっていいって。でしょ!?　だけど、世の中では、そうじゃないのよ！」

すると、ベットが思いがけないことを言う。

「ねえ、会えてうれしくないの？　エイヴリーのお母さんじゃん!」

「お母さん」という言葉を聞いたとたん、いきなりエイヴリーの表情が変わる。ためらうような顔になり、泣きはじめる。わたしはエイヴリーにかけよって、抱きしめる。エイヴリーがぎゅっと抱き返してくる。今では、2人とも泣いている。すると、ベットも抱きついてくる。でも、泣きはしない。それから、わたしたち3人はハグしあい、一生分の物語がたまっている人のようにしゃべりはじめる。

　ああ、サム、エイヴリーは本当にすばらしい子ね。ベットもたいした女の子よ。3人で午後のCIGIの〈家族の日〉のアクティビティに参加して、コオロギのかごを作ったり、科学クイズをやったりしたのよ!　料理を化学実験として行うクラスも見学した。新しいことをいくつか覚えたけど、一番の発見は、エイヴリーとわたしは一緒にいるのが楽しくてしょうがないってこと。

　ついにお別れの時間になったのだけど、アシスタントのベンが消えちゃってね。あとからわかったんだけど、ガールフレンドから電話があって、別れを切り出されたから、ご両親から借りた車に乗って、彼女のもとにいっちゃったわけ!

　もちろん、ミシガン州の人里離れた場所にウーバーなんてあるわけないから、キャンプの責任者のダニエルに町まで送

ってもらうことにしたの。ダニエルの車に乗る前、エイヴリーたちにさよならを言って、また近いうちに会おうと誓いあった。そして、ダニエルにシルフスクロッシングという町まで送ってもらったの。キャンプ地から10キロちょっと離れた場所で、町って言っても、お店が1軒、食堂が1軒、廃業したガソリンスタンドが1軒あるだけ。

　長距離バスは1日1本しかこないって言われた。シーロッケンに電話して、だれかに迎えにきてもらうこともできたけど、それだと時間がかかるし、今日は一日、みんなに休みをあげていたから。そうしたら、ふいに思ったの。そうよ、クリスティナ。これは運命よ。もっと娘と過ごさないと、って。

　サム、わたしがその日の出来事で頭がいっぱいで、いろいろな思いにあふれていたこと、わかってほしい。それに、一日、日差しの下にいたし。日差しを浴びすぎると、調子が悪くなるのよ。

　だから、シルフスクロッシングの食堂で食事をして、グーグルマップで調べた。歩いてCIGIまでもどったときには、日が暮れてしまっていた。ちゃんとした靴をはいてこなかったせいね。キャンプ場は、寝静まっていた（早寝がルールなの）。エイヴリーとベットはすぐ見つかった。わたしたちはこっそり抜け出して、湖の反対側までいって、防寒用の毛布を地面にしいて、濃紺の空の下にあおむけに寝転がった。

　月がのぼってきた。流れ星に願いをかけた。言葉にできな

い言葉を口にした。そのころには、今度こそ本当に遅い時間になっていた。わたしたちはふいに疲れを感じた。そして、歌いだした。それから、本当にうっかり、眠ってしまったの。そんなつもりは、これっぽっちもなかったのよ、サム。だけど、次に目が覚めたときは、すでにあたりは明るくなっていた。わたしは言った。

「2人とも、急いで。いないって気づかれる前に、もどらなきゃ」

　もう少しでうまくいくところだったの。

　だけど、食堂の前にある広場に入っていったら、だれかが「いたぞ!」って。そしたら、キャンプのリーダーたちがわらわらと出てきて。みんな、懐中電灯を持ってた。

「アレンベリーさん、いったいどういうことです!?」

　キャンプの責任者のダニエルは、口ひげを生やしてるのだけど、まゆ毛にまで怒りがこもってた。前の晩、道路沿いの食堂の前で降ろしてくれたときは、さんざんわたしのことをほめていたのに、今度はそうはいかなかったわね。

「許可もなく、2人をバンガローから連れ出すなんて!」って大声でどなられた。

「あたしたち、流れ星を見てただけです、ダニエル先生」

　ベットが声を張りあげた。

「外は真っ暗で、動物の目が光ってるのも見えたのに、ちっとも怖くなかったんです」

エイヴリーも言った。

　2人は、リーダーたちに連れていかれてしまった。わたしは事務室にいったけど、そこでもずっとキャンプの責任者にどなられっぱなし。本当にごめんなさい、サム。要点を言えば、2人とも今後一切、CIGIには参加できないことになってしまったの。しかも、それだけじゃなくて、CIGIは「返金は一切受け付けない」システムみたい。調べたのよ。

　だから、わたしがなんとかしなきゃって。その場で決めたの。シーロッケンに電話したら、すぐにプロダクションのアシスタントをよこしてくれることになった。だから、娘たちのところへいって、言ったの。

「エイヴリー、わたしと一緒にいらっしゃい!」

　エイヴリーがぱっと顔を明るくしたのを見て、心臓が止まりそうだった。とてもうれしそうだったのよ、心の底の底から。それから、エイヴリーを連れて帰るのに必要な書類にサインをして（もともと、実の娘なわけだから）、エイヴリーは荷物をまとめにいった。

　でも、そうしたらベットが泣きはじめた。ベットは、しょっちゅう泣くような子に見えない。だから、わたしも泣いてしまって。でも、泣いたってしょうがない。ベットはすっかり取り乱していた。

「じゃあ、あたしはどうすればいいの?　いくところなんてないし、お父さんは中国のどこかにいるし」

だから、一緒にきなさいって言った。2人とも大喜びでね、きゃあきゃあ言いながら跳びはねて。でも、ダニエルに反対された。

「いいえ、そんなことは許可できません。ベットのおばあさまに電話します。ベットの緊急連絡先はおばあさまで、あなたではありません」

　ベットは目を見開いた。

「え？　ガガはもう何年もテキサスから出てないんだよ。飛行機が大嫌いなんだから」

　わたしがなにを言っても、ダニエルは耳も貸さなかった。わたしは説得しようとした。必死になって。だけど、ダニエルは、ベットはおばあさまのベティ・デヴリン以外に引きわたすことはできないの一点張り（ガガっていうのは、このおばあさまのこと）。

　つまり、結論を言えば、CIGIの〈家族の日〉の、魔法のような夜のあと、エイヴリーとベットはキャンプを追い出されることになったってこと。

　でも、なんとか対処できたから。

　わたしたちの娘は、今、わたしが見ているから大丈夫。

　それが、今回の話の一番大事なところ。

K.A.

From: ベット・デヴリン
To: マーロウ・デヴリン
件名: あたしのせいじゃないからね

お父さん

　今回のことは、ひどい!!!と思う。お父さんがいたら絶対、そうだねって言ってくれる→あたしの味方についてくれると思う。クリスティナ（エイヴリーのママ）はずっと長いあいだエイヴリーに会ってなくて＆あたしたち３人は最高の〈家族の日〉を過ごしたから、クリスティナはついでに〈家族の夜〉も過ごそうって思っただけで、それってあったりまえなのに。クリスティナは日が暮れてからもどってきて→あたしたち３人でこっそり抜け出したんだ。

　言っておくと、人生でも１、２を争う最高!!!の夜!!!だったよ!!!!!　エイヴリーも同じこと言ってたし、あたしたち２人とも一生忘れないと思う!!!!!　クリスティナなんて、今夜のことを脚本に書きたいって言ってたくらい。つまり、エイヴリーとあたしは有名なお芝居に登場することになるかもしれないってこと。クリスティナには、あたしの実名を使う許可もあげたんだ。

　とにかく、問題が持ちあがったのは、ベニタ（うちの班の

リーダー）が午前3時にお手洗いにいきたくなって、あたしがいないってことに気づいたとき。ベニタは大さわぎ!!!　あたしたちを見張るのが、ベニタたちの仕事だからね。

　それから、ベニタは、エイヴリーもバンガローにいないのに気づいた。で、リーダー＆スタッフみんなで、誘拐だってさわぎだした。だけど、そんなのバカげてるよね。だって、あたしたちはなんの危ないこともなく湖の反対岸でぐっすり眠ってただけなんだから。だから、みんながあたしたちの名前を呼んでるのが、聞こえなかったんだ。

　しかも、ララ・デューイっていう子が、森でやせた男を見たような気がする!!!とか言いだして。ますます最悪。

　とにかく、結局、リーダーたちはあたしたちのことをぜーんぜん!!!見つけられなかった。あたしたちは朝早く起きて、朝ごはんを食べにキャンプまでもどったんだ。そして、追い出されたってわけ。ついてないなと思うのは、やっとここが好きになりかけてた＆今日はようやくロープすべりが再開するはずだった、ってこと。

　今、ガガがテキサスからこっちにむかってる。つまり、今回の緊急事態のせいで、ガガの飛行機嫌いもおしまいってことだね。これは、いいニュースだよね？　お父さんはいつも、ガガにはいつかまた飛行機に乗ることにしてもらわないっとて言ってたもんね。まあ、とうとうその日がきたってこと。ガガはデトロイトの空港でレンタカーを借りて→まっすぐこ

134

こにくる予定。

　エイヴリーは、クリスティナとシーロッケンっていう演劇研究所にいったんだ。

　それでね、ひとつお願いがあるんだ。あたしもシーロッケンにどうしてもいきたい!!!!!

　このメールを書いたのは、これを言いたかったから!!!!!!!

　このメールを読んだらすぐにキャンプ責任者のダニエルのところに電話して!!!!!　それで、ガガと帰るんじゃなくて、シーロッケンにいくのを許可するって言って!!!!!（怒(おこ)らないよね?）あたしがガガのこと大好きなのは、知ってるよね。だけど、夏のテキサスは気温が1000度くらい＆エイヴリーと離(はな)れたくない。それに、クリスティナはすっごくすてきな人で、演劇について勉強させてくれるって言ってるんだよ、人生にも役立つからって。

　大至急!!!返事ちょうだい。そしたら、ガガはあたしを車に乗せて→シーロッケンにいって→またすぐにテキサスにもどれるから。最高にいい計画でしょ。

　中国がめちゃ楽しくて、サムとお父さんのあいだにもすっごい!!!!!ことが起こるよう、祈(いの)ってるね。きっとその時がきたら、あたしたちにも話してくれるよね。

愛をこめて
ベット

P.S. CIGIでの経験があたしの人生を広げてくれるって、お父さんが言ってたのは本当だった。今、人生がすっごく!!!広いものに感じられる。

それに、ここでは友だちもできた。エイヴリー（面白い＆いい子。怖いものがたくさんあるけどね）と、ほかにも大勢。スパティフィラム班には、あたしがいなくなるって聞いたら、泣きだした子もいたんだよ。サイモンっていう男子はパーカーをくれたし。

あたしのブタ、ミニーとウィルバーにはさよならは言わないつもり。言えそうもないから。あたしたちのあいだには、特別な絆があったんだ。今も、あたしを呼んでる鳴き声が聞こえてる。

From: ダニエル・バーンバウム
To: サム・ブルーム、マーロウ・デヴリン
件名: 一般的に最善とされる措置の行使について

- -

ブルームさま、デヴリンさま

お二人のお嬢さまについての件なので、お二人同時にメールを送らせていただいています。何度か電話でご連絡し、メッセージも残しましたが、まだお返しのお電話はいただい

ておりません。

　このメールを書いている現時点、エイヴリー・ブルームさ
んは実のお母さまであるクリスティナ・アレンベリーさまと
一緒にすでにキャンプを出発しました。クリスティナさまは、
緊急連絡先のリストにはのっていませんでしたが、一親等の
続柄であることはまちがいありませんので。

　ベット・デヴリンさんももうここを出ました。今は、おば
あさまの（緊急連絡先リストにものっている）ベティ・デヴ
リンさんとご一緒です。

　当キャンプの行動規範違反の詳細については、後ほどお二
人にお送りします。

　なにかご質問がありましたら、遠慮なくご連絡ください。

ダニエル・バーンバウム

CIGIキャンプ責任者

著書『才能あるキャンパー：次世代への新しいアプローチ』

バーンバウム出版　ネット限定販売

From: エイヴリー・ブルーム
To:　　サム・ブルーム
件名: 事情説明
- -
パパ

もう、キャンプでのトラブルの話は聞いていると思います。たぶんすごく怒ってるよね。でも、本当は喜んでくれていいの。なぜなら、今、わたしは心の底から本当に幸せだから。

　最初は、ベットがわたしのプライバシーに立ち入ったことにすごく腹が立ちました。でも、それから、ベットがすごいのは、みんなと同じ見方で世界を見ていないところだと気づきました。そうじゃなくて、ベットは自分なりのやり方でものごとを理解してるの。それが問題のときもあるけど（ロープすべりとか）、おかげで、人生ががらりと変わることもある。そう、今日みたいに。おかげでわたしは今、クリスティナとシーロッケン研究所にいるんだもの。

　パパ、パパが前、マーロウとパパは中国で一生に一度しかないような経験をしてるって書いてたでしょ？　まさに、今、わたしはそういう経験をしてるの。

　だから、これがわたしからのたったひとつのお願い（心の底からの!）。ベットのお父さんを説得して、ベットがここにこられるようにしてほしいの。一生に一度の経験を一緒にできるように。

　クリスティナは問題ないって言ってる。包（テントのこと）にはいくらでも場所はあるからって。

　ありがとう、パパ。心からの愛をこめて。

エイヴリー

From: ベティ・デヴリン
To:　マーロウ・デヴリン
件名: 現在の状況

ダグ（おまえがふだんマーロウって呼ばれてるのは知ってる
けど、あたしはいまさら変えられないんだよ）

　おまえの携帯は通じないね。おまえもわかってるんだろう
けど。

　そういうわけで、小ベティはCIGIのキャンプからおっぽり
だされて、大ベティが助けに出動したよ。エイヴリー・ブル
ームも追い出された。実際のところ、悪いのは子どもたちじ
ゃない。2人はクリスティナ・アレンベリーと一緒にいたん
だし、クリスティナはエイヴリーの母親なんだから。でも、
決まりは決まり。ここはテキサスじゃないからね。

　電話をもらってすぐに、最初のデトロイト空港行きの飛行
機に飛び乗ったからね、あたしのタブーは破られたよ。飛行
機を怖いと思う間もなかったからね。それを言うなら、空港
からキャンプ地までいくのに借りたレンタカーでキーをさし
たままドアをロックしたらって心配する時間もね。だが、大
金を使うはめになったよ。そのことについては、おまえがも

どってから相談しよう。

　キャンプまで車でいって、その日のうちにデトロイト空港までもどる予定だったんだが、小ベティには別の計画があってね。シーロッケンとかいうところにいきたいっていうんだよ。エイヴリーが母親とむかった先だよ。あの子はときどき本当にでかい態度に出るだろう？　こっちは、飛行機ですっかり疲れてたから（プルーンみたいに干からびちまったよ）、結局、降参したよ。

　それが、結果的によかったんだよ!

　あたしがはるか昔、ガルベストン演劇団に入ってたのは覚えてるだろう？　3作ほど出演もした。で、なにがあったかっていうと、こういうことだ。エイヴリーの母親のクリスティナ・アレンベリーは、ワークショップで新作の『空の半分を支えて』を発表することになっている。つまり、試験公演をするってことだ。例えるなら、新しい料理を、お客に出す前に作ってみるようなものだね。

　ところが、あたしたちがここに着いたとき、さわぎが持ちあがってた。女優のルース・ハドナッター（サンドラ・メイソンって役をすることになってた）がひどい帯状疱疹になって、舞台にあがれなくなっちまったんだ。クリスティナは、ブロッキング（舞台上での、俳優の動きやポジショニングのことだよ）を決めるために、代わりの人間が必要になって→あたしに舞台の上に立ってセリフを読んでくれないかって頼

んだんだ。それで、あたしは舞台の上に立ったんだけどね、せっかくだから、自分なりにセリフを言ってみたんだよ。

　そうしたらね、終わったら、みんながものすごい勢いで拍手しだしたんだ。そして、クリスティナが、ルース・ハドナッターの代役を探すのはやめるって言いはじめたのさ、あたしが役を引き受けるならって!

　おまえのお父さんに見せられたらと思うよ。この芝居はぜんぶで16回上演されるから、ここに３週間いることになる。だが、心配はいらないよ。娘たちは元気だからね。元気以上さ。これこそ、災い転じて福となすってやつだね!

サンドラ・メイソンから愛をこめて
（役になりきろうとしてるんでね）

From: サム・ブルーム
To:　クリスティナ・アレンベリー
件名:　私たちの取り決めのこと

クリスティナ

　いったいどういうことだ?　メールを開いたら、ありえんバカげたことのオンパレードだ。きみからは何年も連絡がなかったというのに、久しぶりにきたと思ったら、エイヴリー

を預かってるだって?

　私たちのあいだの取り決めは、法的な拘束力を持っている。CIGIの書類でも、緊急連絡先には私の事務所のマネージャーのメリッサ・バーンズを指定したはずだ。

　きみはそれを無視した。

　まったく許しがたい。そもそもきみがいなければ、エイヴリー（と、ベット・デヴリン）はまだキャンプにいたはずなんだぞ。

　2人が、芸術や科学、テクノロジー、エンジニアリング、数学（STEMってやつだ）にどっぷりつかるために大金を支払ったんだ。

　マーロウと私は旅行を早めに切りあげ、できるだけ早く帰国するつもりだ。

　きみは大満足だろうな。大勢の人の夏休みを台無しにしたのだから。

サム

From: ベット・デヴリン
To:　 マーロウ・デヴリン
件名: 最高の夏休み!!!!!
- -
お父さん

シーロッケンは世界一すてきなところだよ!!!!!　これ、大げさじゃないから!

　ガガがメールしてぜんぶ説明するって言ってたけど、一応言っとくと、ここはCIGIと正反対の場所。見せびらかすものを探す＆相手を感心させる、のがCIGI。もちろん、中にはけっこう面白いクラスもあったし、ミニー＆ウィルバー＆馬たち（特にビッグマイク）は大好きだったし、湖のいかだまで泳いでいくのはすっごく楽しかった。もちろん、ロープすべりもだけど、閉鎖（へいさ）されちゃったからね。

　だけど、ほんとの話、いっつも頭よくしてなきゃならないのは、疲（つか）れるんだよね。

　だから、あたしとエイヴリーを無理やり!!!仲良くさせてくれて、ありがとう。ガガの言ったとおり、「みんな、荒馬（あらうま）にまたがっちまった」って感じ。まさに波乱万丈（はらんばんじょう）!　お父さん＆サムもそうだもんね、お父さんたちの場合、またがってるのはバイクだけど!

愛をこめて
ベット

From: エイヴリー・ブルーム
To:　　サム・ブルーム
件名: シーロッケン

パパへ

　パパの電話に出そびれちゃって、本当にごめんなさい。着信音をオフにしてたの、包(パオ)の人たちを起こしたくないから。みんな、遅(おそ)くまで起きてセリフを練習したり、即興(インプロ)したりしてるから。だから、ベッドに入るときは、みんな本当に疲(つか)れてるの。

　だけど、パパのメッセージはちゃんと聞きました。そんなことしなくていいから。あわてて中国から帰ってきたりしないで。絶対しないでね。わたしたちはとても楽しく過ごしてるの。それどころか、最高に楽しい毎日を過ごしてる。

　だから、早く帰ってきたりしないで。そのまま、マーロウとのロマンティックな旅行を楽しんで。

　それにね、秘密はばれてるのよ。わたしたち、パパたちが婚約(こんやく)したこと、知ってるの!　ガガに聞いたの、マーロウが結婚(けっこん)を申(もう)し込(こ)むつもりだって。もうきっと、申(もう)し込(こ)まれたでしょ。ね?　万里の長城の上だったりして。もしかしてひざまずいてプロポーズ?　でも、壁(かべ)のはしっこのほうにあまり

144

近寄らないようにしてね。人はいきなりバランスをくずすことがあるから。結婚式がゴールのはずが、お葬式になっちゃったら困るもの。こんなこと、考えるのはよくないわよね。でも、最近、前よりもずっと、こういうことを考える数が減ってるの。

　パパたちのこと、心から喜んでるし、わたしたちにとっても、とってもうれしいことよ。今では、ベットとわたしは大の仲良しだから。これから結婚式だなんて!　さっそくウェディングのアプリをダウンロードしました。チェックリストと予定表がついてるの。「簡単操作のお知らせ機能」も。

　一応言っておくと、アプリによれば、まず結婚式の日を決めて、そこから逆算するといいんだって。もう日取りは決めた?　なるべく早く知らせてくれれば、助かります。

　もちろんベットとわたしも、ウェディング・パーティに出ることになるわよね。それって、フラワーガールをやるってこと?　それには、ちょっと年齢が上すぎるかも。ガガ(ベットのおばあちゃん)は、バージンロードを歩くのに年をとりすぎているなんてことはないって言っているけど。たぶん、ガガもフラワーガールをやりたいんじゃないかな。それって、どうかしてるかもしれないけど、でも、フラワーおばあさんならなれるかもしれないし、それなら、ベットとわたしだって、大人みたいに花婿を引きわたす係ができるかもしれないよね?

とりあえずは、いろいろなアイデアを出してみようと思って。

XO
エイヴリー

P.S.　最後にもう一度。中国から早く帰ってきたりしないで。

From: サム・ブルーム
To:　　エイヴリー・ブルーム
件名:　パパたちは早くもどる予定だ

- -

エイヴリー

マーロウのお母さんの「ガガ」が、結婚のことをおまえとベットに話したのはまちがっている。

マーロウとパパは、中国に着いたときに友情の指輪は交換したが、ここに着いてまだ数時間で、気持ちが盛りあがっていたときのことだったんだ。飛行機にずっと乗っていたし、時差もあったしな。あとのことはぜんぶ、もどってから相談するつもりだ。

パパたちは今、新しいパスポートを手に入れようとしている（パスポートを盗まれてしまったからだ）。そうすれば、

帰国できる。だが、話に聞いていたほど簡単ではない。何時間も恐ろしく長い列に並ばされたあげく、別の場所にいくように言われて、また別の列に並ばされるといった具合だ。これには、恐ろしくイライラさせられる。

　包でも夜に電話の電源を入れたままにしておいてくれ（こんなことを書かなきゃいけないなんて、信じられないよ）。クリスティナにも、電源を切るなと言っておいてほしい。スケジュールが決まったときに、連絡をとれないと困るからな。

　早くおまえの声が聞きたいよ。

愛をこめて
パパ

From: info@USEmbassy.China.org（在中国アメリカ大使館）
To:　　サム・ブルーム
件名:　パスポート紛失の件【198230498－B－1928473】

- -

　ただいま、申請の処理中です。かわりのパスポートの発行には、10営業日ほどかかると思われます。

　提出された写真はメガネをかけたものでしたので、もう一度、オフィスにきて、提出し直してください。メガネは禁止です。

From: ベニタ・オカンポ
To: ベット・デヴリン、エイヴリー・ブルーム
件名: CIGIの友だちより

ベット＆エイヴリー

　今朝の集まりで、ダニエルの今日の言葉は「コミュニケーション」でした。だから、ペチュニア班とスパティフィラム班合同で2人にメールを送ることに決めました。これも、クリエイティブなコミュニケーションと言えると思って。ダニエルには報告しません。ダニエルは、最近ずっと機嫌が悪いので。

　わたしたちが伝えたかったことは、下の3つです。

　2人に、ここにいてほしかった!

　2人は、とても面白かったから。

　2人が追い出されたなんて、ひどいと思う!

　あと、ベットは赤のビーチサンダルと、〈キウィパッカーアップ〉のリップグロスと、ヘアクリップを2個と、動物の絵の描いてあるスケッチブック（すごくうまいね。ほとんどブタの絵だけど、サメとフクロウも）、それからロケット制作クラスのロケット日誌（軌道の遠地点／高度メモ）を忘れていました。

エイヴリーはしおりのはさんである本をひと山。『タング
ステンおじさん──化学と過ごした私の少年時代』と『人類
が知っていることすべての短い歴史』、『ハリー・ポッターと
炎(ほのお)のゴブレット』、あと『高慢(こうまん)と偏見(へんけん)』です。あと、処方ス
キンクリーム（ヒドロコルチゾン0.05%）、鼻腔(びくう)スプレー吸
入器、バンドエイドが千枚くらい。

　忘れ物の送り先と、2人の近況(きんきょう)をお知らせください。ベッ
ト、テキサスにいるの?　エイヴリーはお母さんと一緒(いっしょ)?

　ステラ、ローリー、ディラン、シャーロット・R、シャー
ロット・M、シャーロット・P、エマ、ハンナ、シビ、アヴァ、
ソラナ、アニー、ゾイ、リーリン、パリ、ディルシャッドよ
り愛をこめて。

P.S.　これは、ベニタの個人メアドから送ってます。ベニタ
は信用できるから大丈夫(だいじょうぶ)。

From: ベット・デヴリン
To:　　ベニタ・オカンポ
件名:　Re:CIGIの友だちより

　ステラ、ローリー、ディラン、シャーロット・R、シャー
ロット・M、シャーロット・P、エマ、ハンナ、シビ、アヴァ、
ソラナ、アニー、ゾイ、リーリン、パリ、ディルシャッドへ

ベットのアカウントからベット＆エイヴリーで送ってます。

どうしてだと思う？　あたしたち、一緒に!!!シーロッケンに!!!いるの!!!!!　CIGIから130キロ離れてるだけだけど、別の惑星にいるみたい!!!

みんなと会えないのはさびしいけど、追い出されて、最高に幸せかも。っていうのも、ここは「研究所」!!!って名前だけど、きてみたら、「研究所」っていうのは大人の言葉で「キャンプ」っていう意味だとわかったから!!!

アクティビティはひとつだけ!!!　芝居を上演すること。ぜんぶの時間がそれにあてられる。でも、あたしたちは芝居に出たり＆衣装を作ったり背景をデザインしたりしないから、好きなことができる。それっていうのはドライブ!!!!!

う、ん、て、ん!

あたしたち、専用!!!のゴルフカートをもらったんだ!!!　読みまちがいじゃないよ。ほんとのほんと!

研究所では、好きなときに食事＆消灯時間はなし＆起床時間もなし。寝るのは大きな包。ぜんぶで6個ある。大人たちはめっちゃ夜ふかし!!!　最高。

たとえば、先週はこんな感じ。

1. 午前2時に全員で泳ぎにいった。エイヴリーは腰まで水につかっただけで、泳がなかったけど、それでも水に入ったこ

とは入ったわけで、自分でも「湖に、それも夜に入ったなんて信じられない」って言ってる。たぶんこれまでやった中で、一番恐ろしいこと→湖に入ってるあいだ中、さけびつづけてたのはそのせいだって。

2. 野生のブルーベリーをつみにいった。最初の7分は楽しかった→次の7分はたいくつ→その次の2分はただの労働→終了。野生のブルーベリーをつみにいこうって言われたら、この時間の内訳を思い出すといいよ。

3. キャンプ全員分の食事を作った。あたしたちから言いだしたんだ。お金をもらって、ゴルフカートで近くの町のお店に買い出しにいった。ちゃんとバイク用のヘルメットをかぶって、高速道路の路肩の芝生の上を走ったよ! 念のため言っとくと、出口はひとつしかないし、超安全!!! 走ってる車がクラクションを鳴らして、手をふってくれた。

　65人分の夕食を作るのは、思ってたよりもはるかに大変だった。量が足りなくなっちゃったけど、みんないいよって言ってくれたよ（大人数の料理をどのくらい作ればいいか、見積もるのって、難しいんだよね）。メニューは、サラダ、パン、レモンクリームソースのパスタ。肉料理にしたら、さらにベジタリアン用メニューを用意することになって大変だ

からね。それって、2食分ってことになっちゃうじゃん?

　ここではニックネームを使ってて、エイヴリーは夜フクロウ、ベットはドッグフィッシュ。どうしてニックネームを使ってるかっていうと、役者の人たちはみんな、自分の役の名前で呼びあってるから。みんな、あたしたちが作った夕食を食べおわると、立ちあがって拍手してくれたんだ。「いいぞ、夜フクロウ!　いいぞ、ドッグフィッシュ!」って言ってくれた人もいた。最高だった!　あたしたちはキッチンから出ていって、おじぎをしたんだ。

　だけど、もう二度とこんな大勢の食事は作らない!!!　大量のレモンの皮をおろすと、腕が痛くなるんだよね。それに、途中でスパゲッティが足りなくなっちゃって、デザートと一緒にエッグサラダのサンドイッチを配らなきゃならなかった→次の日、朝食のオムレツはなしになっちゃった。

　まだほかにも、いいことがあるよ!!!　ここでは、日焼け止めや虫よけスプレーを使ったかどうか、いちいち聞かれないし、歯をみがいたかとかデンタルフロスを使ったかとかも確認されない(一応言っとくと、あたしたちはちゃんと日焼け止めをぬってる&虫よけスプレーだってたまに使う&たいていは歯もみがいてる。デンタルフロスは使わないけど)。それに、ベットはペパロニピザを毎日!!!ランチと!夕食に!食べてるけど、食品ピラミッドのすべての食品群を食べたほうが

いいとか、言われない。

　もうひとつ、ニュース。あたしたちのお父さんは!結婚する!んだ!!!　だけど、まだ秘密。つまりあたしたちは姉妹になるってこと!

　結婚式では、フラワーガールをやるかも。だけど、介添人をやるって手もある。この場合、花嫁の介添えじゃなくて、花婿の介添えだけど。こういったことはまだぜんぶ考え中。だけど、あたしたち2人ともすごくわくわくしてる。最初のころの気持ちとは、ぜんぜんちがうんだ。最初、お父さんたちが付き合いはじめたときは、腹を立ててたから。

　ではでは、メールをありがとね、CIGIのみんな!　シーロッケンにスローガンがあるとすれば、〈ルールのないキャンプは世界一〉!!!

　チアーズ!（ロンドンからきた女優さんが1日20回くらい、言うの。イギリスでは、ありがとうとかさようならの代わりに使うんだって）

ベット＆エイヴリーより

P.S.　ベニタ先生＆レイチェル先生、こんにちは。このメールをみんなに読みあげてくれますか?　それで、読んだら、消去してください。キャンプ責任者のダニエルがスパイウェア【注：ユーザーの情報を収集し、別のところへ送るプログラム】でこ

っそりみんなのメールをチェックしてるかもしれないから。

　あと、バンガローに忘れてきたもの（リップグロスとか）は、シーロッケンの事務所あてに送っていただけますか？事務所には1日10回くらいいって、自動販売機（じどうはんばいき）のお菓子（かし）やアイスクリームを買うお金をもらってるからすぐに受け取れます。住所はネットにのってます。

From: エイヴリー・ブルーム
To:　　サム・ブルーム
件名:　ごゆっくり

パパへ

　劇場では、全員携帯（けいたい）をオフにしなきゃいけないの。だからまた、パパの電話をとりそこねちゃった。だけど、留守電で新しいパスポートを取得するのが大変だっていうのは聞きました。パパたちになにかしてあげられたらいいんだけど!
クリスティナは、新しいパスポートができるのを待っているあいだ、どうせだからもっとのんびり中国を見て回ればいいのにと言っています。

　次にメッセージを残すときに、結婚式（けっこんしき）の日取りについて教えてくれない?

愛をこめて
エイヴリー

From: ベット・デヴリン
To: マーロウ・デヴリン
件名: 毎日いろいろ学んでる!

- -

お父さんへ

　あたし、ここでいろんなことを学んでる!!!気がする。だから、CIGIにいなくても、お金がまったくむだになったわけじゃないよ。

　それに、ガガは芝居のスターではないけど（主役じゃないからね）、研究所全体の!スターに!なってる!!!　みんなに、レディ・ガガって呼ばれててね、ガガもそれを気に入ってる。クリスティナはガガの役を!どんどん!大きく!して、セリフを書き加えていってる（中にはガガがたまたま口にしたことをセリフにしたのもあるけど、ガガは自分の手柄だって言ったりするつもりはないって）。

　あたし、今の今まで、ガガが女優だったってことすら知らなかったんだから!

　あたしとエイヴリーはリハーサルを見学してる。でも、クリスティナが自分のゴルフカートを貸してくれたんだ（クリ

スティナのドライバーだったベンは、オハイオ州に帰ってもうもどってこないんだって）。クリスティナがどこかにいくときはクリスティナを迎えにいかなきゃだけど、そもそもクリスティナはほとんど劇場にいるからね。

エイヴリーも何回か運転したけど、どこかにぶつけて死んじゃうのが怖いんだって。エイヴリーは一度、めちゃくちゃかわいいウサギを見つけて→道からそれちゃって→スプリンクラーに乗りあげて→こわして→水がそこいらじゅうにまき散らされちゃったんだ。

だけど、ここには配管工の人がいて、すぐに直してくれたよ。それに、ここではカリフォルニアみたいに水不足の心配はないから、そんな大きな問題にはならなかった。

お父さんに言っときたいのは、あたしたちは大きな道路をカートで走ったりはしてない!!!ってこと。走ってるのは、田舎道だけ!!! 湖にいくときは、野原もつっきるけど。

ここで暮らせたらいいのに。だって、ゴルフカート＆好きなときにサインすれば食べ物がもらえるんだよ。食堂で、そうやって食事をしてる。

エイヴリーの食事はめちゃヘルシー。うそはつかないよ、あたしは毎日ペパロニピザを食べてる。でも、お父さんもここにいたら、そうしてると思う。チーズはウィスコンシン産。さすが乳牛の牧畜で有名な州だけあるねって感じ。

ガガは、今はあたしたちが自由にやれるとき＆自分も自由

156

になれるときだって言ってる。だから、お父さんもサムと中国で自由に過ごしてね。

　あわてて帰ってこなくていいから。これはほんと。のんびり過ごして＆面白いものを見て＆夜ふかしして＆（そっちにもあるなら）ボウリングをして。愛にあせりは禁物だからね。

　というわけで。お父さん大好き。ずっとね。「ずっと」というのは「永遠ということ」だよ。（サムが手紙に使ってたフレーズ。エイヴリーと合言葉みたいにしょっちゅう言い合ってるんだ）

愛をこめて
小ベティ

From: ベティ・デヴリン
To:　　ダイヤモンド・ジョンソン
件名: お世話になってます

ダイヤモンドへ

　あたしの庭に水をやるのなんて、楽しいわけないのはわかってる。あたしの郵便物を整理するのもね。シナモンはこれっぽっちもさみしがっちゃいないにちがいないよ。ネコはそこにいる人になつくって言うからね。1時間の時差がある州

にいる人間のことなんて、どうでもいいのさ、エサ入れに〈ニャーニャー・ミックス〉を入れてくれる人間がいればね。ダイヤモンド、あんたは天使だよ、シナモンをあんたのうちで面倒みてくれるなんてね。シナモンの小さい耳に、ママはおまえに会いたがってるよってささやいておいてちょうだい。

　これでまるまる2週間も家をあけてるわけだけど、2か月くらいたったような気がするよ。いい意味でね。1日は長いけど、1週間はあっという間だ。わかるかだろう?　1日何時間も舞台に立って、芝居の練習をしてる。大変なふりをするつもりはないよ、そうじゃないからね。楽しくってしょうがないんだ。

　ベットはあっという間に成長してるよ。それに、エイヴリー(あたしの新しい孫娘になるらしいよ!)も、ずいぶんとあたしに慣れてくれたみたいだ。エイヴリーはベットにいい影響をあたえてる。ベットは荒っぽくて難しいところがあるからね。エイヴリーは、ベットのそういうところにブレーキをかけようとしてくれる。エイヴリーには怖いものがたくさんあって、年寄りも顔負けの超一級の心配性だけど、頭がよくて、あたしのことを笑わせてくれるんだ。都会っ子だけど、自分のことばっかり考えてる子じゃない。

　2人はいいペアだよ。

　最初、ダグが婚約者のサムと一緒に現われて、娘たちを連れ帰るんじゃないかって心配していたんだ(そのときから、

もしそうなってもあたしは残ろうと決めていたけどね。芝居に出るから。あたしがいなくちゃ、みんなが困るだろ）。だけど、ダグたちはパスポートを失くして、新しいのを発行してもらわなきゃならなくなった。毎日のように、勝手にさわぎを大きくしてるよ。あまり楽しそうには見えないね。まあ、世界の裏側までいこうっていうこと自体があたしに言わせれば、頭がへんだからね。まだ付き合いはじめて日も浅いっていうのに。カリフォルニアデルタで釣りをするくらいにしておけばよかったんだよ。

　もちろん、そうだったら、今ごろあたしがミシガン州のブルーグリーン色の湖のほとりで孫娘たちと寝泊まりすることもなかったわけだけどね！ ボーカル・トレーニングの仕方を習うこともなかったし、トウフスクランブルを食べることもなかった（そんなこじゃれたベジタリアンフード、あんたは笑うだろうね。でも、けっこういけるんだよ。一応、言っとくと）。『ハミルトン』【注：アメリカ建国の父のアレクサンダー・ハミルトンの生涯をヒップホップ音楽でつづったミュージカル】をぜんぶ歌えるようにもならなかったし、ボードゲームオタクにもならなかっただろうね！ ダイヤモンドも「禁断の島」ゲームをやってみるといいよ。

　最近じゃ、みんなセレブになりたがって、自分の写真をネットにあげてるだろ。これまでずっと、そういう連中のことを目立ちたがりだって思ってたけど、今、数年ぶりにフェイ

スブックを更新しようとしてるんだ。芝居に出るんだから、みんなに知らせないとね。

　スルーしていいからね!

ベティ（ここではガガ）より

P.S.　孫のベットとこんなに長いあいだ2人で過ごせるなんて、天からの贈り物だね。うちの家族のことやらなんやらいろいろ話してやってるんだ。ベットは夢中になって聴いてるよ。

From: ベット・デヴリン
To:　　エイヴリー・ブルーム
件名:　クリスティナがガガに話して、ガガがあたしに話したこと

- -

夜フクロウへ

　今、町にガガときてるんだ、ガガが、外反母趾をお医者さんに診てもらうから。これって、今まであたしがメールに書いた中で一番たいくつなことだね。ていうか、世界中のメールの中でも一番かも。

　で、ずっとここにいなきゃいけないから、そのあいだ、ガ

160

ガがお父さんの子どものころの面白い話をしてくれたんだ。あともうひとつ、エイヴリーの出生の話も!!!　エイヴリーは知ってると思うけど、もしかしたら、聞いたことがない新事実もあるかもしれない。クリスティナは、ガガに個人的なこともぜんぶ話してるから。

　とにかく、ガガが言うには、クリスティナ＆エイヴリーのパパは大学時代を通してずっと親友!!!だったんだって。エイヴリーのパパが、自分はゲイだって気づきだしたのも、そのころ。だけど、2人はひと晩だけとんでもない夜を過ごして→クリスティナは妊娠!!!した。

　クリスティナは赤ちゃんを産むことにして（エイヴリーのことだよ）→クリスティナのママ（エイヴリーのおばあちゃんのスーザン）も、最初の数年は子育てを手伝うって言ってくれた。そうすれば、クリスティナはロンドンへいける。ロンドンで、有名な劇団に入れることになってたんだって。

　エイヴリーのパパは、そうしたことすべてにビビッて、ニューヨークへいって建築の学校に通いはじめた。

　だけど、エイヴリーが3歳になろうとしてたときに、おばあちゃんのスーザンが脳卒中で死んじゃった!!!（なんの前触れもなくいきなりある日、猛烈に頭が痛くなったんだって。だけど、エイヴリーは自分もそうなるかもって心配しないでよ。たいていの頭痛は、なんでもないから）クリスティナはオハイオにもどって→お葬式→エイヴリーのパパもきた→ク

リスティナは精神的にぼろぼろになってた。

それを見たエイヴリーのパパはやっと本気で親の役目を果たそうと決意して、赤ん坊に必要なものをすべて車のトランクにつめこんで、エイヴリー＆クリスティナを2人ともニューヨークに連れていった。なんの計画もないままに。

でも、クリスティナはすぐにロンドンにもどらなきゃならない。その上、エイヴリーは中耳炎になって、医者に飛行機は絶対禁止!!!って言われた。

だから、クリスティナは1人でロンドンへいった。3週間でもどってくるつもりだったけど、劇場の前の凍った舗道で足をすべらせて→足首を折って→手術しなきゃならなくなって→4か月!!!飛行機に乗れなかった。

そのあいだ、エイヴリーはずっとパパといた。クリスティナがやっとニューヨークにもどってきたとき、エイヴリーは半年間クリスティナに会ってなかったから、クリスティナがだれかもわからなかったんだって! クリスティナはエイヴリーを公園に連れていったんだけど、エイヴリーは犬におし倒されて、くちびるをかまれた。ぬわなきゃならなかったんだって! クリスティナは、自分がひどい母親だって証拠だと思った。

だから、クリスティナとエイヴリーのパパは一緒にセラピストのところへいったんだけど、そしたらセラピストが、パパが単独監護権（じゃなくて看護、かな？ よくわかんない

や）を持って一緒に生活したほうがいい、そうすれば、エイヴリーがしょっちゅうロンドンとニューヨークをいったりきたりして混乱することもないから、って言った。

　クリスティナは、わかりましたって言った。でも今では、「わかりました」って言った瞬間に人生最大のミスを犯してしまったと思ってるんだって。時間をもどして、すべてを変えることができるなら、絶対に!!!その時点にもどるって。

　養育権の書類にサインしたときは悲しくてどうしようもなかったって。

　だから、クリスティナの芝居で橋の上に人が立って泣いているシーンは（『ジミーが帰ってきたら、教えて』とか）、あと、橋じゃなくても、屋根の上でもほかのどこの場所でも、とにかく泣いているのは、エイヴリーのことで泣いてるんだって!!!　自分にとって一番大切なものを失ってしまったから、泣いてるんだよ。エイヴリーが「もの」って意味じゃないからね。クリスティナが言いたい意味は、わかるでしょ。

　とにかく、ガガには、エイヴリーには!言っちゃ!だめ!!!って言われてるから。だけど、あたしは言うことにしたんだ。

愛をこめて
ドッグフィッシュ

From: エイヴリー・ブルーム
To: ベット・デヴリン
件名: Re:クリスティナがガガに話して、ガガがあたしに話したこと

　メールを読んでものすごく動揺してます。これまでは、自分の人生という部屋を鍵穴からのぞいているような感じだった。だから、ほんの一部しか見えなかったけど、今、ついにドアが、少なくともわずかに開かれたような気持ち。これまで知らなかった事実は、ふたつあります。

1. クリスティナが悲しんでたってことは、今までだれも教えてくれなかった。クリスティナは忙しい脚本家で、イギリスで自分の人生を生きてる人だって思ってた。わたしに連絡しようと思えばできたんじゃないかって思うけど、パパがそれを禁止してたのかな？　それとも、クリスティナは今、過去を書き直そうとしてるということ？（クリスティナは脚本家だから、「書き直す」って言い方がぴったりじゃないかと思って）

2. それと、大きな犬に倒されて、くちびるにけがしたとき、一緒に公園にいたのはクリスティナだってことも知らなかった。今まで、その話は犬にまつわるいやな経験というだけだ

ったから。パパが一緒にいたんだろうって思ってた。面白いのは、今でははるか昔のことで、どうしてくちびるに小さい傷跡があるかというだけの話になってること。犬よりも水のほうがずっと怖いもの。

　すべての物語は、なにかを説明するために存在しているのかもって考えてるところ。
　わたし、「信頼できない語り手」による物語を読むのがとても好きなの。語り手が語ってることが本当かどうかわからないから、読み手のほうはそれをつき止めなきゃならない。
　もしかしたら、自分の物語を語るときはみんな、「信頼できない語り手」になるのかもね。

ガガから、ショートメッセージ

娘たちへ　信じられないようなニュースだよ！　これからネットで発表されるところだ。おまえたちはゴルフカートでどこかそのへんを走ってるところだろうけど──あ、丘のむこうにいるのが見えたよ──

プレイビル・ドット・コム　トップニュース

　ミシガン州シーロッケンからの最新発表によると、トニー賞候補かつドラマ・デスク・アワード受賞の脚本家(きゃくほんか)クリスティナ・アレンベリーの最新作『空の半分を支えて』が、春にオフブロードウェイで上演されることが決定した。

　2月にプレビューが行われ、3月にニューワールド・ステージスのステージ4で上演の予定。目玉は、サンドラ・メイソン役で出演するベティ・ホーキンズ・デヴリン（新人）。

　ほかは、新たに配役される予定だが、主役のシスター・エレンをアウリイ・クラヴァーリョに出演交渉中(こうしょう)といううわさも。また、ニア・ロングの事務所は、ルーシー・ホックス役で交渉(こうしょう)に入っていることを認めた。

　ヴァレリア・ガルシアが、出演者12人の芝居(しばい)を監督(かんとく)し、時間とアイデンティティというテーマを掘り(ほり)下げる。マルティナ・デソーザがサウンドデザインを提供。ディリー・クラークが照明プログラムを担当する。

From: **エイヴリー・ブルーム**
To:　　**エヴァン・バラキアン判事さま**
件名: **結婚式(けっこんしき)の予約について**

拝啓　バラキアン判事さま

　メールアドレスはお嬢さんのアリエルに聞きました。アリエルからの返事はひと言でした。

「なんで?」

　ですので、アリエルには返事を書きましたが、判事には今から説明します（でも、だれにも言わないでください。これはまだインスタグラムやほかのソーシャル・メディアにはのっていませんし、今はたいてい婚約の写真と一緒に告知するようですから）。

　うちの父が結婚します!　しばらくのあいだ、ゲイの父親がいるのはクラスでわたし1人でした。でも、2人のお母さん（とネコたち）と暮らしているマディ・バーケットがクラスに加わって、さらに、ウィル・ガールドのお父さんがお母さんと別れて、ウィルの科学の家庭教師と付き合うようになってからは、もうそうじゃないので、とてもよかったです。

　それはそうと、アリエルに聞いたのですが、結婚の手続きをなさることもあるそうですね。なので、うちの父と新しいパートナーのD.マーロウ・デヴリンの結婚の手続きをしていただけないかと思い、メールを差し上げました。マーロウとうちの父は今、中国で一般道路を旅しています（バイクの旅です。とても危険ですが、2人にとっては、スリルにとんで面白いようです）。

マーロウの娘のベットは、わたしと一緒にミシガン州のキャンプに参加して（今は、シーロッケン研究所の演劇プログラムに参加しています）、今では一番の新しい親友です。アリエルには、アリエルはこれからも一番の古い親友であり、一番の学校の親友だと伝えてください。ベットとわたしは、姉妹になるのを心待ちにしているところです（法律的には、義姉妹ですが）。

　うちの父がどれだけ忙しいかわかっているので（グーグルカレンダーの秋の予定をわたしのスマートフォンにダウンロードしているので）、父が留守のあいだ、わたしが今回のことを準備して、マーロウと父がもどってきたときにびっくりさせようと思っています。

　最高裁判所で同性婚が認められたおかげで、世界がより平等になった今、2人の結婚の手続きに立ち会っていただけませんか？

　可能な日にちは、9/7、10/12、10/13、10/19、10/20です。

　おそらく午後に結婚式をあげ、そのあと、長いテーブル席でのディナーを予定しています。できれば「世界の小動物」をテーマに行いたいと思っています（ベットのアイデアです）。

　もし引き受けてくださるなら、結婚準備リストの大きな項目をクリアできます。もし難しいようでも、ご事情はわかります。アリエルから、週末はゴルフをなさることが多いと聞

いていますから。

　アリエルのお母さんによろしくお伝えください。秋のお泊（とま）りのときにフラックスシードを入れたパンケーキをいただくのが楽しみです。新しく姉妹になるベットは大のパンケーキ好きで、アリエルに会いたがっています。シュヌードル犬を飼っていると話したら、ますますいきたがってました。ベットは犬が大好きで、シュナウザーとプードルのミックスであるシュヌードル犬と遊んだことは一度もないそうです。

　ご家族のみなさまが、すてきな夏を過ごしていらっしゃいますように。

敬具
エイヴリー・ブルーム

From: ベット・デヴリン
To:　　マーロウ・デヴリン
件名: トラクターの件

- -

　お父さん──ネットであたしが、トラクターを運転してる写真（エイヴリーとひとつの席に、ぎゅうぎゅうになってすわってるやつ）を見てるかもしれないから、説明しとこうと思って。

つまり、あれはフォトショップで加工してるとかじゃなくて、確かに、あたしは運転したんだけど、トラクターは超!!!ゆっくり!!!走ってただけだし、あれはシーロッケンの畑で、最終日の記念写真を撮るためにやっただけ!!!　トラクターが超大きいから、面白い写真になると思って。風の強い日だったから、髪の毛がなびいてるのはそのせいだよ。

　レナ（芝居の宣伝担当）からその写真を劇場のサイトにあげたって聞いたとき、お父さんが見るかもしれないって気づいたんだ。でも、見てないかもね、ガガもその場にいて、ガガはもちろん農場の重機のことはよく知ってるから、超＆超安全だったんだよ。ちゃんとヘルメットもかぶってるでしょ。

　それに、写真のエイヴリーはジェットコースターに乗ってるみたいに悲鳴をあげてるけど（まあ、実際は乗ったことないけど、乗ったとしたらあんなふうに悲鳴をあげるだろうってことね）、あれは、めちゃめちゃ楽しい!!!って悲鳴の顔だから。エイヴリーに聞いてみたっていいよ。エイヴリーのパパを通して聞いてもらうのでもいいし。でも、エイヴリーのパパが写真を見てないとしたら──わざわざ知らせることはないよね？

　まあ、近況報告ってこと。あと、トラクターってたいてい、変速ギアが前進4速もあるの知ってた？　最初はPTOって書いてあるところから始めるんだよ。作業をするための動力をトラクターのエンジンから取り出すって意味なんだって。

CIGIでは、そういった機械のことは話を聞くだけ!!!だったけど、演劇研究所では実体験!!!できるんだ。

　明日、全員でニューヨークにいきます。お父さんの留守電、空にしといて。今、いっぱいで＆ガガが文句を言ってるよ。ガガには超たくさん!!!!!ニュースがあるからね。

　お父さんたちがそっちにいて、あわててもどってこなくてよかったって、みんな喜んでる。まあ、お父さんたちは急いで帰ろうとしたけど、パスポートがないせいでもどってこられなかったわけだけど。

愛をこめて
ベット

From: ベティ・デヴリン
To:　　マーロウ・デヴリン
件名: シーロッケン
- -
ダグへ

　何度も電話を受けそこねてるね。10時間の時差のせいもあるし、研究所は森の中にあって、電波がうまく届かないんだよ。電話がちゃんと鳴るのは、2回に1回くらいだね。あとになって通知に気づくんだよ。すまないね。

シーロッケンでは、芝居の準備はほとんど終わって（人生で一番早い3週間だったよ）、これからあたしたちはみんなでニューヨークへいくんだ。

　きっと今、コーヒーを噴いただろうね。紅茶かもしれないけど。あたしが旅をしないことは知ってるだろうし、ニューヨークには一度しかいったことがないし、そのときはジミー・カーターが大統領だったからね。40年くらい前ってことだよ。でも、今回の旅行は、あたしにとっては出張だ。そう、読みまちがいじゃないよ、「出張」。仕事だからね。

　できれば直接ニュースを知らせたかったよ。あたしたちは、『空の半分を支えて』をオフ・ブロードウェイでやることになったんだ。「あたしたち」っていうのは、つまり、あたしもその一員ってことさ!

　上演は春だけど、どこかニューヨークで寝泊まりする場所を見つけなきゃならないからね（エイヴリーは、今ではもう家族なんだから、ブルーム家のマンションの部屋を使っていいって言ってくれてるがね）。クリスティナはロンドンに住んでるけど、やっぱりニューヨークに小さな部屋を借りるそうだ。

　東海岸へ飛ぶもうひとつの理由は、エージェントに会うためだよ。彼は芝居を観て、あたしのエージェントになりたいって言ってきたんだ。最初は、あやしいと思ったんだけど、クリスティナが、彼はエマーソン・モルガンっていう本物の

エージェントで、これからの契約交渉には彼みたいな人物が必要だって教えてくれたんだよ。

　まったくおどろきだね。あらゆることが新しい方向に進んでいるよ。わかってる――デトロイト空港に着いたら、おまえの携帯に電話してみるよ。空港なら、電波も通じやすいだろうからね。

　死ぬほど愛してるよ。

母（またの名を、サンドラ・メイソン。サンドラはなにをしだすかわからないけど、肝のすわった女なんだよ）より

From: サム・ブルーム
To:　 エイヴリー・ブルーム
件名: ようやくフライトがとれた

━━━━━━━━━━━━━━━━━━━━━━━━━━━━━━━

　ようやく仮のパスポートが出て、やっとニューヨーク行きの飛行機に乗れることになった。あと30分で搭乗だ。

　フライトはダラス経由で24時間かかる。

　ここから出るのにこんなにかかったなんて、いまだに信じられない思いだ。

　早く会いたいよ。

　おたがい、報告しなきゃならない近況が山ほどある。おま

えにも私にも、いろいろなことがあったからね。

　遠い未来には、今回のことをすべて笑い飛ばせるようになることを願ってるよ。

愛をこめて
パパより

P.S.　私の事務所にフライトの詳細（しょうさい）について送っておく。空港に着いたら、メッセージを送る。おまえはうちで待っているように。これは、クリスティナにも伝えてほしい。クリスティナに最後に送った2通のメールに、まだ返信はない。マネージャーのメリッサに面倒（めんどう）を見てもらえれば、それが一番いいだろう。私はクリスティナに会う気にはなれそうもないんでな。

From: マーロウ・デヴリン
To:　　ベティ・デヴリン
件名: 帰国

- -

母さん

　明日、ＬＡ（ロサンゼルス）に帰る。
　母さんが、ニューヨークにいるのはわかってるけど、ベッ

トと一緒に飛行機に乗って、おれが帰ったときにはＬＡにいるようにしてほしい。

　いろいろ話さなきゃならないが、メールには書きたくないこともある。特に、ベットが勝手におれのメールアカウントにログインしてるからな。

じゃあ、あとで。
マーロウ

From: ベティ・デヴリン
To:　 マーロウ・デヴリン
件名: シーロッケン

- -

　ＬＡに飛んで、おまえがもどってきたときに出迎えるようにするよ。飛行機代のことは心配しなくていいよ。今度の契約に国内のフライトも含まれてるんだ。「プラス１名」（ベットのことだよ）の特典付きでね。

　今、荷物をまとめているところだよ。おまえも知ってるだろうが、ブルーム家のニューヨークのマンションは、すばらしく豪華だよ。ベットは写真を撮りまくってたよ。

じゃあ、あとで。

From: ベット・デヴリン
To: エイヴリー・ブルーム
件名: ファーストクラス

　今、飛行機。なんとファーストクラス!!!!!　エイヴリーが言ったとおり「すっごい!」けど、あまりよくないことかもね。だって、一度これを経験しちゃったら、もう二度と、ぎゅうぎゅうづめのすわり心地の悪い席で旅行したくなくなっちゃいそうだもん。

　ほかにも、同じ世界の人間なのに、ぜんぜんちがう世界で暮らしてる人たちがいる、ってわかることがあったよ。ファーストクラスに入ったら、すぐシャンパンが出て（あたしはオレンジジュースだったけど）、キャビンアテンダントの人はコートを預かってかけてくれて、ずっとにこにこしてるの。飛行機のうしろの座席では、ほかの人たちが早く席についてくださいってどなられながら、混んでる通路を歩いてるのに。

　ガガは、みんなオーバーブッキングで飛行機から追い出されるのを怖がってるんだろうね、って。むこうからこっちのお手洗いも見えてるけど、使っちゃいけないって言われてて、なんだか申し訳ない気がしちゃった。キャビンアテンダントの人がカーテンを閉めたら、もう見えなくなったけど。

　今は、チョコレートチップクッキーを焼いてくれてる。カ

ーテンのむこうでは、赤ちゃんが泣いてる。っていうか、赤ちゃんじゃなかったら、いやだな。

　ガガはずっと、自分は女優になるのがどういうことかぜんぜんわかってない＆クリスティナの芝居（しばい）の半分も理解してない、って言いつづけてる。あたしは、最初から最後まで見たことないから、とだけ答えといた。だって、お芝居（しばい）は、子ども用じゃないし、あたしたちだけで外を走り回ってたほうがずっと楽しかったもんね。

　フクロウのこと、覚えてる？（もちろん覚えてるよね、エイヴリーは夜フクロウだもん）すっごくかわいかったよね。フクロウが木の上から降りてきて、肩（かた）にとまるように訓練できたらよかったね。（そしたら、結婚式（けっこんしき）に連れていって、脚（あし）に結婚指輪（けっこん）をリボンで結びつけて舞（ま）い降りてくるっていう演出もできたかも！）

　ガガは、旅をしすぎると頭がおかしくなるって言ってる。うちのお父さんのことを言ってるのか、自分のことなのか、わからないけど。だって、今、お皿の温めたナッツを小銭入れの中に入れてたもん。

　今回の中国の旅は、お父さんたちにはハードだったけど、あたしたちが超（ちょう）仲良くなって＆2人の結婚（けっこん）にも賛成って聞いたら、めっちゃ!!!喜ぶね。最初はあたしたち、すごくいやがっちゃったもんね。

　ニューヨークに引っ越すことになったら、すぐさま犬の散

歩ビジネスを始めたい! 絶対大金持ちになれると思うんだ
よね。

　だけど、ニューヨークかカリフォルニアのどっちかを選ぶ
のは不公平だってことになって、ちょうど真ん中を選ぶこと
になったら、あたしたちはオクラホマのどこかで大家族を築
くことになるかも。オクラホマには、バスケットボールのい
いチームがあるんだよ。

　LAに着いて、ジュニーとレーズンをトパンガのペット用
ホテルに迎えにいったあと、また連絡する。

またすぐに書くね!

XO

ドッグフィッシュ・デヴリン・ブルーム

From: エイヴリー・ブルーム
To:　　ベット・デヴリン
件名:　最悪の出来事

- -

　電話したの! でも、ベットが電話に出ない! どこにいる
の? 最悪なことが起こったの。本当に本当に最悪なことが。

　パパが中国から帰ってきて、すぐにおかしな感じになった
の。最初、キッチンにただすわって、なんてことのない話を
してた。パパが、クリスティナとシーロッケンにいったこと

で怒ってるのはわかってたけど、パパはその話すら持ち出さなかった。ほかのことで頭がいっぱいだったから。しばらくして、ようやくこう言った。

「大事な話があるんだ」

でも、パパったら、わたしの顔を見られないの。

パパは顔を背けた。左足が小さく揺れてるのがわかった。緊張してるときのパパのくせ。パパの顔から、なにか本当に恐ろしいことだってわかって、わたし、泣きだしちゃったの。パパがまだひと言も言わないうちから、泣きじゃくっちゃって。そうしたら、やっとパパは言った。

「マーロウと私は、いったん距離を置くことにした」

最初、意味がわからなかった。

「時差ぼけとか、いろんなことで疲れたから、LAとニューヨークでそれぞれ休むってこと?」

そしたら、パパはそうじゃない、そういう意味じゃないって言った。今回の旅はすごくストレスが多くて、パパとベットのお父さんは、ぜんぜんタイプがちがって、うまくいかなかったんだって。なにをしても、言い合いになって、けんかばっかりだったって言ってた。だから、2人の関係は終わりにしないとならないって。パパは、キッチンをうろうろ歩き回って、しまいには木のスプーンを手にとって、ブンブン振り回しはじめたの。

わたしはようやく口がきけるようになって、たずねた。

「なんの話?　どういうこと?」

　パパは言った。

「マーロウとは別れたんだ。終わったんだ。おしまいだ」

　それから、キッチンを出ていった。

　今度こそ、わたしは涙が止まらなくなった。体の中にこんなに涙があるなんて、知らなかった。体っていうのは、必要に応じて、いくらでも涙を作り出す機能があるのかも。マシュマロソファにつっぷして、革に顔をおしつけて（本当はだめなの、革はぬらしちゃいけないから。それに、息が苦しくなるし）、アロエ成分入りのティッシュをひとパックまるまる使っちゃった。

　ベットのお父さんも、同時に悪いニュースを伝えることになってるって、パパは言ってた。ベットのいるところだと、時差の関係で3時間早いってことよね。東部標準時と太平洋標準時だから。パパたちがCIGIのTシャツをわたしたときと同じパターンだけど、もちろん、今回はあのときとは比べものにならない。

　ベットも同じこと、言われた?　パパは、パパたちが別れてもわたしは平気だと思ってたって。わたしが家族は今のままがいいと思ってると、思ってたから。パパは、ベットとわたしのこと、わかってない。そのせいで、ますますつらい。

　今、パパは自分の部屋にいるから、クリスティナに電話をかけたの。クリスティナは、今はパパもつらいときだから、

はっきり考えられないのだと思う、それは理解してあげない
とって。自己憐憫はいやだけど、わたしだって今、ものすご
くつらいのに（ただしわたしは、はっきり考えられるけど）。
　これって、わたしたちのパパはもう絶対夫夫にならないっ
てこと？　結婚しないってこと？　結婚式もないってこと？
みんなと家族として一緒に暮らすのがどんなふうか、わから
ないままなんてありえない!
　今夜は、本格的な不眠症になると思います。いつもの夜フ
クロウの夜ふかしじゃすまない。放っておいたら、慢性化し
たっておかしくない。
　これまで、人生に欠けているものなんてなかったのに、こ
れからはそうじゃないなんて。
　ベットがいないなんて。
　夜フクロウとドッグフィッシュは一緒にはなれない。そん
なこと、本当とは思えない。

From: ベット・デヴリン
To:　　エイヴリー・ブルーム
件名:　Re:最悪の出来事

　えっ???　うそでしょ!!!　あたしたち、用意を始めたばか
りなのに。お父さんたちは婚約しない→あたしたちは結婚式
の計画を立てないってこと!?!?!?　エイヴリーは結婚準備ア

プリをインストールしたのに？ お父さんたちは指輪を交換したんじゃなかったの？ エイヴリーは、3冊も結婚に関する本を注文して、友だちの判事をやってるお父さんのスケジュールもおさえたのに？

お父さんに話を聞かなきゃ。

あたしたちはあと4時間で、空港にお父さんを迎えにいく予定。お父さんの飛行機が遅れたんだ。だから、「2人同時にニュースを伝える」計画はうまくいかなかったってこと。本当にそれが計画だったなら。

ガガにはまだ言わないつもり＆まだ泣かないつもり。だって、今の時点では片方の話しか聞いてないわけだし。

エイヴリーにスカイプしようと思ったんだけど、ガガに聞かれるかもしれないし。そうじゃなくてもガガはやっと、春にニューヨークで芝居に出るっていう実感がこみあげてきたらしくて、すでに完全に舞いあがってるから。今はリビングで新しいボーカル・トレーニングをしてる。そのせいで、犬たちが遠吠えはじめてる。

From: エヴァン・バラキアン
To:　 エイヴリー・ブルーム
件名: ご依頼の日をおさえました

エイヴリー

先週のきみのメールをもらって、心を打たれたよ。喜んできみのお父さんと新しい人生のパートナーの結婚の手続きをさせてもらおうと思う。2人の人間が個人的な関係を正式（かつ法的）に結ぶのは、とてもめでたいことだ。おめでとう!

　10月の第二週の週末を2日とも、仮おさえしておくよ。どちらの日がいいか決まったら、すぐに知らせてほしい。そうしたら、予約を確定させよう。

新しい冒険に幸あらんことを!
エヴァン判事

P.S.　もちろんお父さんたちの手続きにかかる費用はいらないよ!（ただ、お父さんに、ベッドフォードに建てる別荘の設計図にちょっと目を通してもらうことはできるだろうか。ストローザーズ事務所のマクレーンという建築家に頼んでいるのだが、まだ若くて、経験が浅いのだ。きみのお父さんに手を入れていただくことはできるかな?）

From: ベット・デヴリン
To:　　エイヴリー・ブルーム
件名:　お父さんたちは、最低のバカだよ

夜フクロウへ

　お父さんが帰ってきた。

　本当だった。お父さんたちは別れてた。

　お父さんとエイヴリーのパパは愛しあってたけど、一緒に
旅をして、おたがい相手のことが好きじゃなくなったんだっ
て。2人はあまりにもちがいすぎるって言ってた。

　それから、お父さんは泣きはじめた。空港の駐車場のピッ
クアップ・トラックの前の座席にすわって→ガガに運転させ
て→泣いた。お父さんはこれまで絶対!!!ガガに運転させたり
しなかった!!!のに。それに、これまでお父さんが泣いてるの
を見たのは、映画を観てるとき＆悲しいテレビを観てるとき
＆最高裁判所が同性婚は合憲だって決定したときだけ。最後
のは、うれし泣き!!!だけどね。

　でも、今日のはうれし泣きじゃなかった。お父さんが泣き
だしたら、ガガまで気持ちをおさえられなくなっちゃって。
下くちびるを口の中まで吸いこんで、泣きながらひどい言葉
をいっぱい言ってた。あたしは両手で顔をおおって、2人の
こと、見ないようにしてた。そしたら、いきなりレーズンが
ジュニーをかんだの!!!!!

　こんなこと、今まで、ただの一度だってなかったのに!!!
レーズンは、ジュニーが大好き!!!なのに。きっとせまい場所
（お父さんの車）でみんなが泣いてたのが、スイッチになっ

ちゃったんだと思う。ほら、レーズンは「劣悪な環境」にいたから。

　レーズンがジュニーの１個しかない耳をかんだから→お父さんがうしろの座席に飛びこんで→２匹を引き離さなきゃならなかった。あたしは、車のドアのハンドルをつかんで、開けた（そんなことしちゃいけなかった。車は動いてたんだから）。

　ガガが、きゃあああ!!!!!って悲鳴をあげて、でも、事故にはならなかった。縁石にぶつかって→空港の婦人警官がきて→ガガに降りるように命令した。あたしたちはレーズンとジュニーを引き離して歩道に降ろした。まるでなにもなかったみたいだった。ジュニーの耳がまるまる１個、消えたこと以外は。たぶんレーズンがのみこんじゃったんだと思う。今でもわからない。

　それから、からまっちゃった引き綱をほどいてたら、レーズンはジュニーの顔をなめようとした。

　それを見て、予言だ!!!って思った。きっとエイヴリーのパパとうちのお父さんは、なにかでけんかしちゃったけど、離れてみたら、やっぱり一緒にいたいと思うようになる──ってことなんだよ。

　ジュニーは、獣医さんには連れていかなかった。（あたしの靴下とお父さんの手で）強くおさえていたら出血は止まったし、どうせ反対の耳もほとんどなかったから、前よりもち

ぐはぐな感じじゃなくなったし。

　どうしてもわからない。どうしてお父さんたちは、ぜんぜんちがうからって、一緒になれないの？　エイヴリーとあたしがいい例じゃん。あたしたちはぜんぜんちがうけど、たいていの場合、すっごくうまくいってるでしょ？

　ほんとにほんとにほんとに悲しくてたまらない。みんな、これから寝るところ。ガガは、明日もまた太陽は昇るって。だけど、お父さんの目は悲しみに打ちひしがれてる。

　あたしの目も。

　あたし、まだサム・ブルームに会ったこともないのに。

　エイヴリーのパパに会うことすらできないなんて。

XO

愛をこめて、ドッグフィッシュ

From: エイヴリー・ブルーム
To:　　ベット・デヴリン
件名:　Re:お父さんたちは、最低のバカだよ

- -

　本当は、寝る前にスマートフォンをチェックしたり、メールを読んだりしちゃいけないの、だって前も言ったけど、それって睡眠衛生上、とてもよくないからで、わたしは、寝つきがよくないし、夜中に目が覚めたときの寝つきも悪くて、

それってもっと健康によくないし、だけど、今はすべてのルールを破ってる。読点だけで文をどんどんつなげることはしない、っていうルールまで破ってるもの。

　明日、目が覚めたらすぐ電話して。

From: ベット・デヴリン
To:　クリスティナ・アレンベリー
件名:　あたしたちは家族にはならない!!!!!

クリスティナ

　あたしたちは家族にはならないってこと、聞きましたか?
うちのお父さんとエイヴリーのパパは、中国で別れちゃった。
うまくいかなかったんだって。

　失くしたパスポートや、こわれたバイクを責めることはできません（それもマイナスだったと思うけど）。

　お父さんたちを責めることもできない。お父さんたちのことは大好きだから。

　それに、お父さんたちも、あたしたちと同じくらいショックを受けてるし。

　お父さんたちのほうが、ショックが大きいかも。

　だけど、あたしも最低の気分。

　別に、〈だれが一番最低の気分かコンテスト〉をしてるわ

けじゃないけど。

　ガガは、お父さんたちが恋に落ちたおかげで、みんなの生活が前より豊かになったって言ってます。確かにそうかもしれない。あたしはCIGIにいって＆シーロッケンへいって＆ゴルフカートも運転して＆トラクターも4段階のギアぜんぶで運転できた。エイヴリーと一緒に湖でも泳いだ（まあ、あたしは泳いで、エイヴリーは水の中に入っただけだけど、エイヴリーにとってはすごいことだったし）。レモンパスタを作ったら全員の分に足りなかったり＆包で寝たり＆サラミでフクロウを飼いならそうしてちょっとだけ成功したり。エイヴリーに本を貸してもらって、半分だけ読んだりもした。

　あたしとガガはこの夏を一緒に過ごすことができたし＆飛行機の2A＆2Bの座席でアメリカを横断できた。つまり、劇団が買ってくれたファーストクラスのチケットでってこと。

　毎晩、流れ星を探して、見つかった日もあった。

　こうした経験をあたしたちから取りあげることはできない。だって、ぜんぶ経験したんだから!!!

〈だれが一番最低の気分かコンテスト〉をしてるわけじゃない。

　このコンテストには、優勝者なんていない。

　これからもクリスティナと友だちでいたい。たとえ家族にはなれないとしても。

愛をこめて
ベット・デヴリンまたの名をドッグフィッシュ

From: クリスティナ・アレンベリー
To:　　ベット・デヴリン
件名:　Re:あたしたちは家族にはならない!!!!!

- -

ベットへ

　ベットのお父さんとサムのあいだでなにがあったにしろ、わたしは今でもベットに家族になってほしいと思っています。今年の夏は、わたしに娘のエイヴリーを返してくれました。きっかけを作ってくれたのは、ベットよ。
　一度動きだしたものは、簡単に止めることはできません。
　なぜなら、進めば進むほど、スピードも増していくから。
　ねえ、ベット、どの家族にもこわれてしまった部分はあるものよ。だから、わたしたちも、これでほかのみんなと同じになったってわけ。わたしたちなりのぐちゃぐちゃな形でね。
　ベットの選ばれし姉の母より。愛をこめて。
　（つまり、ベットはわたしのもう1人の娘ということよ）

　クリスティナ

From: エイヴリー・ブルーム
To:　クリスティナ・アレンベリー
Cc:　ベット・デヴリン
件名: わたしたちのこと

- -

クリスティナへ

　クリスティナがベットに送ったメールを、ベットが転送してくれました。でも、わたしは、わたしたちが家族になれるとは思えません。パパは、わたしがクリスティナと話すことさえいやがるのに。

　確かに、わたしたちは、すばらしい夏を過ごしたと思う。でも、家族っていうのは（たとえ一緒に住んでいなくても）一緒に過ごすものだと思います。いろいろなことを一緒に経験したり。今までクリスティナとわたしは、そういうことはぜんぜんしてこなかった。

　もし、クリスティナが親になろうとしたら、シーロッケンのときとはちがって、楽しかったり面白かったりしないこともいっぱいしなくちゃいけなくなります。わたしがラテン語とフランス語の単語カードを覚えるのを手伝うとか。それに、わたしはいつも、試験の前はすごく不安になります。特に幾何のときは精神的に支えてもらわないとなりません。

ほかにもあります。わたしは、食品の賞味期限を何度もチェックします（賞味期限はとても大切です。でも消費期限とはちがうから気を付けないと）。それに、死ぬことが不安でたまらなくなることがあります。あと、ハリケーン警報が出ると、天気予報チャンネルをずっと見ちゃうし。たとえ自分の住んでいる地域にはこなくても、気になってしまうのです。

　本当なら眠ってなきゃいけないときに、本を読むし、綿棒で毎日、耳そうじしているし。しかも、耳のへりの部分だけじゃなくて奥まで。あと、雷も嫌いです。エスカレーターも。縄ばしごも、へこんだ缶も嫌いだし、紙製のランプシェイドが電球に近すぎるのもだめです。あっという間に熱くなっちゃうから。テフロンのフライパンの加工部分に傷がついているのも（ガンの原因になるから）、それに、もちろん溺死恐怖症を抱えてます。つまり、プールも池も川も湖も海もだめということです。

　なにが聞きたいかというと、こういうことをすべてがまんしてでも、わたしに会いたいと思ってくれますか？　ニューヨークで暮らすつもりはありますか？　もし暮らすとしたら、ホテルですか、マンションですか？

　ホテルだとしたら、ルームサービスはありますか？

　非常用出口ははっきりわかるようになってますか？

　学校の帰りに寄ってもいいですか？

　クリスティナがしょっちゅう旅をしているのは知っている

けど、わたしの生活に関わるようになるなら、わたしたちに
『家』と呼べる場所は作れますか?

愛をこめて
エイヴリー

From: サム・ブルーム
To:　マーロウ・デヴリン
件名: 解体作業

- -

　もう連絡はとらないことにしようと決めたが、いくつか問
題が持ちあがった。エイヴリーがベットを心から慕ってい
ている。「依存している」と言ってもいいかもしれない。

　それに、きみの母親のベティにも会いたいと言っている(エ
イヴリーは「ガガ」と呼んでいる)。

　今年の夏、エイヴリーは心に傷を負ってしまった。わたし
もそれは同じだ。なにを言いたいかというと、気持ちを切り
替えて、徐々に以前の生活にもどっていきたいと思っている。
だが、娘たちは昨日も1時間以上、スカイプでしゃべってい
た。不健全だ。こうしたもつれを解いて、娘たちのあいだに
境界線を引くのを手伝ってほしい。

SB

From: マーロウ・デヴリン
To: サム・ブルーム
件名: Re:解体作業

　サム、おれたちはずっと、パスポートは盗(ぬす)まれたと言いつづけた。だが、2人ともわかっている。きみが、本当はどう思っているか。こうなったのはおれの不注意でカバンをホテルに置き忘れたせいだと思っているだろう？　それに、2人とも、中国旅行には乗り気だったが、それをバイク旅行にしようと言ったのはおれだ。昔から、バイクで旅行したいと思っていたからな。つまり、今回の問題はすべておれの責任だ。

　サム、おれはまちがいを犯した。それは認める。そのまちがいの中に、きみのことも入っていると思う。

　娘たちのことに関しては、2人を無理やり引き合わせたのは、おれたちだ。2人には、おれたち以外、なんの共通点もなかったのに。2人が姉妹になると言ったのも、おれたちだ。なのに今度は、ならないことになったと言ったんだ。娘たちが混乱するのも、無理はない。2人がいろいろ話さなきゃならないのも、当然だ。おれは、そこに首をつっこむつもりはない。

From: サム・ブルーム
To: マーロウ・デヴリン
件名: Re:re:解体作業

　エイヴリーとベットは5000キロ近く離（はな）れたところで暮らしている。いずれほかに友だちもできるだろうし、私たちにもまた出会いがあるだろう。

　人生というのは、そういうものだ。連絡（れんらく）をとりつづけるのはよくない。私たちにとっても、娘たちにとっても。きみがわかってくれないのは、残念だ。

　こちら側でものごとを早く進めるために、フェイスブックの友だちリストから、きみをはずした。さらに、インスタのフォローもはずしたから、今後、なんでも好きなことを投稿（とうこう）してくれ。電話のアドレス帳からも削除（さくじょ）するつもりだ。そうすれば、メッセージのやりとりもできなくなる。

　私の家族も人生も、今後一切、きみの家族や人生と関わりは持たない。それは、はっきりさせておきたい。

From: マーロウ・デヴリン
To: サム・ブルーム
件名: Re:re:re:解体作業

実に〝はっきり〟したよ。

From: ベティ・デヴリン
To: マーロウ・デヴリン
件名: ニューヨークより

- -

ダグ

　無事にニューヨークへもどったよ。クリスティナが空港まで迎（むか）えにきてくれたんだ。おかげで、前回とは、ぜんぜんちがったよ。今は、おたがい近いところで部屋を探してる。春に舞台（ぶたい）に立つ場合、この都会じゃ、2人一緒（いっしょ）じゃないとね。あたし1人じゃ、とてもやってけないよ。

　時間のあるときに、近況（きんきょう）を知らせておくれ。おまえとサムがいい友人になれるよう、祈（いの）ってるよ!

愛と、さらなる愛をこめて
ガガ

From: ベット・デヴリン
To: ベティ・デヴリン
件名: セレブだね!

- -

ガガへ

　学校でみんなに、ニューヨーク・タイムズにのったガガの
お芝居の記事を見せたよ。お父さんは額に入れてかざろうっ
て言ってる。あたしは、友だち＆イップ先生＆クレインサッ
サー先生に見せて、ネットにもアップしたよ。みんなに、ガ
ガがあたしのおばあちゃんだってわかるようにね。みんな、
ガガのことをじまんに思ってる。

　お父さんは、もうすっかり元の生活にもどったように振る
舞ってる。だから、だいぶ元気になったって報告できたらい
いんだけど、あたしにはふりをしてるだけってわかる。

　夜中に起きてお手洗いにいくと、お父さんは、たいていソ
ファにいる。眠ってるんじゃない。ただすわって、なにかを
ぼーっと見てるの。一度、あたしが入ってきたのに気づかな
かったときがあったんだけど、そのときはiPadの中国の写真
をじっと見つめてた。ほとんどが、バイクの横にサムと立っ
てて、背景に畑とか山とか町が写ってる写真。おたがい、相
手に腕を回してる写真もあった。

　エイヴリーとは毎日、連絡をとってる。メッセージを送っ
たり＆スカイプで話したり＆少なくとも週に1回はメールも
書くようにしてる。

　エイヴリーにめちゃめちゃ!!!会いたい。この夏までエイヴ
リーのことを知らなくて、友だちになんかなりたくなくて(あ

たしにはたくさん友だちはいる＆エイヴリーは友だちになれ
そうなタイプじゃなかったから）、なのに今じゃ、エイヴリ
ーのいない生活なんて想像もできない。

　クリスティナとサム・ブルームがクズリ【注：別名黒アナグマ。
どうもうで有名】みたいにけんかしてる（ガガがしょっちゅう
使ってる言い回しのまねだよ）ことは、知ってる？

　何度かお父さんにそのことを話そうとしてみたんだけど、
聞きたくないみたい。言うんだよね、「聞きたくないんだ」
って。で、手をひらひらふるの、今すぐ、その話はやめてく
れって感じで。

　3月に公演が始まったら、ガガを見にニューヨークへいく
つもり。

愛してる!
XO
小ベティ

From: エイヴリー・ブルーム
To:　　ベット・デヴリン
件名:　また問題発生

- -

ドッグフィッシュへ

パパがノートパソコンを開いたまま出かけたから、見てみたの。パパのプライバシーを侵害<ruby>侵害<rt>しんがい</rt></ruby>したってことだけれど。そこのメールをコピーして、自分あてに送りました。今から転送するね。大変なことになってるの。

夜フクロウより

＊＊＊＊＊＊＊
以下、転送メール

From: キング・マッケルロイ・ワトソン＆ピーコー法律事務所
To: サム・ブルーム
件名: エイヴリー・アレンベリー・ブルームの件

- -

ブルームさま

わたしは、クリスティナ・アレンベリー氏の代理人です。

アレンベリー氏は、10年前に書類にサインをしたことは認めていますが、このたび、実の娘であるエイヴリー・アレンベリー・ブルーム（10024ニューヨーク市ブロードウェイ2211在住）の対等な共同親権（50%）を要求しています。

現状況<ruby>現状況<rt>げんじょうきょう</rt></ruby>について話し合いの場を設けたく、当事務所よりご連絡<ruby>連絡<rt>れんらく</rt></ruby>いたしました。

よろしくお願いいたします。

キング・マッケルロイ・ワトソン＆ピーコー法律事務所
共同経営者
ライアン・キング

From: ベット・デヴリン
To: エイヴリー・ブルーム
件名: ぬすみ見

- -

夜フクロウへ

　びっくり!!!としか言えないよ。エイヴリーのパパとクリス
ティナは、エイヴリーを取り合おうとしてるんだね。これは
マジで深刻かも。今後の状況も逐一送って。確かにいるのは
アメリカの反対側だけど、なんでも頼りにして。

　それに、時差のおかげで、そっちの時間で言うと、かなり
遅くまで起きてるし。だから、エイヴリーの緊急電話相談窓
口になれるよ。

ドッグフィッシュより

From: エイヴリー・ブルーム
To: 　ベット・デヴリン
件名: 大問題

ドッグフィッシュへ

　状況はどんどん悪くなってる。パパが帰ってきて、クリスティナに電話して、親権のことでどなりはじめたの。去年、アイルランド移民のプロジェクトをしたとき使ったボードがあったから、むらさきとオレンジのペンを交互に使って、〈わたしの生物学上のママをいじめないで!!!!〉って描いて、ハミングしながら部屋に入っていってボードをかかげて見せた。そしたら、パパはやっと電話を切った。

　だけど、相変わらずカッカしたままで、わたしのほうに向きなおると、「ハミングするのをやめなさい!」ってどなった。だから、わたしはやめた。そしたら、パパはわたしからボードを取りあげて、こう言った。

　「ロープすべり事件を起こして勝手にクリスティナと連絡をとった、むこうみずな父親そっくりのベット・デヴリンに入れ知恵されて、このバカバカしいボードを作ったのか?　いいか?　今後一切、ベットとはしゃべるな!　おまえに悪い影響をあたえるからな!」

ベットとベットのお父さんにそんなひどいことを言うなんて、信じられなかった。それに、わたしが入れ知恵されなきゃボードを作れないと思ってるってことも信じられなかった。

　たぶん、本気でパパに反抗したのは、これが初めてだと思う。これまでは、そんなことする理由がなかったから。でも、今回、パパはまるで別人みたいに振る舞ってるんだから、悪いことしてるとはぜんぜん思わない。

　ベットとわたしは今や、友情版ロミオとジュリエットみたい。わたしたちの場合、ジュリエットとジュリエットだけど。

　これって、ほんとにほんとにストレス。自分のコルチゾールの分泌量が増えてるのが感じられる気がするくらい。確信はないけど。

xx
夜フクロウより

From: クリスティナ・アレンベリー
To:　 エイヴリー・ブルーム
件名: 注目!

エイヴリー

　今、パパとわたしはエイヴリーのスケジュールの件で、法

律の助けを借りてやりとりしているところ。けんかしている
わけじゃないの。そう見えるかもしれないけれど。法律のシ
ステム上、こうなってしまうだけ。法律って、ただの話し合
いをわずらわしい争いにするようにできてるのよ。3年間、
ロースクールで勉強した人たちが、奨学金を返せるようにね。
　だけど、心配する必要はないから。今度の火曜日に会って、
デザートを食べにいきましょう。エイヴリーが好きな医療用
品のお店にいってもいいし（確かに、医療機器を見るだけで
も、面白そうよね）。

愛をこめて
クリスティナ

P.S.　マンションを借りる契約書にサインしました（エイヴ
リーのマンションから4ブロックしか離れていないところ
よ）。ガガも同じマンションの同じ階に部屋を借りたの！　わ
たしたち、ニューヨーカーになるのよ!

From: ベット・デヴリン
To:　　エイヴリー・ブルーム
件名: またぬすみ見

- -

夜フクロウへ

お父さんは仕事で出かけたから、最近のようすを調べよう
としてお父さんのメールをチェックしたの。そしたら、面白
いものが見つかったよ。どうやらクリスティナとお父さん、
連絡（れんらく）をとってるみたい!
　クリスティナにお父さんの連絡先（れんらくさき）を教えた?　これって、
「敵の敵は味方」ってやつだよね。
　みんな、これは『スタートレック』でカーク船長が言った
言葉だと思ってるし、確かにそれはそうなんだけど、最初に!
言ったのは!カウティリヤ!!!なんだよ、紀元前４世紀のインド
の人。なんで知ってるかっていうと、学校で「埋（う）もれた偉人（いじん）
を見つけよう!」のプロジェクトをやったから。たくさんの
女の人やマイノリティの人たちが、過去に埋（う）もれちゃってる
からね。

XO
ドッグフィッシュより

P.S.　プロからのアドバイス。パパをもっと味方につけたい
なら、吸入器をたくさん使うといいよ。そしたら、パパはエ
イヴリーのことをかわいそうだと思うから。

From: エイヴリー・ブルーム
To:　　ベット・デヴリン
件名:　Re:またぬすみ見

　カウティリヤのことは知りませんでした。それから、そうなの。クリスティナが、ベットのお父さんの連絡先（れんらくさき）を聞いてきたから、もちろん、教えました!

　わたしも、共通の敵が連絡（れんらく）を取り合うのは、いいことだと思う。

　こちらの最新情報はこれ。親権のことで「わたしの住環境（じゅうかんきょう）を評価するために」ソーシャルワーカーがくることになったの。パパと暮らしてる今の家と、クリスティナが借りたばっかりのマンションと、両方確認するらしい。

　状況（じょうきょう）はどんどん過熱してきてる。

　あと、途中経過報告（とちゅう）。なるべくたくさん吸入器を使ってるふりをしてみてます。

　パパは、わたしがふりをしてるだけだなんてわからないから、心配そうにしてる。

　いいアドバイスをありがとう!　わたしのことを心配してるときは、パパの怒（いか）りも少し減る気がする。

From: ベット・デヴリン
To: エイヴリー・ブルーム
件名: 緊急事態発生!!!!

　今、電話をかけたんだよ。たぶん、生理がきたと思う。緊急事態発生!!!

From: エイヴリー・ブルーム
To: ベット・デヴリン
件名: Re:緊急事態発生!!!!

　かけ直したけど、出なかった。メッセージ送ったけど、こちらも返事なし。どこにいるの?

　さしこむような痛みはある?

　出血多量で死ぬことはないとさえわかれば、思ったよりもたいしたことがないから。

From: ベット・デヴリン
To: エイヴリー・ブルーム
件名: Re:re:緊急事態発生!!!!

　お父さんを巻きこむのもいやだったから、ガガに電話した

んだ。だから、現時点で、このことを知ってるのはエンジェル＆サマー＆セシ＆イマニ以外では、エイヴリー＆ガガの2人だけ!!!　あ、待って、ちがった。シィル＆ティアナ＆モーガンにもメッセージを送ったんだった。

　どういう状況<ruby>状況<rt>じょうきょう</rt></ruby>だったか、説明するね。まず、おなかがなんか痛くて。体の奥深く<ruby>奥深<rt>おくふか</rt></ruby>で車のワイパーが動いてるような感じ。エイヴリーはこの感覚、知ってると思うけど、あたしにとっては初めての感覚だったから。

　だけど、夕食にはチキンのフライを食べて、しかも食べすぎたから、そのせいだと思ったんだ。お手洗いにいって、トイレにすわって→下着を見た→ぽつんって血がついてた。

　最初に思ったのは、「ヤバッ、どっか切っちゃったかな?」だった。実際、立ちあがって→脚<ruby>脚<rt>あし</rt></ruby>を調べて→またすわって→「あ、待って。そうか、ゲッ」ってなったわけ。

　本当に声に出しちゃった。テレビでよく鏡にむかって話しかけてる人みたいに。

　うちに「衛生用品」はあったんだ。あたし、遅い<ruby>遅<rt>おそ</rt></ruby>ほうだったから。だから、それを下着にくっつけたんだけど、ホットドッグのパンをはさんでるみたいな感じ。あたし、一生これには慣れないと思う!　エイヴリーは平気なの?　正直に言ってよ、真実は受け止めるから。タンポンを使いたいけど、最初は心の準備がいりそう。

　そう、あともうひとつ、すごいこと。犬たちはわかるの!!!

あたしがようやくお手洗いから出てったら、ジュニーもレーズンも、どうかなったみたいにさわいだもん。

　エイヴリーと家が近かったからよかったのに！　アドバイスちょうだい。思ってたよりもずっとめんどくさい＆へんな感じ。

　どうしてみんな（みんなっていっても、女＆女子だけど）は四六時中この話ばかりしたくならないわけ？

愛をこめて
ドッグフィッシュより

From: A.アレンベリー・ブルーム
To:　　ベット・デヴリン
件名:　身体機能について

- -

ドッグフィッシュへ

　生理がくると、最初のうちはいろいろ計画を調整しなきゃならなくて大変なんだけど、そのうち、やり方がわかってくると思う。一番いいのは、カレンダーにマークをつけて忘れないようにすること。ベットがカレンダーにつけたり、やることリストを作ったりするのが、好きじゃないのは知ってるけど、便利よ。日付のところに「生理」って書きたくなけれ

ば、赤い点をつけるだけでもいいし。だけど、赤い点じゃ、わかっちゃうかもね。だとしたら、絵文字にするとか、人にはわからないような適当な絵を描くのもいいかも。たとえば、妖精のレプラコーンとか。

　このメールを送るのに使った、新しいアドレスを登録しといて。フルネームのA.アレンベリー・ブルームで、新しく開設した秘密のアカウントだから。うちじゃない場所でしか、チェックしないつもり。つまり、友だちのアリエル・バラキアンのうちにいるときってこと。アリエルが「よろしく」って言ってます。（パパが判事でサンドラ・デイっていうシュヌードル犬を飼ってる子）

　返事待ってます。

　今日は一日、アリエルのところにいるから。

XO

愛をこめて

夜フクロウより

From: ベット・デヴリン
To:　　A.アレンベリー・ブルーム
件名:　Re:身体機能について

- -

　この生理!!!ってやつには、一生慣れるとは思えないけど、

エイヴリーを信じたいよ。

　白いいすに血をつけちゃったらどうすればいいわけ？　これから5日間は、赤いいすにしかすわらないつもり。公共の場にどうしてもっと赤いいすがないわけ？

　カレンダーの印はレプラコーンのイラストにしてみようと思ってる。それに、エイヴリーは喜んでくれると思うんだけど、今、科学クラブに入ろうかなって考えてるんだ。CIGIのアクティビティの中には、けっこう悪くないのもあった。それに、結局、ロケットは完成できなかったし、CIGIから数学のノートが返ってきたから、計算の続きを始めたんだ。

　友だちのエンジェルが言ってたんだけど、できる子のクラスには3Dプリンターがあるんだって。それって、超不公平。あたしたちのところは普通の2Dプリンターしかないのに。キャンプにあったプリンターは気に入ってたんだ。サンフランシスコに、本物の家を3Dプリントして、住めるようにするベンチャー企業があるんだって。

　アリエルによろしく言っといて。アリエルのシュヌードル犬がいい子だといいけど。サンドラ・デイって、犬につけるにはあんまりいい名前じゃないもん。あたしだったら、ブーツってつけるな。

From: A.アレンベリー・ブルーム
To:　ベット・デヴリン
件名: 観察

　先週、ソーシャルワーカーがきて、2日間わたしのことを「観察」したの。1日はパパと、もう1日はクリスティナと。それで、世界一難しいのは自然に振る舞うことだってわかった。自然に振る舞うって、すごく不自然。

　クリスティナのところにソーシャルワーカーがきたとき、クリスティナが演劇の人だってことがよくわかった。なぜなら、完全に演技をしてたから。ふだんとまったくちがう服を着てたし。上から下まで、ぜんぶオートミールみたいな色の服。動物園の飼育係みたいだった。すぐにクリスティナだってわからなかったくらい（いつもみたいなアクセサリーもひとつもつけてなかったし、スカーフも、アイライナーも、ブレスレットも、髪の毛のエクステも、帽子もぜんぶなし）。

　即興劇のトレーニングの見学にもいかなかったし、インドネシア料理の店にもいかなかった。部屋の模様替えも、しなかった。いつもとぜんぜんちがう。その調査員の女の人の前でなにをしたかっていうと、なんとクッキーを作ったんだから。オートミールクッキー（服に合わせたとか?）。

　観察されているあいだ中、クリスティナは、一度も「サイ

コー!」って言わなかったし、歌なんてひとつも歌わなかった。壁(かべ)のカレンダーには、わたしが見たことのないメモがびっしり。中には、すごく大きな字で「エイヴリーの歯科矯正(きょうせい)相談」なんていうのもあった。まちがいなく架空(かくう)の予約。だって、ベットも知ってるとおり、わたしの歯並びはまったく問題ないから。

　ポストイットも、たくさんはってあって、「エイヴリーがちゃんとビタミン剤(ざい)を飲んでいるかチェック」みたいなことが書いてあるの。シンクの上には、「手洗いは、もっとも手軽な病気の感染予防です」っていうはり紙がしてあった。

　クリスティナがいい成績をとれるといいけど。ぜんぶ終わったときには、すっかりぐったりしてた。わたしもだけど。

愛をこめて
エイヴリー・アレンベリー・ブルーム

From: ベット・デヴリン
To:　　A.アレンベリー・ブルーム
件名:　Re:観察

　その服を着たクリスティナを見たかった!　有名な演劇人だもんね、きっとすごくうまいインプロだったんだろうな。

　最近、お父さんは仕事ばっかり。エイヴリーのパパと会う

前からそうだったけど、前は友だちにも会ってた＆バイクにも乗ってたのに。今は、お気に入りのアルコーブ【注：部屋の一部分をくぼませてつくった空間】にこもってる（ここは元教会だったから、アルコーブがたくさんあるんだ）。そこにパソコン置いてるから。

　もう、ジムにさえ、あまりいかなくなった。前は、ジム中毒って言ってもいいくらいだったのに。つまり、かなりやられちゃってるってこと。

　エイヴリーのパパはジムにいく？　それとも、ずっと「悲しい男の顔」!!!をしてパソコンばっかり見つめてる？

　エイヴリーのパパとうちのお父さん、足首におたがいのイニシャルのタトゥーを入れたこと、後悔してるだろうね。

　S.B.＆M.D.ってやつ。

　今じゃ、うちのお父さんはずーっと!!!靴下をはいてるもん。タトゥーが、思い出す「スイッチ」になるんだと思う。あたしは絶対に、だれかのイニシャルのタトゥーを入れたりしない。絶対失敗したって思うときがくるもん。

　ガガはあたしに、お父さんをどこかに連れてって、新しい人に会わせろって言うんだ。新しい男の人に会って、その人のことが気になるようになれば、また笑うようになるからって。だけど、あたしにはそんなこと、できない。

　ガガは「あらゆる傷をいやすのは時間じゃなくて愛だよ」って言ってた。アルデンおじいちゃんが亡くなったあとに、

ダラスの町のレストランでもらったフォーチュンクッキーの中からこの言葉が出てきたんだって。それからずっと、財布に入れて持ち歩いてるんだよ。

From: A.アレンベリー・ブルーム
To:　ベット・デヴリン
件名: 一番悲しい言葉
- -
　一番悲しい言葉ってなんだと思う？

From: ベット・デヴリン
To:　A.アレンベリー・ブルーム
件名: Re:一番悲しい言葉
- -
「ペット禁止」

どう？

From: A.アレンベリー・ブルーム
To:　ベット・デヴリン
件名: Re:re:一番悲しい言葉
- -
「もしも」

▶ 2 か 月 後

From: ベット・デヴリン
To: A.アレンベリー・ブルーム
件名: 今日!

　ハッピーホリデー!

　今、ちょうど部屋に置いてあるレモンの木の下でプレゼントを開けたところ（毎年、レモンの木にかざりつけしてるんだ。フィリップがそうしてたから）。あたしのキャーって声がニューヨークまで聞こえたかも。一番気に入ったプレゼントはドッグフィッシュ。マジだよ。あたしもフクロウを送ったんだもん、うそみたい!　あたしたちってほんと、息がぴったり。もうぬいぐるみって年じゃないけど、これだけは別だもんね。

　ありがとう、エイヴリー、ほんと、ありがとう!　〈CAMP HAIR DON'T CARE キャンプの髪（かみ）だっていいじゃん!〉って書いてあるTシャツもめちゃ気に入った。休み明けに学校に着ていくから。あと、『青いイルカの島』も絶対読むって約束する。イルカはしょっちゅう見てる＆この本は島に住んでる主人公が「女の子」!!!ってところが気に入った。迷子の男の子とかエイリアンとか、ありがちなパターンじゃないってところが。

　エイヴリーからのプレゼントを開けてるとき、お父さんは

マジでしんとしちゃって。だから、言ったんだ。

「クリスマスっていうのはプレゼントを開くだけじゃなくて、心も開くときなんだよ」って。

　最初にこれを言ったのは、エンジェルのママなんだけどね。あたしが言いそうにないことだけど、お父さんは気づいてなかった。

　それはとにかく、あたしはお父さんを見て、こう言った。

「エイヴリー＆エイヴリーのパパにスカイプで、ハッピーホリデーって言わない?」

　お父さんは立ちあがって、あたしだけでしろだって。

　メリークリスマス!　ハッピー・ハヌカ!【注：ユダヤ教の行事。クリスマスと同時期のユダヤ暦に8日間行われる】あとでスカイプするね!

愛をこめて
ドッグフィッシュ

From:　A.アレンベリー・ブルーム
To:　　　ベット・デヴリン
件名:　Re:今日!

　2人で同じものを送りあったなんて、最高。しかも、キャンプのTシャツまで送りあったなんて、すごくない?　〈KEEP

CALM AND CAMP ON（平静を保ち、キャンプを続けよ）〉
Tシャツ、始業式に着ていきたいけど、うちの学校は制服なの。
つまんないでしょ（朝の用意は楽だけど）。

　それに、カモメの羽根の入った箱もうれしかった。もちろ
ん、鳥の羽根のコレクションに入れられます。だって、買っ
たりしたんじゃなくて自然の中で見つけたものでしょ？　し
かも、洗ってくれたのもうれしい。鳥の羽根にはウイルスが
ついている場合があるから。でも、たいていは、死んだ鳥に
ついてた羽根の場合。送ってくれたのは、死んだ鳥のじゃな
い──もんね？　一応、確認。

　パパからのプレゼントは、ハヌカの8日目の晩に開けたの。
クリスティナとは、今日、このあとお祝いすることになって
ます。クリスティナとパパがスケジュールの件で合意してく
れたのはよかった。実はもう約束してるんだけど、今度の火
曜日、クリスティナにピアスをあけに連れていってもらうの。

　痛いんじゃないかって、怖くてたまらないし、そのあとの
感染症のことも心配。だけど、勇気を出してがんばるつもり
です。一生サージカルスティール製のピアスだけつけるよう
にする。アレルギーを起こしにくい医療用のステンレスのこ
とよ。これだけは絶対守るつもり。

　スカイプができなくて残念。パパがベットのお父さんと、
建築のこと（とか、恋人同士だったときに話していたような
こと）を話せば、また魔法がもどってくるんじゃないかって

思ってるんだけど。

　というのも、このあいだ、カイル・シャピロを見ていたら、去年、カイルのことをすごく好きだったのを思い出して。そうしたら、カイルを見ただけで、またちょっと好きになってきたから。もちろん、わたしたちの場合は、中国には一緒^{いっしょ}にいってないけどね。学校の一日見学で織物の博物館にいっただけ。

　じゃあ、ハッピーホリデー、ベット！

　来年の目標は秘密だけど、今、絶対達成しようと思っているところ。

From: ベット・デヴリン
To: 　A.アレンベリー・ブルーム
件名: Re:re:今日!

- -

　考えてたんだけど、あたしたち、来年の目標は同じにしたほうがいいんじゃないかと思うんだ。つまり、これ。

「お父さんたちのよりをもどす」!!!!!

　まずは、２人を同じ時間に!!!同じ場所!!!に連れてくること。

　どう思う???

From: A.アレンベリー・ブルーム
To:　　ベット・デヴリン
件名: Re:re:re:今日!

　賛成!　じゃあ、わたしたちの目標は、相手にがまんがな
らないと思ってる2人を同じ部屋に呼んで、そもそも別れた
ことがまちがいだったとわからせて、またたちまち恋に落ち
るようにすることね。

　だけど、どうやればいいと思う?

From: ベット・デヴリン
To:　　A.アレンベリー・ブルーム
件名: Re:re:re:re:今日!

　運命はあなたにほほえんでいる（うちのコーヒーカップに
書いてある言葉）。

　今、ガガからの電話を切ったところ。お父さんが、あたし
と2人でニューヨークへ!いくって!言ったんだって!!!『空の
半分を支えて』の初日公演を観るために。あとたった9週間!

　これこそ、あたしたちが求めてたチャンスだよ。エイヴリ
ーも初日にパパと一緒に!!!舞台を観にこられないかな?　エ
イヴリーのパパがクリスティナのこと大好きってわけじゃな

いのは知ってるけど、エイヴリーのスケジュールの件では合意したんだし、もう、相手をビビらせるために弁護士にお金を払ったりしてないでしょ。

　お芝居にいけないなら、わざとばったりどこかで会うっていう計画を立てるんでもいいね。エイヴリーが言ってたフローズンホットチョコレートのお店とか。エイヴリーがパパとお店にいる→入口のベルがチリンチリンって鳴る→顔をあげる→あたしとお父さんが入ってくる、とか。

　お父さんたちは「えええっ???」ってなって→顔にじわじわ笑みが浮かんで→涙がじわって浮かぶけどそんなことないふりをして→エイヴリーとあたしはお手洗いへ→2人きりで話せるようにしてあげると→ついに奇跡のように深い愛情がこみあげてくる、みたいな。

　どう？

　これって、今年のクリスマスの最高のプレゼントだよね。将来家族になれるかもしれないっていう希望!

From: A.アレンベリー・ブルーム
To: 　ベット・デヴリン
件名: Re:re:re:re:re:今日!

- -

　ミュージカルの『ハミルトン』的に言えば、「わたしたち、野望を捨てたりしない!」ね。

ベットとお父さんがニューヨークにくるなんて大ニュース!（あ、別に韻をふんだわけじゃないの。ただとっても興奮してるだけ!）

From: ベット・デヴリン
To:　A.アレンベリー・ブルーム
件名: 計画開始

- -

　飛行機のチケットをとった＆ガガのうちに泊まることになったよ!

　お父さんはソファで寝て＆あたしはガガとガガの部屋で寝ることになってる。ガガのベッドは大きいんだって。エイヴリーがクリスティナのところに泊まれば、廊下を!はさんで!すぐ!!!ってことになるね。

　エイヴリーが集めた結婚関係の本、チェロの先生にあげたんじゃなくて!!貸しただけ!!!でよかった。また使うことになるかもしれないもんね。その先生が、チェックリストのところに書きこんだりしてないといいけど。

From: A.アレンベリー・ブルーム
To:　　ベット・デヴリン
件名: パパたちを会わせる場所の候補について：新しいジム

- -

ドッグフィッシュへ

　うちのパパは新しいジムに入ったの。すごくいいジムだって言ってる。パパの新年の目標は、体をもっときたえること。今だってじゅうぶんだけど、そういうことにはきりがないのかもね。

　ここのところ、パパはしょっちゅうそのジムにいってる。夜にいくこともあるくらい。

　だから、ベットのお父さんがニューヨークにきて、劇場でうまく2人を会わせられなかったら、ベットのお父さんをそのジムにいかせるのはどうかな（パパは、必ず決まった時間にいくから）。ジムにはビジター用のパスもあるの。決められた施設見学をして、体脂肪計で脂肪を測らなきゃいけないけどね。そんなに長くはかからないから。ネットで調べたの。

From: ベット・デヴリン
To:　　A.アレンベリー・ブルーム
件名:　Re:パパたちを会わせる場所の候補について:新しいジム

　うちのお父さんは自転車に乗ってる＆走るし、サーフィンもするけど、もうジムにはいってない。もう一度、ジムにいくようにさせてみる。あたしたちには、あと5週間しかないもんね。

でも、どうしてエイヴリーのパパはジムを変えたのかな？それって、悪い兆候かも。

エイヴリーのパパ、新しい服をいっぱい買うとか、してない？

あと、最後に髪を切ったのはいつ？

From: A.アレンベリー・ブルーム
To: ベット・デヴリン
件名: Re:re:パパたちを会わせる場所の候補について：新しいジム

パパは金曜日に髪を切ったばかり。あと、先週は新しいパンツを買ってた。新しい靴も。あと、ベルトも。どうして？確かに、なんの意味もないとは思えないかも。

From: ベット・デヴリン
To: A.アレンベリー・ブルーム
件名: Re:re:re:パパたちを会わせる場所の候補について：新しいジム

夜に腹筋運動!!!を始めたら、教えて。お父さんがエイヴリーのパパと出会ったとき、めちゃ腹筋しだしたんだよね。

あと、歯みがき粉もチェック。美白効果!!!のあるやつに変

えてたら、かなりやばいかも。

　うちのお父さんは相変わらずぼーっと窓の外を見たり＆へんな時間に大量のシリアルを食べたりしてる。だから、こっちは、準備万端。

From: A.アレンベリー・ブルーム
To: 　ベット・デヴリン
件名: B、O、B

ドッグフィッシュへ

　ベットの言うとおりだった。髪を切ったり、新しい服を買いはじめるのには、必ず理由があるってこと。この文字を打つだけでも吐き気がこみあげるんだけど、理由がわかったの。その理由には名前があった。

　B、O、B——ボブ。

　パパがボブなんて名前の人のこと、好きになったなんて信じられない。でも今5分前に、「だれか新しく好きな人ができたの?」って聞いたら、パパったら、照れたような笑みを浮かべて、「ボブっていう名前の人がいる」って、認めたの。

From: ベット・デヴリン
To: A.アレンベリー・ブルーム
件名: ボブって名前の人

やっぱり。

これって、かなりの後退。最悪のタイミング!!!!! お父さんたちが別れて以来やっと、また2人を会わせて→別れたのはまちがいだと思わせ→まだおたがいに愛しあってることに気づかせるってところまであと1歩、ってところまでこぎつけたのに。

それに、ボブなんて超時代遅れ＆超たいくつな名前だよね。

どのくらい真剣_{しんけん}な付き合いなのかな？ エイヴリーも会う予定ある？

そのレベルまで進んでそう????

From: A.アレンベリー・ブルーム
To: ベット・デヴリン
件名: Re:ボブって名前の人

メールを打ってたらちょうどパパが部屋に入ってきて（相手がベットだとは気づいてない）、土曜日にボブがうちにくるって言われました。パパの説明によれば、付き合いはじめ

て3週間半だって。つまり、そんな細かく日にちまで数えて
るってこと?

　ボブについて、これまでですでに判明してるのは、名前が
回文（前から読んでもうしろから読んでも同じってこと。
BOBだから）ということだけ。「回文＝palindrome」は、単
語テストによく出る単語だけど、実際に使うことは少ないっ
て意味で、へんな言葉かも。ああいうテストって、そんな言
葉を問題に出すから、ずるいわよね。

　回文は大好きだけど、ボブは少しでも面白くなりたいなら、
せめてオットー＝OTTOに改名すべき。

　だって、今のままじゃ、ボブ・ビルダーバックなんて名前
なのよ。

　でも、名前がおかしいからってその人のことを嫌いになっ
たりはしないつもり。ボブの両親がビルダーバックっていう
名前だったわけだから、ボブのせいじゃないし。

　でも、どっちにしろ、別の理由でボブは嫌いだから嫌いっ
てことに変わりはないけど。

From: ベット・デヴリン
To:　　A.アレンベリー・ブルーム
件名:　Re:re:ボブって名前の人

　ボブがきたら、なるべく感じ悪くして!!!　だけど、ちょっ

とずつ!こまめに!がコツ!!!　大きいのをドカンと1回やるより、そっちのほうがたいてい効果あるから。

　エイヴリーがよく鼻を鳴らすじゃん？　湿度に敏感なせいだって言ってるやつ。あれとか、超イラつくから、あれから始めるといいかも。

　あと、ボブには子どもはいない？　いないよね？

From: A.アレンベリー・ブルーム
To:　　ベット・デヴリン
件名: Re:re:re:ボブって名前の人

- -

　パパに最初に聞いたのが、ボブ・ビルダーバックには子どもがいるかってこと!

　大丈夫、ボブには子どもはいません。長いあいだ付き合ってた人と別れたばっかりなんだって（その人を見つけて、回文マンの弱みを聞きだせるとよかったのに）。

　これ以上のゴタゴタはもういや。一昨日、クリスティナが、わたしと会う日を月曜日から火曜日にしてほしいって言ってきたのだけど（その週の1回だけよ）、パパったら、まるで臓器を提供してくれって言われたみたいな態度をとったのよ。たぶんもう、月曜にB、〇、Bと約束してたんだと思う。

　クリスティナのマンションにいったら、クリスティナはお惣菜を買ってきてくれて、2人ですごく古い映画を観たの

（白黒じゃなかったけど）。『クレイマー、クレイマー』っていう映画。そうしたら、まだなにも悲しいことが起こってないうちから、クリスティナは泣きだしちゃった。ストーリーを知ってたってことよね。（父親と母親が、子どもの親権を争うっていう話）。まさに、わたしたちの話みたいだった。

　お向かいからガガもきて、一緒（いっしょ）に観るはずだったんだけど、ジャズダンスの新しい教室の体験授業にいくことになって、こなかったの。公演が始まる前に、スタミナをつけておかなきゃならないんだって。

From: ベット・デヴリン
To:　　A.アレンベリー・ブルーム
件名:　Re:re:re:re:ボブって名前の人

- -

　友だちのエンジェルは、両親が離婚（りこん）してしばらくは、1週間ごとに警察署の駐車場（ちゅうしゃじょう）で「引きわたし」（って親たちは呼んでたんだって）をしてたんだけど、超気まずかったらしい。でも、ゾイも両親が離婚（りこん）してるんだけど、休みの時は今も一緒（いっしょ）にハワイにいってる＆同じコンドミニアムに泊（と）まってる。

　つまり、いろんなやり方があるってことだね。でも、子どもにとっては楽なのとそうじゃないのがあるよね。

　クリスティナに、ベットがめちゃめちゃ会いたがってるって言っておいて。あと、土曜日にボブ・ビルダーバックの件

を報告してね。忘れないでよ、「破壊活動<ruby>サボタージュ</ruby>」をね!!!

　タカを飼ったら、サボタージュって名前、いいかも。

　タカを飼うのって、法律で禁止されてるのかな?

From: A.アレンベリー・ブルーム
To:　　　ベット・デヴリン
件名: Re:re:re:re:re:ボブって名前の人

　ハヤブサを飼ってる人なら知ってるからタカもいいんじゃないかな。

　ベットなら練習すれば将来タカ匠になれそう。でも、ベットはあまり好きじゃないかもしれない。だって、タカとかハヤブサは生きてるウサギとかリスを捕まえて食べるし、狩りをしているあいだ、飼い主はひじまである革の手ぶくろをつけて、じっと見てなきゃいけないのよ。

　確かに、そのあいだは、目を閉じてることもできるかもしれないけど、それでも、音は聞こえるから、トラウマになりそう。どうして知ってるかというと、前に、パパとニューヨーク・ルネサンスフェアにいったから。みんな、名物の七面鳥の脚<ruby>あし</ruby>の燻製<ruby>くんせい</ruby>を食べてた。ほら、石器時代のこん棒みたいな大きさの。

　今日、パパがフェアにいってるとしたら、ボブといったんだと思う。パパは七面鳥の脚<ruby>あし</ruby>は食べないと思うけど、ボブと

かわりばんこで、あのものすごく大きい銀のカップからハチミツ酒を飲んでるかも。最低。

From: ベット・デヴリン
To:　　A.アレンベリー・ブルーム
件名:　Re:re:re:re:re:re:ボブって名前の人

- -

　タカをペットにするつもりはないよ。タカ匠（じょう）になるつもりもない。鳥は自由じゃなきゃ。

From:　A.アレンベリー・ブルーム
To:　ベット・デヴリン
件名:　Re:re:re:re:re:re:re:ボブって名前の人

- -

　それを言うなら、子どもも。

From: A.アレンベリー・ブルーム
To:　ベット・デヴリン
件名:　Re:re:re:re:re:re:re:re:ボブって名前の人

- -

　今、ボブが帰ったところ。すごいインチキなの。パパに連れられて部屋に入ってきたんだけど、わたしと顔を合わせたのは偶然（ぐうぜん）ってふりをしたのよ。本当は、わたしに会うためだ

けにきたくせに。わざとらしくおどろいた顔をして、わたしのことをじろじろ見て、「おや、このお嬢さんはどなたかな?」だって。

　本当は「季節性アレルギー持ちの、あなたにすぐさま立ち去ってほしいと思っている、怒れる娘です」って言いたかったけど、言わなかった。代わりに、にっこりほほえんだ（でも、思い切り死んだような目をしたの。つまり、まばたきしないってこと）。

　ボブはばっちり準備してきてた。でも、まるでわたしが5歳の子どもだっていうみたいに話しかけるのよ。しゃがんで、歌うように「さて、エイヴリー、きみのことを話してくれないか。なにか集めているものはある?」だって。

　どうして子どもはなにかを集めてるものだって思うのかな?　それって、侮辱よね。

　確かに、オーガニック素材のスカーフと初版本を集めてるし、鳥の羽根にもちょっと凝ってるけど（ベットの知っているとおり、自然の中で見つけたものにかぎるけど）。あと、1962年以前の（かつ、状態のとてもいい）「ナショナルジオグラフィック」も集めてる。でも、そんなことはボブには、か、ん、け、い、な、い。

　だから、ひと言言ってやったの。「なにもありません」って。

　ボブが帰ったあと（けっこう長くいたの）、パパに言ってみたのよ。

「怒らないでね。でも、ボブってちょっとずれてると思わない?」

そうしたら、パパは「ボブは子どもに慣れてないんだよ。自分の世界に住んでるタイプなんだ」って言って、しかも、笑ったの。自分の世界に住んでることが、まるでいいことみたいに。

ほかにもいくつかわかったことがある。科学の宿題をしてるふりをしながら、パパと回文マンがしゃべってるのを聴いていたから。飲みものはダブルのエスプレッソ、食べたのはアーモンドをたぶん7つ。

ボブは弁護士。正義と戦う、いい弁護士みたい(ちがった、不正義とね)。年は36で、毎朝6時から90分間マイケル・スカンロン・スポーツクラブでトレーニングをして(パパの新しいジム)、そのあと、シェアサイクルの自転車で7.7キロ離れた事務所に出勤してる。運動量が過剰だと思う。体脂肪は8%なんだって。聞きまちがいかもしれないけど。

パパがボブを好きな理由のひとつは、こういうタイプはバイクで中国を横断したいなんて絶対に思わないって信じてるからじゃないかな。たぶんそれはあたってる。

2人の付き合いで主導権をにぎるのは、ボブのような気がする。パパはまだ完全に立ち直っていないから。

パパがボブに言ってるのを聞いたの。「すでに子どもは1人いるからね。これまでのところ、人生で最高の出来事だ。

だが、絶対にもう1人ほしくない、というわけじゃないよ」

　本当に心臓が止まりそうだった。ボブが帰ってから、3回も吸入器を使わなきゃならなかったくらい。ふりじゃなくてほんとに。

From: ベット・デヴリン
To:　A.アレンベリー・ブルーム
件名: コレクション

　相手が子どもだっていう理由だけ!!!で、どうしてなにかを集めてるって思うんだろうね？　それって、ぜんぜんまちがってる&超侮辱(ちょうぶじょく)&決めつけだよね。

　あたしのコレクションは、

　　・小さい犬のフィギュア

　　・小さいサメのフィギュア

　　・貝がら（自分で見つけたものじゃなくてもOK。ガレージセールで買ったすごくきれいなのもあるんだ）

　　・スローガンがプリントしてあるオレンジ色のTシャツ

　　・ミーアキャットの写真

　提案。一緒(いっしょ)になにかコレクションしない？　西海岸バージョンと東海岸バージョンができるし。

From: A.アレンベリー・ブルーム
To: ベット・デヴリン
件名: Re:コレクション

- -

　すごくいいアイデアだと思う。

　だけど、トレーディングカードはやめようね。消しゴムと
香水<ruby>香水<rt>こうすい</rt></ruby>のびんも。当然だけど。

From: ベット・デヴリン
To: A.アレンベリー・ブルーム
件名: Re:re:コレクション

- -

　うん、トーゼン!!!

　あたしは水辺の小動物（もちろん、生きてるやつ）をコレ
クションしたいけど、それは無理だもんね。そもそも、2人
でやりとりしたりできないし。

　まずはキーホルダーからっていうのはどう?

From: A.アレンベリー・ブルーム
To: ベット・デヴリン
件名: Re:re:re:コレクション

- -

キーホルダーは、第一ステップとしていいかも。さっそくキッチンの引き出しの中でひとつ、見つけた。カラスの形をしてるの。どこで手に入れたのかは知らないけど。わたしたちのコレクションの第1号ということでどう?

From: ベット・デヴリン
To:　　A.アレンベリー・ブルーム
件名:　Re:re:re:re:コレクション

　カラスとワタリガラスってちがうんだよ。知ってた?
　キーホルダーのはどっちか、確かめて。

From: A.アレンベリー・ブルーム
To:　　ベット・デヴリン
件名:　Re:re:re:re:re:コレクション

　ちがうなんて知らなかったから、本で調べてみるつもり。ニューヨークには昔、カラスがたくさんいたし、その中にはきっとワタリガラスもいたと思うけど、病気がはやってほとんど死滅しちゃったの。そのあと、カラスの代わりにハトが住みつくようになった。
　うちの窓わくには鳥のふんがしょっちゅうつくから、そうじしなくちゃならないけど、ゴム手ぶくろは必須。衛生上の

問題。

　カラスはとても賢いってよく聞くけど（もちろん、フクロウほどじゃないけど!）、どうしてそう言われてるのかな。

From: ベット・デヴリン
To: 　A.アレンベリー・ブルーム
件名: Re:re:re:re:re:re:コレクション
- -
　CIGIで、J.K.ローリング（鶏のほう）じゃなくて、カラスの実験をすればよかったね。そしたら、答えがわかってたかもしれないのに。

　カラスの卵って食べられるのかな?　鶏の卵しか食べられないのかな?　これって、頭で考えたことをそのまま書いちゃっただけだから。

From: A.アレンベリー・ブルーム
To: 　ベット・デヴリン
件名: Re:re:re:re:re:re:re:コレクション
- -
　ベットはいつも、考えたことをそのまま書いたり言ったりしてる。わたしが、ベットっていいなと思うところのひとつ。

From: ベット・デヴリン
To: A.アレンベリー・ブルーム
件名: Re:re:re:re:re:re:re:re:コレクション

　ありがと!　カラスって、目の色!!!で年齢がわかるんだよ。赤ん坊のカラスは真ん中が茶色い!!!の。大きくなると、茶色いところが白く!!!なる。どこかの時点で青!!!になるときもあるんだけど、いつかは忘れちゃった。

　カリフォルニアにはそこいら中にカラスがいる。目の色がわかるくらい近づくのは難しいけどね!

　今度B、〇、Bに会ったら、カラスとワタリガラスのちがいを聞いてみたら。ボブがアニマルプラネット【注：動物に関する番組のチャンネル】を見てるかどうかわかるよ。絶対見てないと思うけどね。

From: A.アレンベリー・ブルーム
To: ベット・デヴリン
件名: Re:re:re:re:re:re:re:re:re:コレクション

　今は、「今度ボブに会う」なんてことはないのを願ってる。

From: ベット・デヴリン
To: A.アレンベリー・ブルーム
件名: Re:re:re:re:re:re:re:re:re コレクション

　同じく。

From: A.アレンベリー・ブルーム
To: ベット・デヴリン
件名: Re:re:re:re:re:re:re:re:re:re コレクション

　ベットがニューヨークにくるまで、あとたった16日。もちろんカレンダーの通知をセットしてる!

　キーホルダーのこと、考え直さない?

　わたし、おし花のほうがいいんじゃないかと思っていて。どう思う?　そうすれば、本にはさんで送りあえるでしょ。

From: ベット・デヴリン
To: A.アレンベリー・ブルーム
件名: Re:re:re:re:re:re:re:re:re:re:re コレクション

　そうなると、あたしたちのコレクションは本ってこと? それともおし花?　これって、あたしをだまして、読書クラ

ブに引っぱりこもうとしてない?

　夜フクロウ、その手には乗らないからね。

From: A.アレンベリー・ブルーム
To: 　ベット・デヴリン
件名: Re:re:re:re:re:re:re:re:re:re:コレクション

- -

　なにそれ!　だまそうなんてしてないから、ドッグフィッ

シュ!

From: ベット・デヴリン
To: 　A.アレンベリー・ブルーム
件名: Re:re:re:re:re:re:re:re:re:re:re:コレクション

- -

　OK。信じる。つもり。

From: A.アレンベリー・ブルーム
To: 　ベット・デヴリン
件名: Re:re:re:re:re:re:re:re:re:re:re:re:コレクション

- -

　おし花についての本を読んでたの。おし花って、工芸品と

見なされてるんだって。集めるだけのコレクションとはちが

うということ。むしろ、それよりいいかも!

今、知ったんだけど、エミリー・ディッキンソン（有名な詩人）は広場恐怖症だったかもしれないんだって。自分の庭からほとんど出たことがなかったらしい。ディッキンソンは「おし花標本」というものを作ってたの。おし花を集めてアルバムにはったものよ。始めたのは、まだ14歳のとき。最終的には400種類の植物を集めたんだって！

それって、大学の願書に書くのにすごくいいプロジェクトだったかも。当時、願書があったかどうかは、知らないけど。

From: ベット・デヴリン
To:　　A.アレンベリー・ブルーム
件名:　Re:re:re:re:re:re:re:re:re:re:re:re:re:re:re:コレクション

- -

じゃ、おし花にするのは、花?　それとも、草?

From: A.アレンベリー・ブルーム
To:　　ベット・デヴリン
件名:　Re:re:re:re:re:re:re:re:re:re:re:re:re:re:re:コレクション

- -

ほら。わたしたち、フラワーガールズじゃない！

From: ベット・デヴリン
To: A.アレンベリー・ブルーム
件名: フラワーガールズ

フラワーガールズ。カッコいいかも。頭文字をとってFG。

　木（小さいもの）をおし花にしたら面白いだろうなって考えて→めちゃめちゃ難しそうって思って→ふと思ったんだ、あれ、もしかして紙って、言ってみれば木のおし花バージョン?って。

　今、タンポポをおし花にしようとしてるんだけど、問題は、しょっちゅう上にのせてる本を持ちあげて、ようすを見ちゃうこと。おかげでぐちゃぐちゃ。

　ほかにも、ぐちゃぐちゃなこと。お父さんに、ニューヨークにいったらエイヴリーのパパに!電話!する!つもりかどうか聞いたの。ちょこっと会ってあいさつだけするとか。そしたらお父さんは、「いや、そのつもりはない。おまえもわかってるだろう。おれたちの付き合いは、もう終わったんだ。過去のことなんだよ。だから、お願いだからもうやめてくれ!」だって。

　ひどい言い方だよね!!!　それからね、ここのところしょっちゅうヨガをやってるから、聞いたんだ。

「お父さん、お父さんがヨガをやってるのって、リラックスできる＆サムのことを忘れられるから?」

　そしたら、お父さん、激怒して、「そんなわけないだろう、サムのことなんてとっくに忘れてる」だって。

　つまり、お父さんがヨガをやってる理由を、ズバリ!!!あてちゃったわけ。

　エイヴリーは、いつごろパパに公演の初日にいきたいって頼む予定?

From:　A.アレンベリー・ブルーム
To:　　ベット・デヴリン
件名:　Re:フラワーガールズ

- -

　まだ、タイミングを見計らってる。だけど、もしパパを初日に連れていけなかったとしても、パパたちを、"偶然"街でばったり会わせる方法はあるはず。スマホもあるし、このテクノロジーの世の中で、計画さえしっかり練っておけば。フローズンホットチョコレート作戦もあるしね。

　わたしのほうは、クロッカスをおし花にしてる。

　なかなか手ごわそう。

From: ベット・デヴリン
To: A.アレンベリー・ブルーム
件名: Re:re:フラワーガールズ

　こうなったら、B、〇、Bを使う手があるかも。パパに、お母さんの仕事をボブに知ってもらいたいって言うのはどうかな。そうすれば、エイヴリーのパパも、エイヴリーがボブのことを前向き!!!に考えてるって信じるんじゃない?

　そしたら、お芝居にいく気になるかもよ?

　エイヴリーがイマイチなら、別の方法を考える。

　ちなみに、もう1本タンポポをやってみたよ。いわゆる綿ぼうしってやつ。タネが集まってできた大きな白いかたまり。黄色い花のほうよりずっーと!!!うまくいきそう。

From: A.アレンベリー・ブルーム
To: ベット・デヴリン
件名: 最終計画

　眠れなくて。いつもの不眠症とはちがうの。気候変動とか人間を食べるバクテリアとかのことを考えてるうちに心配で眠れなくなったわけじゃない(両方とも、今現在、ますます深刻な問題になっているけど)。最近、前みたいにそういう

ことばかり考えないようになったの。どうどうめぐりになっちゃうから。

　眠れないのは、パパと回文マンの仲が盛りあがっちゃってるから。昨日の夜も、なんと真夜中に餃子を食べにいったの。

　こういうことって、本気で付き合ってる人同士しかしないでしょ。1人がどうしても食べたくて、もう1人が折れてそれに付き合ったわけだから。

　タンポポの種が綿ぼうしって呼ばれてるのは、知らなかった。だけど、確かにぴったりね。

From: ベット・デヴリン
To: 　A.アレンベリー・ブルーム
件名: 　Re:最終計画

- -

　それって、超!最!悪!なニュースかも!!!　ボブ＆真夜中の餃子なんて。だけど、そんな遅い時間までやってるお店が近くにあるなんて、いいね。あたし、焼き餃子が大好きなんだ（蒸し餃子よりも好き。蒸し餃子はぐちゃぐちゃにくずれるんだもん）

　いいことを思いついた。エイヴリーの誕生日!!!（もうすぐだよね）を利用して、パパを芝居にこさせるっていうのはどうかな？　誕生日のお願いで、一緒にお芝居にいきたいって言うの。さりげない感じで、「ねえ、パパ、お願いがあるんだ、

パパとわたしでクリスティナのお芝居にいきたいの。13歳の誕生日ってティーンエイジャーになるわけだから、特別でしょ。それに、ボブも誘ったら楽しいんじゃないかな」って。

　お父さんたちが最後に会ったのは、中国の空港でしょ。そのときは、まだパスポートを失くしたことから立ち直れてなかったわけじゃん。それって、相手のことを考えると、自動的に失くしたパスポートのことが頭に浮かんできちゃうってことだよね。別れるのも当然だよ。

XO
ドッグフィッシュ

P.S.　エンジェルから面白いこと聞いたよ。タンポポって、フランス語でダン・ドゥ・リヨンっていって「ライオンの歯」って意味なんだって。エンジェルは、言葉の語源がなにかってことにハマってるんだ。きっとエイヴリーと気が合うよ。

From: ベティ・デヴリン
To:　ベット・デヴリン
件名: もう少しだね

- -

　おまえがくるのを首を長くして待ってるところだよ!　あたしがニューヨークで暮らして、芝居に出るなんて、だれも

想像しなかっただろうね!

　今の生活は、こんな感じだよ。ベッドからはいでて、エレベーターで下の階へいく。ディノスと一緒にコーヒーを飲む。ディノスは従業員のためにコーヒーをいれてるんだけど、あたしが郵便受けのコーナーへいって、大きなカップに1杯もらっても、かまわないって言ってくれてるんだ。ディノスっていうのは、午前担当のドアマンでね。マンションの正面玄関でドアを開け閉めして、安全を守ってる人のことだよ。

　ここのドアマンはみんな、組合に入ってるんだ。組合っていっても、マンションの管理組合のことじゃない。労働組合ってやつだ。おまえのおじいちゃんは、ドアマンにもちゃんと組合があるって知ったら、気に入っただろうね。あの人は芯まで労働者だったから。

　先週、ベティ特製ピーナツブリトルを作ったんだ。一番にディノスにあげたんだよ。ディノスはギリシャ出身で、本当にいい人でね。ところが、二口目で歯が欠けちまったんだよ! でも、まだ友だちだよ。ディノスが歯科治療保険に入ってたおかげさ。ちゃんと治療できたからね。

　そんなふうに毎日、しばらくおしゃべりして（郵便物をチェックして）、そのあと部屋にもどって、髪のカーラーをはずす。髪をセットしたら、もうリハーサルの時間、という感じだね。

　週に一度、エイヴリーがクリスティナのところにくる。廊

下をはさんで向かいだからね、必ずうちにも寄ってくれるんだよ。前回きたときは、ロケットペンダントを持ってきてね、片側には自分の写真、もう片側にはおまえの写真が入ってるんだ。あのやさしい子はそれをあたしにくれたんだよ。肌身離さずつけてるよ、留め金に髪がからまるんだけどね。

　さてと!　おまえがくる日を指折り数えて待っているからね。たっぷりのハグを!

ガガ

From: A.アレンベリー・ブルーム
To:　　ベット・デヴリン
件名: 勝利

　うまくいった!　パパがお誕生日になにをしたいか聞いてきたから、一緒にクリスティナのお芝居の初日を見にいきたいって言ったの。そんなの無理よねって感じで、夢見るような、遠くを見る目をして。

　最初は、「無理だ。公の場でクリスティナ側に立っているようなそぶりを見せるわけにはいかないんだ」って。

　だから、「クリスティナじゃなくて、わたしの側に立ってるってことでしょ」って言った。

　絶妙な切り返しだったと思う。だって、パパは黙っちゃっ

たから。

　だから、ここで最終兵器を使ったの。なんとか目に涙を浮かべて（うまくいったのは、ボブのせいでわたしたち、すごく苦労させられてるって思ったからだと思う）、いつもよりも幼い感じで、声をぐんと小さくしてこう言ったの。「パパがボブを誘うといいなって思ってたんだけど」

　パパはびっくりした顔をした。それで、最後の決めゼリフはこれ。

「パパとボブが一緒にきてくれたら、クリスティナは喜んで席をとってくれると思う、オーケストラのすぐそばの中央席」

　パパは、考えておくって。でも、そのあとすぐに廊下に出ていって、電話をかけてた。

　もちろん相手はボブ。「もしもし、私だ。芝居にいかないか?」だって。

From: ベット・デヴリン
To:　　A.アレンベリー・ブルーム
件名: やらせ

- -

　グッド・ニュース!!!　ガガに、初日にお父さんたちを会わせるってことを話したよ。長い冷却期間のあと、久しぶりに会ったら、また気持ちに火がつくんじゃないかって。

　そしたら、ガガは「相手に火をつけるようなことにならな

きゃいいけどね!」だって。

　ガガお得意のジョークだけどね。放火は重罪なんだから。

　それから、「でもエイヴリーのパパはボブ・ビルダーバックっていう人を連れてくるから、せっかくの炎（ほのお）が燃えあがるチャンスをボブが台無しにするのが心配なんだ」って、話したんだ。でも、それしか方法がないしって。

　ガガは電話を切ると、すぐに向かいのクリスティナのところへいった。そして、20分後にまた電話をかけてきて、クリスティナがすごくいいことを思いついたよって。クリスティナは、うちのお父さんも、だれかと!一緒（いっしょ）に!きたように!見えるほうがいい!って言ったんだって!!!!!　だから、チケットをもう1枚とって、その席にすごくすてきな男の人がすわるように手配してくれるんだって。

　クリスティナいわく、エイヴリーのパパについて、これだけはわかってるって。「負けず嫌（ぎら）い＆やきもち焼き」

　あたってると思う?

　エイヴリーのパパは、うちのお父さんがめちゃ!すてきな!男の人!!!のとなりにすわってるのを見たら、頭に血がのぼるはずだって、クリスティナは言うんだ。まだ名前は聞いてないんだけど、クリスティナが考えてる人は、キューバ出身＆ダンサー＆演劇界の話題の的らしい。アメリカにきてまだそんなにたってないけど、英語はすごくうまいし、そもそもうちのお父さんはスペイン語が話せるしね!!!

それで、クリスティナが言うには、初日の夜の公演のあと
は、パーティ!!!があるから、お父さんたち＆「おとり」をパ
ーティに連れてくればいいんじゃないかって。

　あと、問題はひとつだけ。うちのお父さんに、恋人のふり
をする男の人がくるってことをどう伝えればいいかな？

　なにかいい考えがあったら、教えて。２人が手とかつない
でくれたら、いいと思うんだよね。もしエイヴリーのパパが
ほんとに負けず嫌い＆やきもち焼きなら、うまい方向に進み
はじめるかもしれないじゃん？

　今は、真ん中に星があるように見える雑草の花をおし花に
してるところ。それで、子どものころ、一筆書きで星を描く
方法を覚えなきゃいけなかったのを思い出したんだ。エイヴ
リーも習った？

　ああいうことを、今やれたらいいのに。あのころはよかっ
たな。

From: A.アレンベリー・ブルーム
To:　　ベット・デヴリン
件名: ハビエル

　クリスティナがいろいろ手を回してくれてね、恋人役の人
がOKしてくれたの！　ハビエル・マルティネスっていう人で、
ちょうど心躍る体験がしたいって思ってたからって。打ち上

げのパーティのときは好きに行動したいけど、パーティまでは、ベットのお父さんのことを第一に考えてくれるんだって。とてもいい人だと思わない?

　うちのパパは、相当やきもちを焼くと思う。ハビエルに比べたら、ボブなんてすごくたいくつに決まってるもの。本当はボブとハビエルじゃなくて、ボブとベットのお父さんと比べてほしいわけだけど。

　いつか、パパたちにわたしたちが恋のキューピット役だったって打ち明けてもいいかもね。結婚式の乾杯のときに公表するとか。

　未来の姉（どうかそうなりますように）から、たくさんの愛をこめて。

XO

夜フクロウ

P.S.　チューリップのおし花に挑戦中。難易度10。それから、答えはイエス。わたしたちも、一筆書きで星を描く方法を習いました。あれはたぶん、手先が器用に使えるようになる訓練だったんじゃないかな。もしくは、先生たちに息抜きの時間をあげるためかも。

From: ベット・デヴリン
To:　A.アレンベリー・ブルーム
件名: Re:ハビエル

　ハビエル・マルティネスは、お父さんたちのよりをもどす秘密兵器として最高!!!かも。ハビエルの記事を読んだんだけど、〈バレエ・ヒスパニコ〉ダンス・カンパニーの看板ダンサーなんだって。

　経歴によれば、キューバの、オモチャもないようなところで育ったんだって。だけど、スポーツならなんでも好きで、毎日海で泳いでたらしい（エイヴリーはいやだろうけど、たいていの人にとっては楽しいことだからね）。で、ある夏、お母さんがバレエ教室に入れることにしたの。でもそれって、温かいランチが出るからってだけの理由だったんだよ。

　ハビエルとクリスティナが知り合いなのは、一緒にプロジェクトをやるかもしれないから。あと、もうガガにも会ったんだって。マンションにきたらしいよ。ガガはスペイン語がしゃべれるから、楽しかったんじゃないかな。

　こんなにうまくいくなんて、うそみたい!!!

　残る問題は、ボブ・ビルダーバックの存在＆お父さんたちがもうおたがいを好きじゃないってことだけ。

　スイレンをおし花にしてみたんだけど、失敗だった。やっ

てみないほうがいいよ。本にくっついちゃったから。もう読んでたし、あまり面白くなかったからよかったけど（ディストピア小説で、めっちゃ暗いの。あんなの、だれが読みたがるんだろ?）

From: A.アレンベリー・ブルーム
To:　　ベット・デヴリン
件名: Re:re:ハビエル

　うん、ハビエル・マルティネスは、お芝居でベットのお父さんのとなりにすわるのにぴったりの人ね。絶対みんなが注目するもの。彫刻みたいな顔をしているし、髪をうしろでおだんごにしてるのも、すごく決まってる。

　考えたんだけど、ボブ・ビルダーバックがキューバのダンサーのこと、好きになっちゃうってこと、ないかな。

　そうしたら、一石二鳥じゃない!?

　でもこれって、暴力的な表現よね。つまり、鳥に石を投げるなんて。ひとつの石でいっぺんに2羽の鳥を打ち落とそうだなんて、ぞっとしちゃう。中世の時代は石を飛ばすのに投石器を使っていたんじゃないかと思うけど。

　現代に生まれてよかった。医学が進歩してるってだけじゃなくて、投石器なんて持って歩きたくないじゃない?　それに、現代のほうが衛生状態もずっといいし。

From: ベット・デヴリン
To: A.アレンベリー・ブルーム
件名: Re:re:re:ハビエル

- -

　昔の衛生状態はたぶんひどかったと思う。女の人は、毎月「レプラコーン」のときはどうしてたんだろうね？　干し草を使ったとか？

　それに、タンポンはいつ発明されたんだろう？

　タンポンが発明されるまで、百億年くらいのあいだはどうしてたんだろうね?

From: A.アレンベリー・ブルーム
To: ベット・デヴリン
件名: 中世の衛生管理について

- -

　今、中世はどうだったかネットで調べたところ。ナプキンとかタンポンの代わりになにを使ってたと思う？

　答えは苔。信じないだろうから、もう一度書いておくね。「こ、け」！

　どうやって使うのか、想像もつかない。それに、どうしてそんなことがわかったんだと思う？　毎月の苔の使用量を記録していたとか？

考えてたら、気持ちが悪くなってきちゃった。

From: ベット・デヴリン
To: 　A.アレンベリー・ブルーム
件名: Re:中世の衛生管理について

- -

　苔（こけ）って聞いて、かなりぞっとしてる。これから、苔（こけ）の上に
すわるたびに思い出しそう。

　いろいろ考えちゃった。うちのお父さんとエイヴリーのパ
パは、付き合ってるころお気に入りの曲!!!があって、それって、
アイ・ソケッツの『イッツ・アワー・タイム』。

　これをリコーダーで練習しておくわけ（お父さんが留守の
ときにね）。エイヴリーもチェロで弾（ひ）けるようにしておける?
それで、タイミングを見計らって曲を演奏して、ムードを盛
りあげるの。

　もう少しで会えるね、ニューヨークの月の下で!

From: A.アレンベリー・ブルーム
To: 　ベット・デヴリン
件名: イッツ・アワー・タイム

- -

　楽器で演奏するんじゃなくて、歌ったほうがいいと思うの。
リコーダーとチェロだと、あまり融通（ゆうずう）がきかないし。ずっと

楽器を引きずって歩くことになるわけで、都会でそれって現実的じゃないじゃない？　ちょうどいいタイミングで『イッツ・アワー・タイム』をハモって歌えたら、効果抜群<ruby>抜群<rt>ばつぐん</rt></ruby>じゃないかな。

　ベットって天使の声？　つまりソプラノかってこと。前に、最高の歌声の持ち主ってわけじゃないって言ってたのは覚えているけど、大切なのはちゃんと歌詞をまちがえないで歌えるかってこと。音程のほうは、わたしがちゃんと歌えるから。

From: ベット・デヴリン
To:　　A.アレンベリー・ブルーム
件名:　Re:イッツ・アワー・タイム

- -

　パパは今日、髪<ruby>髪<rt>かみ</rt></ruby>を切って＆腹筋運動!

　つまり、ニューヨーク旅行では、カッコよく見せたいって思ってるってこと。これって、かなりいい兆候!!!だと思う。

　最後にひとつ質問。どんなタイミングで歌うのがいいと思う？　つまり、もし歌うならってことだけど。

　ってことで、とりあえずはここまで。あと３日で会えるね!

共犯者の
ドッグフィッシュより

From: クリスティナ・アレンベリー
To: ハビエル・マルティネス
件名: 明日の夜の件

　明日が楽しみです。舞台（ぶたい）がどうなるかはわからないけど、わたしはいい予感がしています。

　ニューヨークのオープニングを娘と迎（むか）えるのは、初めてなの。それに、ベット（ガガの孫）とあなたもきてくれるなんて、本当にすてき。サムがおかしなことをしないといいけど。今はボブという人と付き合っているの。

　娘たちはなんとかして、サムとマーロウのよりをもどそうと必死です。そんなふうにいくかどうか、わたしにはまったくわからないけれど、少なくともあなたがきてくれれば、数的にはぴったりだから。助かるわ。

キス（キ）を（を）
con besos
クリスティナ

P.S.　一応マーロウの連絡（れんらく）先を。先に連絡（れんらく）をとりたければどうぞ。お任せします。

From: ハビエル・マルティネス
To: D.マーロウ・デヴリン
件名: ニューヨークの観劇の件

- -

　会う前に自己紹介をしておこうと思って。クリスティナの友人で、明日の夜、芝居を一緒に観ることになっているハビエル・マルティネスだ。

　ぼくの第一言語はダンス。第二言語はスペイン語。英語は第三言語。

　Es verdad que hablas español? （スペイン語を話すというのは、本当?）

　お母さんにお会いしたよ。スペイン語がすばらしく上手だね!　ご本人もすばらしい方だったよ!

じゃあ、よろしく!
ハビエル

From: A.アレンベリー・ブルーム
To: ベット・デヴリン
件名: Re:re:イッツ・アワー・タイム

- -

　チェロで弾けるようになりました（計画は、楽器じゃなく

て歌うというほうのままよ）。でも、みんなでうちのマンションにもどることになったら（その可能性も大きいから）、チェロを弾くつもり。だから、リコーダーを持ってきてね。

あと、アロマテラピーのことはあまり詳しくないのだけど、アロマキャンドルかアロマオイルを使うことを考えてもいいんじゃないかな？　においは記憶を刺激するから、もしかしたらパパたちにも効果があるかも（それも、最初は気づかないうちに）。

From: ベット・デヴリン
To:　A.アレンベリー・ブルーム
件名: Re:re:re:イッツ・アワー・タイム

- -

今、お父さんと空港にきてる。怒らないでね、リコーダー＆アロマキャンドルを忘れちゃった。キャンドルはきっとクリスティナが引き出しいっぱいに持ってるはず。見てみてくれる？　道が混んでて、もう少しで飛行機に遅れるところだったんだけど、飛行機のほうも遅れてたの!

今回の旅行のために、学校を一日休むんだ!!!!!!　最高。芝居についてレポートを書いて、ウェタリング先生に出さないとならないんだけどね。先生は、かくれ演劇ファンらしい。

今日、ガガにお祝いの花を贈ったんだよ。ヒマワリにしたんだ。ガガの一番好きな花だから。ヒマワリをおし花にする

のは、かなり難しそうだよね。

じゃ、今夜F列の座席でね!

From: A.アレンベリー・ブルーム
To: ベット・デヴリン
件名: F列

となりの席にすわるとき、びっくりしたふりをするのを忘れないで。わたしはたぶん、小さく「キャーッ」とか言うつもり。

スマホを持っていって、パパの顔を録画しようと思ってる（最初にベットのお父さんを見たときはそんなに喜ばないかもしれないけど、だんだん心が浮きたってくるはず）。その動画を、リハーサルディナー【注：結婚式のリハーサルのあと、親族などでする食事】でみんなに見せたら、楽しいと思わない?!

ガガに聞いたら、1日目はベットはガガの部屋に泊まるけど、次の日はわたしと一緒にクリスティナのところに泊まるのね。ぜんぶうまくいったら、最後の夜はみんなでうちにきて泊まれるかもね!

▶ 翌日

From: ベット・デヴリン
To:　　A.アレンベリー・ブルーム
件名:　今、目が覚めたとこ

　今、朝の7時。悪い知らせがある。ガガはまだ寝てる。お芝居がすっごくよかったとか、エイヴリーに会えて最高に楽しかったとか、そういう話はあと。っていうのも、超!大!問!題!が発生したから!!!

　かなりやばいんだけど、目が覚めたら、ガガのうちに、うちのお父さん＆ハビエルがいた!!!!!!

　たぶんひと晩じゅう、寝ないでしゃべってたんだと思う。

　残念ながら、読みまちがえじゃないよ。昨日、お芝居のあとのパーティの、その!また!あと!に、お父さんとハビエルは飲みにいったんだ。パーティにはあらゆる飲み物がそろってたから、つまりお父さんたちはのどが渇いてたわけじゃない。もっと2人で過ごしたかったってこと。

　ガガは寝ちゃったけど、あたしは起きて、お父さんが帰ってくるのを待ってた。でもなかなか帰ってこなくて、地下鉄の線路に落ちて感電死しちゃったか、ウーバーの運転手に誘拐されたんじゃないかって心配になってきた。両方ともニューヨークではありえるって、エイヴリーが言ってたじゃん？だけど、そしたらガガのスマホにメッセージが入った。

〈今、ハビエルとこのすばらしい街を散歩してる。なにもかも、夢みたいだ！　もう少しで帰る!〉

で、そのあとに「いいね」の親指マーク。

だから、寝にいった。深い意味はないことを祈りながら。だけど、さっき起きたら、リビングから声がして、しかも、笑いまくってる！

あたしたち、失敗したかも？　ハビエルはいい人だと思うけど、これじゃ、計画ちがいだよ!!!

エイヴリーのパパが、やきもちを焼くはずだったのに!!!

エイヴリーのパパはやきもちを焼いたと思う？　そんな感じには見えなかったけど。

エイヴリーのパパよりB、〇、Bのほうが、お父さんとハビエルに興味を持ってるように見えた。エイヴリーのパパはずっと自分のスマホを見てたじゃん。試合の結果でもチェックしてたわけ？　すごい勢いでスクロールしてたよね。

至急連絡して!!!　パンケーキが必要。これは、パンケーキレベルの緊急事態。クリスティナのうちにパンケーキミックス、あるかな？　たぶんないよね。でも、ガガは持ってるはず。

とにかく、連絡待ってるから!!!

XO

12B室にて、ドッグフィッシュ

From: A.アレンベリー・ブルーム
To: ベット・デヴリン
件名: 心配

　今、起きたの。すぐそっちにいきます。パンケーキミックスはどうせないから、探してない。

From: ハビエル・マルティネス
To: クリスティナ・アレンベリー
件名: GRACIAS（ありがとう）

　芝居（しばい）はすごくよかった。すばらしい劇評が出るだろうね、なぜなら芝居（しばい）がすばらしかったから。ベティ（ガガ!）が一番よかった。彼女が口にしたことをそのままセリフにしたものもたくさんあるって、言ってたろ。彼女が演技をしているのか、あれがありのままの彼女なのかはわからないけど、どちらにしろ彼女はスターになるよ。

　昨日の夜のことで、もうひとつ、言いたいことがあるんだ。昨日マーロウに会った瞬間（しゅんかん）、一種の魔法（まほう）を感じた。パーティから2人で二次会へいって、それからマンションにもどって、月が川に消え、太陽がのぼってくるまでずっと話していたんだ。これって、ひと目ぼれってやつかな。

だけど、ぼくはどうしたらいいんだろう？　カリフォルニアに引っ越す？　バレエ・ヒスパニコも一緒（いっしょ）に？

Besos
（キスを）

ハビ

From: ベティ・デヴリン
To:　　ベット・デヴリン
件名:　計画変更（へんこう）

- -

愛するベット

　ハビエルはブルックリンのうちに帰ったんだけど、おまえの父親もそっちへいこうとしているようだよ。それで、おまえにもきてほしいんだけど、何度電話してもメッセージを送っても返事がないって言ってる。

　ハンマーでガンガンとなぐられたみたいだよ。昨日は、浮（う）かれすぎたね。ドアマンのディノスがコーヒーを持ってきてくれたんだ。よかったよ。じゃなきゃ、丸2日眠（ねむ）ってそうだったからね。今夜も舞台（ぶたい）があるっていうのに。

　昨日の夜は、おまえがきてくれて本当にうれしかった。おまえがくれた花は楽屋にかざってあるよ。エイヴリーと一緒（いっしょ）におし花にしてみるかい？　昨日の夜の思い出が永遠になる

ように。

From: ベット・デヴリン
To:　　ベティ・デヴリン
To:　　Pollo con arroz y frijoles

ボーヨ　コン　タロス　イ　フリホーレス

　今、お父さんと一緒にハビエルのうちにいる。2人は、
Pollo con arroz y frijolesを作ってるよ。チキンにコメと豆
を添えたメキシコ料理。すごくいいにおいがしてる。

　ガガ、シーロッケンのときは芝居の一部しか見てなかった
から、今回初めから最後まで見られて面白かった。あたしに
理解できてるかはわからないけど、大きくなったらまた観ら
れるし、そしたらもっとわかるようになる（と思う）。だけど、
ガガはすてきだったよ。そこのところはほんと。

　楽しいけど、なにひとつエイヴリーとあたしが計画したよ
うには進んでない。

　計画のじゃまになるとしたら、B、〇、Bだと思ってたけ
ど、新しいじゃま者が登場!　つまり、ハ!ビ!エ!ル!!!

From: A.アレンベリー・ブルーム
To:　　ベット・デヴリン
件名:　わたしたち以外みんな

クリスティナはとってもうれしそう。劇評がよかったから。

ガガも、ドアマンの人と一緒にバクラバっていうギリシャのお菓子を食べていて、とても楽しそう。

ベットのお父さんも、ハビエルと一緒にブルックリンにいて、とっても楽しそう。

うちのパパとボブもたぶんどこかで楽しく過ごしてるんだと思う。

わたしたちだけ、こんなね。

From: ベット・デヴリン
To: A.アレンベリー・ブルーム
件名: Re:わたしたち以外みんな

- -

ひとつお知らせ。「イッツ・アワー・タイム」の練習は必要なし。

From: サム・ブルーム
To: マーロウ・デヴリン
件名: コーヒーでも?

- -

マーロウ、きみが芝居にくるなんて、ぜんぜん知らなかった。娘たちが計画したのはまちがいない。全員、同じ列の席だったからね。きみが気まずい思いをしていないといいんだ

が。正直に言うと、私は少々気まずかったが、でも、ベットとエイヴリーが一緒にいるようすを見て、考えさせられたよ。2人が仲がいいのはひと目でわかった。幕間のダンスのとき、化粧室から一緒に出てきたのを見たよ。

　翻って自分たちのことを考えると、私のとった態度は、感心できるものじゃなかった。シカゴの建築博覧会できみに会ったとき、私はずいぶん長いあいだ、だれとも真剣な付き合いをしていなかった。昨日の夜、言いたかったが、言いそびれてしまったんだ──すまなかった、と。そして、言わなきゃいけないことがある。先週、上海からメールがきたんだ。私の革のカバンが見つかったらしい。新疆にいく道路のわきの溝にあったということだ。中身はなにひとつなくなっていなかった。

　ということは、つまり、きみがホテルに忘れたのではないということだ。バイクのうしろから落ちたんだろう。あの朝、2人で荷物を積んだから、2人とも責任があるということだ。

　カリフォルニアにもどる前に、2人で（子ども抜きで）コーヒーでも飲まないか？

サム

P.S.　きみのお母さんの演技は、すばらしかったよ!

270

From: マーロウ・デヴリン
To: サム・ブルーム
件名: Re:コーヒーでも?

　ああ、確かに娘たちは会えてうれしそうだったし、おそらくおれたちが顔を合わせたことも、うれしかったんだろう。きみの言うとおりだ。今回のことは、娘たちがたくらんだにちがいない。すごいエネルギーだよ、あの2人はね。

　謝ってくれてありがとう。おれのほうもすまなかった。それにしても、カバンのことはよかった。だよな?　旅行からはずいぶんたってしまったがな。でも、こうやってその問題も片付いて、きみはボブと幸せそうだったし、おれはおれで新しい相手が見つかった。あっという間のことだったんだ。将来のことを妄想するほどバカにはならないつもりだが(まあ確かに、ふたつの生活をどうやってひとつにしようか、考えはじめてることは認めるよ。きみもよく知ってるよな──2人とも経験ずみだから)。

　サム、きみはおれの心を開いてくれた。きみのときに犯したまちがいを、くりかえさないようにしたいと思ってる。おたがい、娘がいてよかったと思わないか?　ベットは、おれの人生における喜びそのものだ。おれが毎週パスワードを変えてるのに、毎回、見破るんだからな。だから、愛する娘よ、

今もこれを読んでいるとしたら、すぐさまやめろ!!!

　コーヒーを一緒に飲めたらよかったんだが、またの機会にしておくよ。今は、少しでも多く彼と過ごしておきたいから。

マーロウ

From: ベット・デヴリン
To:　　A.アレンベリー・ブルーム
件名:　Re:re:わたしたち以外みんな

　ハビエルのうちにはテレビがなくて、本を持ってくるのを忘れちゃったから、ブルックリンでスマホ片手になんにもすることがなくて、クリスティナの舞台(ぶたい)のことを考えてる。

　ガガが舞台(ぶたい)に出てきて→泣きはじめて→女は人生でさまざまな選択(せんたく)をしなきゃならないって言ったとき、お父さんが手をのばしてきて、あたしの手をにぎったんだ。

　あの背の高い、ゲイの男の人を演じた役者さんが、プラカードを持った背の低い女の人にむかって、「私は家族を持つかもしれないし、持たないかもしれない。決めるのは私だ!」ってさけんだとき、どう思った?

　ゲイの人が家族を持つってことは、もう、いちいちさけんで宣言しなきゃいけないことじゃない気がする。子どもを育てることに興味を持ってる人もいるし、そうでもない人もい

る。あたしの見たところだと、一番興味を持ってる人が、一番いい仕事をすることが多いよね。

あたしもいつか、家族を持つかもしれない。

だけど、カピバラも育てたい。カピバラは、世界一大きなネズミ（だけど、超<ruby>超<rt>ちょう</rt></ruby>かわいい!!!）＆体重60キロくらいだから、どこかへ連れていこうとすれば、人間を1人運ぶのと同じようなもので、だから、リードにつなぐことに慣れさせるしかないわけ。カピバラを散歩させるときはリードでいいのか、よくわからないんだけどね。

From: A.アレンベリー・ブルーム
To: 　　ベット・デヴリン
件名: Re:re:re:わたしたち以外みんな

クリスティナがお<ruby>芝居<rt>しばい</rt></ruby>のことを話してくれたの。たいていのアーティストは、「自分の<ruby>魂<rt>たましい</rt></ruby>を生き生きさせる」作品を作るんだって。それはつまり、どんな人にも、心から好きなものがあるということでもあるって言ってた。そうでないにしろ、少なくとも、あったほうがいいとは言えるって。

そして、わたしの<ruby>魂<rt>たましい</rt></ruby>を生き生きさせるものはなにかって聞かれたけど、答えられなかった。

本当に作家になりたいのか、わからなくなってきたの（クリスティナとかガガには、言わないでね）。<ruby>幹細胞<rt>かんさいぼう</rt></ruby>の研究の

道に進むかもしれない。CIGIにいく前から興味はあったから、キャンプのおかげというわけじゃないけど。

　わたしの魂を生き生きさせるのは、医学的な事実かもしれない。病気のことが怖いおかげで、いろんなことを学んできたわけでしょ。病気は怖いけど、すごく興味深くもあるの。

A

From: ベット・デヴリン
To: 　A.アレンベリー・ブルーム
件名: 　Re:re:re:re:わたしたち以外みんな

　あたしの魂を生き生きさせるのは、エイヴリーみたいな友だち。あたしたちはぜんぜん似てないけど、大事なところは同じだから。体育のメイナード先生に教わった言葉があるんだ。つらいときに思い出すようにって。

「いつかこの日さえも楽しく思い出すことがあるだろう」

　ウェルギリウスって詩人の人の言葉なんだって。ほとんどの人が、彼のことを白人だって思ってると思うけど、メイナード先生いわく、有色人種だった可能性もあるらしい。ウェルギリウスがこの言葉を書いたのははるか昔なのに、今も読まれてるんだよ。

　もしかしたらエイヴリーはお医者さんになって、あたしが

作家になるかも。もしかしたら、動物＆子どもの出てくる本を書くかもしれない。そう思うと、医者と作家ってそんなにちがわないよね。

　両方とも、いい仕事ができるようになるためには、生き物が好きじゃなきゃいけないから。

From: A.アレンベリー・ブルーム
To: 　ベット・デヴリン
件名: いつかこの日さえも楽しく思い出すことがあるだろう

- -

　ありがとう。

　わたしにとっても、同じよ。ベットと姉妹だったらって思うと、魂（たましい）が生き生きするから。

From: ベット・デヴリン
To: 　A.アレンベリー・ブルーム
件名: Re:いつかこの日さえも楽しく思い出すことがあるだろう

- -

　それから、ほんとのフクロウ＆ドッグフィッシュ＆子犬＆ハチドリ＆アライグマ＆ブタのウィルバー＆ミニー＆鶏（にわとり）のJ.K.ローリング＆助けを必要としてる生き物ぜんぶ。

From: A.アレンベリー・ブルーム
To: ベット・デヴリン
件名: Re:re:いつかこの日さえも楽しく思い出すことがある
だろう

　特に、助けを必要としてる生き物。

From: ベット・デヴリン
To: A.アレンベリー・ブルーム
件名: Re:re:re:いつかこの日さえも楽しく思い出すことがあ
るだろう

　うん、最優先。

From: A.アレンベリー・ブルーム
To: ベット・デヴリン
件名: からまったクモの巣

　ベットが乗ってる飛行機でもWi-Fiがつながって、このメー
ルを読めるといいんだけど。

　ベットとベットのお父さんがガガのうちを出たあと、パパ
が迎えにきたの。それで、うちで夕ごはんを食べて、お芝居

の話をしたんだけど、パパが「興味深かった」って。「よかった」とまでは言わなかったけど（それだと、ほめすぎだからだと思う）、ガガのことはすばらしかったって言ってた。それからボブ・ビルダーバックのことを話しはじめて、すごくまじめな人だって。ただちょっとまじめすぎるかも、って言ったの。

つまり、ボブはつまらない人ってこと。

わたしは跳びあがって、「やっとわかったんだ!」ってさけびたかったけど、しなかった。というのも、そのあと、最悪なことが起こったから。パパが泣きはじめたの。そのせいで、わたしも悲しくなっちゃって、泣いちゃった。泣いたのは、パパが泣いてたからなんだけど、パパはボブ・ビルダーバックのことでわたしが泣いてると思っちゃってね。

「ボブのことがそんなに好きだったのか?——そうなのか?」だから、泣きながらこう言ったの。

「ぜんぜん!　ボブなんて好きじゃない。っていうか、大嫌い」

そしたら、パパは笑いはじめた。泣いてたけど、笑ってた。

最高にすてきだった。

つまり、ボブは退場したってことだと思う（本人はまだ知らないかもしれないけど）。

これで、あとはハビエルをどうにかすればいいだけ。世界一すばらしいバレエ・ダンサーを。しかも、ユーモアのセンス抜群で、料理がうまくて、ブルックリンのテラスのついた

おしゃれなマンションに住んでる人を。

　だけど、今回のことでは、だれのことも怒れない。怒るとしたら、自分たちのことだけ。ガガに、甘いわなをしかけたのは自分たちでしょ、って言われちゃった。今は、ひと目ぼれみたいにぱっと火がついたものは、またすぐに、ぱっと消えるよう祈るしかないね。

　そうしたら、またパパたちをくっつける作戦を練ればいいから。

　家に着いて、なにかあったら、なんでも教えてね。今週は2回クリスティナとガガに会う予定。

　パパが急に、スケジュールをゆるくしてくれたの。それがどういうことか、よくわからないけど、ガガの口ぐせを借りれば「勝った、勝った、夕食はチキンだね!」ね。【注：賭けにバカ勝ちすることをチキンディナーという。「成功した」という意味の慣用句】

　わたしはチキンは食べないけれど。

From: ベット・デヴリン
To:　　A.アレンベリー・ブルーム
件名:　Re:からまったクモの巣

　あたしたちのおかげでエイヴリーのパパはボブをふって＆正しい道へもどってきたってこと。だけど、今度は、うちのお父さんがまちがった道にいっちゃった。お父さんったら、

いきなりバレエの大ファンになっちゃってね。飛行機の中で、ネットから、カルバーシティにあるダンススタジオのバレエの初級クラスに!!!申し込んだ!!!んだから!!!!!　カルバーシティって、うちからだと、州間高速道路の405号線をわたったむこうにあるんだよ。趣味<ruby>趣味<rt>しゅみ</rt></ruby>のためにわざわざ高速道路を超えようなんて人、ふつう、いないよ。

From: A.アレンベリー・ブルーム
To:　　ベット・デヴリン
件名: Re:re:からまったクモの巣

- -

　ベットのお父さん、バレエのレッスンを申し込<ruby>込<rt>こ</rt></ruby>んだのね。うちのパパは、スペイン語のクラスをとりはじめたの。新しい習い事をするのはいいことだと思うけど、これってぜんぶ、ハビエルの影響<ruby>影響<rt>えいきょう</rt></ruby>?　うちのパパは本当にやきもちやきで負けず嫌<ruby>嫌<rt>ぎら</rt></ruby>いだったってことみたい。ベットのお父さんとハビエルがスペイン語でしゃべってるのを見るのが、耐<ruby>耐<rt>た</rt></ruby>えられなかったのかもね。大学ではフランス語をとってたから。
　慢性的<ruby>慢性的<rt>まんせいてき</rt></ruby>な頭痛持ちの人は、恋愛<ruby>恋愛<rt>れんあい</rt></ruby>すると、症状<ruby>症状<rt>しょうじょう</rt></ruby>がかなり和らぐっていう研究があるの。そういう化学物質が放出されるから。オキシトシンっていう物質。
　きっとベットのお父さんは今、頭痛はないんじゃない?こっちは頭が痛いけど。

▶ 2 か 月 後

From: ベット・デヴリン
To: A.アレンベリー・ブルーム
件名: ちょうどまんなか

　今、お父さんとハビエルは、オクラホマで会ってる。ニューヨークとカリフォルニアから見て、アメリカのちょうどま!ん!な!か!!!　めちゃくちゃつまらない毎日を過ごしてるよう祈らなきゃ。

　いつかエイヴリーとあたしとお父さんたちでひとつの家族になったら、オクラホマで暮らすかもしれないって思ったこともあったんだ。バスケットボールのオクラホマシティ・サンダーの試合を見たり、週末に恐竜の化石を探しにいったり。オクラホマには本物の化石があるんだよ。

From: A.アレンベリー・ブルーム
To: ベット・デヴリン
件名: Re:ちょうどまんなか

　オクラホマ州?　今、調べたら、州鳥は、エンビタイライチョウだった。州花はバラ。お父さんにおみやげに頼んだら、おし花にできるかもよ。でも、よく考えたら、わたしたちのコレクションにいやな思い出はいらないかも。

From: ベット・デヴリン
To: A.アレンベリー・ブルーム
件名: Re:re:ちょうどまんなか

　オクラホマのバラは頼まなかった。そしたら、おみやげは
バッファローのぬいぐるみ。ハビエルが選んだんだって。ベ
ッドに置いたんだけど、1時間後には、ジュニーがぼろぼろ
にしちゃった。おすと音が出るとかじゃなかったんだけど、
犬のオモチャっぽかったんだと思う。ジュニーは、あたしが
心の奥底で考えてることがわかるんだよね。

　オクラホマ旅行がつまんなければいいのにって思ってたけ
ど、すごく楽しかったらしい。ナショナル・カウボーイ&ウ
ェスタン・ヘリテージ・ミュージアム（おみやげショップが
あって、バッファローもそこで買ったんだって）にいって、
写真を撮りまくって、中には顔ハメ看板で撮ったのまであっ
た。2人のカウボーイが投げ縄を振り回してるように見える
やつ。2人とも、めっちゃ楽しそうだった。

　マジで悪夢!!!!!!

　で、来週は週の真ん中に、ハビエルが飛行機でこっちまで
くるんだって。たった2日のために。そのときしかダンスが
休めないんだって。で、お父さんは、あたしを友だちのピッ
パのうちに泊まりにいかせようとしてるんだよ!!!　学校のあ

る平日にお泊りって?!?!?! それって、おかしい&そもそも校則違反かも。学校にお父さんのこと言いつけられるレベル。

　で、昨日、お父さんは玄関の棚からダッフルバッグを出してきて→あたしの荷物をつめはじめたんだよ。うちのお父さんのこと、荷造りなんてしないタイプだと思ってるだろうけど、そうじゃなかったわけ!!!　ハビエルがくるのは、1週間も!!!先なのに!!!　それだけ、わくわくしちゃってるってこと。あたしを早く追い出したくてしょうがないらしい。

　お父さん、あたしのクローゼットから服を出してるときに、CIGIのTシャツを見つけたんだ。そしたら、「今年の夏もまたキャンプにいくといいかもしれないな。もちろん、CIGIは受け入れてもらえないが、キャンプならいくらでもあるから、別のところならいけるよ」だって。完全にふい打ちだったけど、すかさず返事したよ。

「うん、いきたい。エイヴリーがくるなら」

　そしたら、お父さんはちょっとつらそうな顔をして、「エイヴリーと同じキャンプは、無理だ。第一に、エイヴリーの家はニューヨークだ。おまえは、カリフォルニアのキャンプを探さないと。第二に、エイヴリーと一緒っていうのは、まずい」

　どうかな?　お父さんたちのよりをもどすことができないんなら、せ!め!て!あたしたちが会える方法を考えない?

　今年の夏、お父さんたちには内緒で、2人で同じキャンプ

にいくっていうのはどう?

From: A.アレンベリー・ブルーム
To:　ベット・デヴリン
件名: キャンプ

- -

　パパに言ったの、すごく何気ない感じで、今年の夏もキャンプにいきたいなって。ベットといきたいなんて、おくびにも出さずにね。それで、去年のCIGIはぜんぶパパが決めたから、今年は自分で選びたいって言ったの。調べ物は、わたしにとって一番のリラックス法だから。

　でも、そしたら、そのあと2人でキッチンにいたとき、「ベット・デヴリンと一緒のキャンプにいこうとしてないだろうね?　だとしたら、あまりいい考えとは言えないぞ」って。

　パパってときどき、わたしの心の中が読めるんじゃないかって思うときがあるの。しょっちゅうじゃなくて、よかった。

　だから、パパのこと、じっと見て、「ベットとわたしは友だちじゃないもの」って言ったの。

　そしたら、パパはほっとしたような顔をして、岩のつまった荷物をおろしたみたいににっこり笑ったの。だから、続けてこう言った。

「友だちじゃなくて、姉妹だから」

From: ベット・デヴリン
To: A.アレンベリー・ブルーム
件名: Re:キャンプ

- -

　お父さんが、やっぱりキャンプのことはわからないって言いだした。今年は、いろいろ出費がかさんでるから。それってぜんぶ、ハビエルのせいだけど、お父さんはそうは言わなかった。だから、ガガに相談してみるつもり。ガガなら、どうすればいいか、わかると思うから。

　エイヴリー＆あたしはどんな小さいことでも報告しあうってことにしたでしょ。だから、言うけど、ハビエルが昨日、骨付きハムを送ってきたんだ!　ハムを送る人なんている?
今って別に復活祭_{イースター}の時期でもないし、ほかの、ハムを食べるような祝日もまだ先だし。

　エイヴリーは肉を食べないから、こんなプレゼント、絶対!!!
気に入らないよね。

　まあ、確かに、ハムは相当おいしかった。だけど、だけどさ。お父さんは今、マーケットに、干しエンドウマメスープの材料を買いにいってるんだよ。これまで一度も、干しエンドウマメスープなんて作ったことないのに。もう完全に暴走。

大事なかわいいベティ2世へ

　今、西88番街のマンションのロビーにあるドアマン用の
休憩室でこれを書いてるんだよ。今日は、芝居は休みでね。
だけど、庭の雑草とりはできないから（今ごろ、うちの庭は
雑草だらけになってるだろうね）、ベティ特製のクルミ入り
クッキーを作って、ディノスとマテオ（国際宅配便の配達人）
と一緒に食べてるところさ。マテオはどんな天気でも必ず半
ズボンをはいててね、そんなところが好きなんだよ。

　あたしは、仕事がないときしかクルミ入りクッキーを食べ
られないからね。っていうのも、いくつか食べると、アレル
ギーで舌が腫れてくるんだよ！　舞台の上でろれつが回らな
くなったら困るからね！

　そういえば、公演期間が延長になったこと、聞いたかい？
劇評がいろいろ出たおかげだよ。特にニューヨークタイムズ
のジェッシー・グリーンはいいね。あたしのことを「老女で
あると同時に少女、まさしく個性派」って書いてくれたんだ
から。

　今じゃ、たまに街で声をかけられるんだよ。写真を撮りた
いってね！　一緒に写真を撮るくらい、かまわないからね。

だろう？　みんな、ちょっとばかし舞いあがってくれるしね。あたしも舞いあがってるよ。

　先週、ハビエルに会ったよ。いろいろおしゃべりできると思ってたんだがね（ほら、あたしだってスペイン語はできるから）、だけど、ハビエルときたらほとんどずっとバルコニーに出て、おまえのお父さんと電話でしゃべってたよ。

　おまえとエイヴリーが、父親たちによりをもどしてほしいと思ってるのはわかってるけどね、なるようになるしかないと思うよ。だからって、おまえたち2人が仲良くできなくなるわけじゃないし。

　いいかい、人生について説明してやることはできるけど、おまえの代わりに人生を理解することはできない。だれもが自分で理解していかなきゃならないんだ。とはいえ、ちょっとした臨時収入があったからね。どうせならいいことに使いたいから、決めたよ。

　おまえの夏のキャンプのお金を払ってやろうってね。だから、好きなキャンプを選ぶといい。

　自分の心の望むままにするといい。それを言いたくて、これを書いたんだ。おまえとエイヴリーが同じキャンプにいきたいなら、あたしはかまわないよ。だれかに言うつもりもない。それは約束する。秘密を守るのは得意じゃないけどね、でも、今回はちゃんと守るよ。

永遠の愛をこめて

ガガ

From: ベット・デヴリン
To: 　ベティ・デヴリン
件名: ガガって、最高!

- -

　ありがとう!　超、超、超うれしい!!!

　キャンプの参加費は高いし、カリフォルニア州以外のところだともっと高くなるのもわかってる。ガガが、払ってくれるってことを伝えたら→お父さんはガッツポーズ→何度もこぶしを振り上げて→「やった!」ってさけんでた。

　あれを見たら、だれもが、キャンプにいくのは、お父さんだって思ったと思う。あたしのためを思って、喜んでくれてるって思いたいけど。夏に!あたしを!やっかい払い!!!!!!できるのが、うれしいんじゃなくってね。

　最高の場所を探すつもり。去年の夏みたいにガガと一緒に過ごせないけど、ガガはいつもあたしの体の中にいるし（ふつうは「心の中」って言うけど、それって年をとってる人に言うのはちょっと気まずい。まるで死んじゃって幽霊になってるみたいじゃん?）。

　ガガは年寄りの中では年寄りじゃないほうだけどね。つまり、年寄りだけど、そこまで年取ってないってこと!!!　それに、

ブロードウェイの舞台に立ってるんだし！ それってめちゃ
めちゃ若いよね。

本当にありがとね。

ガガのこと、大好き。キャンプのお金を払うって言ってく
れる前から好きだったけど。前よりももっと好きになったと
は、書かないよ。だって、好きっていう気持ちは、お金とか、
相手が自分のためにどんなことをしてくれるかとは、関係な
いから。そういうのは、まちがってる。

小ベティ・デヴリンより

From: A.アレンベリー・ブルーム
To: ベット・デヴリン
件名: キャンプ選び

- -

またCIGIにいけたらって思わないこともないけど、一生出
入り禁止だものね。キャンプ責任者のダニエルの厳しい対応
の犠牲になっただけなのに。でも、そのおかげで最高の結果
になったわけだけど。

今、表計算ソフトを使って2人でいくキャンプの候補地の
リストを、作ってるところ。シートの項目はこんな感じ。

アクティビティ

場所

規模

特徴<ruby>特徴<rt>とくちょう</rt></ruby>

　あとは、週末に親を呼ぶ〈家族の日〉があるかどうか——

あったら、困るもんね!

From: ベット・デヴリン
To:　　A.アレンベリー・ブルーム
件名: Re:キャンプ選び

- -

　<ruby>項目<rt>こうもく</rt></ruby>の中に、ひづめのある動物の世話の有無も入れてくれ

ない?

From: A.アレンベリー・ブルーム
To:　　ベット・デヴリン
件名: Re:re:キャンプ選び

- -

　動物の世話っていう<ruby>項目<rt>こうもく</rt></ruby>を入れておきました。ひづめがあ

るかどうかまで、細かく区別する必要はないと思ったから。

クリスティナは、規則がないところにいったほうがいいって

言ってる。規則がないサマーキャンプなんてあるのかな?

あと、山のほうがいいって。ヨーデルができるから。少なく

とも、新しい発声法は学べるから、だって。クリスティナっ

て、ときどき、考え方が現実的じゃないのよね。

From: マーロウ・デヴリン
To:　　ベティ・デヴリン
件名: ベットのキャンプの件

　ベットに、サマーキャンプの参加費の件を聞いたよ!　どれだけ感謝してるか。ベットのやつ、去年の夏は、キャンプにいかせるなら家に火をつけてやるって言っていたのにな。ベットがまたキャンプを経験できるのは、本当にありがたいことだと思ってる。母さんは救世主だよ。ベットだけじゃなくて、おれにとっても。

　ハビエルとおれはいろいろゆっくり進めていこうとしてるんだが、おかげで機会ができた。この夏は、ニューヨークにいくつもりだ。ベットがキャンプにいくから（おれがニューヨークへいくことになったら、ベットのキャンプも東海岸がいいと思いはじめてる）、ハビエルとおれは、同じ都市で暮らしたらどうなるか、試してみることができる。前にリバーサイドに大きな噴水を造った話はしたと思う。あのときと同じ会社が、ブルックリンのプロジェクトを監督してほしいと依頼してきたんだ。ぜんぶで3か月から6か月かかるというから、最初の3か月なら引き受けられると返事をした。そのあいだ、ディーが事務所と犬たちの面倒を見てくれる。ベットに丸めこまれて、ミニチュアのヤギを飼うことにしなくて

よかったよ。

　これで、おれは給料も手に入り、ハビエルともいられる。もちろん、母さんのそばにもね。もしかしたら、サムと友だちになることだってあるかもしれない。少なくとも、打ち解けられるだろう。以上が、こっちの近況。とにかく、心からの感謝を!!!

愛する母さんへ
ダグことマーロウ。母さんにとっては永遠のダグより

From: A.アレンベリー・ブルーム
To:　　ベット・デヴリン
件名: いい場所、見つけた!
....
　ドッグフィッシュへ

　これまでわたしたちの話に出たのは、農場のキャンプ（わたしにはちょっとひづめが多すぎる）と、自転車キャンプ（何キロも走りたくないし、運動と日光を浴びる時間が多すぎるし、危険）だったでしょ。うちのパパなら言語特訓キャンプを選ぶと思うけど、そこだと、動詞の活用ができるまで、朝食のシリアルをもらえないんだって。クリスティナは、規則がなくって〈芸術がすべて〉的な、実在するはずないキャン

プを勧めてくる。

　でも、わたしは別の考え。添付したスプレッドシートをよく見てくれれば、今のところ、いろいろな条件に一番ぴったりなのは、ファー・ビュー・ターンっていうキャンプだってわかると思う。場所はメイン州のバニスターで、7歳から15歳の女子向け。はるか昔からある、これ以上ないっていうくらい王道中の王道のキャンプみたい。

　バンガローは見たところ、素朴な感じ。みんな、画像にあるみたいに緑のシャツと短パンを着てる。アクティビティは75年間、変わってなくて、それを誇りにしてる。そういう姿勢は面白いと思うし、わたしたちの計画にもプラスなの。というのも、キャンプにはWi-Fiがないんだって。最初は、リスクを伴うと思ったの。だけど、考えてみたら、それってわたしたちがアクティビティをしてる写真がネットにアップされないってことでしょ。つまり、パパたちに同じキャンプにいってるってばれる危険もないってこと。ネット社会で暮らしてると、考えなきゃいけないことが多すぎる。

　ヘイリー・ベリンガーが去年いったキャンプは、親がやろうと思えば、一日中、家のパソコンの前にすわって、キャンプの食堂とかボートハウスのようすをリアルタイムで見ることができたんだって。ヘイリーのパパとママは、ヘイリーがカメラのそばを通るたびに、きゃあきゃあ悲鳴をあげて跳びはねたらしい。弟のオーウェンに、お姉ちゃんがレッドカー

ペットを歩くセレブみたいなさわぎっぷりだったよ、って言われたって。恥ずかしすぎ。

　ファー・ビュー・ターン・キャンプにすれば、自分たちだけの小さな世界でぬくぬく過ごせる。外の世界は、みんな（つまり、わたしってことだけど）を不安にさせるようなニュースにあふれてるから。

　どう思う？　昔ながらの王道のキャンプは、わたしたちにいいかもしれない。ほら、わたしたちの家庭は「王道」じゃないって言われるじゃない？　実際は、うちのパパなんてとても保守的なんだけど。たいていの人が、父親っていうのはどこまでもいっても父親だってこと、わかってない。

　ファー・ビュー・ターンにいってみる?

From: ベット・デヴリン
To: 　A.アレンベリー・ブルーム
件名: Re:いい場所、見つけた!

　エイヴリーのこと、信用してる。だから、馬＆ハイキング・コースがあるなら、あたしはオッケー。

　お父さん（とガガ）に今夜、話してみる。お父さんはすっかりハビエルのことに気をとられてるから、夏に東海岸にいくって言ったら、きっとそれだけでオッケー。

　「ガガに連絡しなさい。小切手を送ってくれるから」って言

うだけだと思う。

　ガガに、お父さんとエイヴリーのパパの話をして、あたしたちの計画がうまくいかなくてがっかりしたって言ったんだ。そしたら、お父さんが新しい人に出会ったこと＆「心の問題」に関しては子どもが親をどうこうすることはできないってことを、受け入れなさいって言われちゃった。

　でも、お父さんがハビエルと付き合ったことで、あたしがキューバに引っ越すことになったら？　確かにスペイン語はしゃべれるけどさ。お父さんに聞いたんだ。そしたら「ああ、それはない。ハビエルがキューバにもどることは絶対ないから。亡命者【注：主に政治的な理由で自国から外国へ逃れた人】だから」だって。

　あたしも亡命者みたいなもんだけど。だって、お父さんたちは毎晩、ネット上でチェスをして、何時間もしゃべってるから、うちにいてもひとりぼっちだもん。だけど、少なくともファー・ビュー・ターンがあるから、夏はエイヴリーと一緒にいられるもんね。

B

▶ 2 か 月 後

From: ベット・デヴリン
To:　A.アレンベリー・ブルーム
件名: 今、むかってる

　今、空港＆首に〈同伴者のいない未成年のお客さま〉って
札をかけてる。これってかなり窮屈。

　介助犬（トミーって名前）を連れてる女の人がいたから→
カウンターへいって→もしよければトミーのとなりの席にす
わりますって言ったんだ。飛行機で動物のとなりの席をいや
がる人がいるけど、それってふしぎ。

　お父さんは、空港に早めに送ってくれたんだ。ニューお父
さん!!!　今や時間を守る＆髪をのばしてハビエルみたいなお
だんごにしようとしてる。あたしは短いほうが好きだけど、
カッコいいよって言ってあげた。

　娘が応援してあげないとね。

　新しいTシャツのスローガン案。〈LOVE MEANS NOTHING
IN TENNIS. SO DOES HALF THE STUFF I SAY〉（テニスでは、
ラブは「ゼロ」ポイント。あたしの言うことの半分もそう）。
〈LOVE MEANS NOTHING IN TENNIS, BUT IT'S
EVERYTHING IN LIFE〉（テニスでは、ラブは「ゼロ」。でも、
人生では「すべて」）のもじりだよ。

From: A.アレンベリー・ブルーム
To: ベット・デヴリン
件名: Re:今、むかってる

　今、これをバスで打ってます。メイン州まで1人でいくってパパを説得するのは、そこまで大変じゃなかった。クリスティナが、パパが車で送るなら、自分も一緒にいくって、ずっと言ってたから、それも効いたと思う。

　今年の夏のことでついたうそのことを考えるたびに、うしろめたくなります。でも、本物のうそとはちがうかもね。部分的にしか話してないってだけかも。なにかを隠すって、計画するのがものすごく大変。犯罪者ってきっと、かなりの努力家ね。

　バスに乗ってる女の子たちはもうほとんどが知り合いみたい。7歳の時から、ファー・ビュー・ターンにきている「ターンっ子」らしい。バスに乗ったとき、だれもわたしのとなりにすわらなかった。今、うしろの席でぎゅうぎゅうづめになってる。危険よね、バスの重さがかたよるから。会ってなかったあいだの情報交換が山ほどあるんでしょうね。

　最初は、ちょっといやな気持ちだった。自分が小さい子どもで、ドッジボールで選ばれなかったみたいな感じ（正直に言うと、実際、わたしはそういう子だったの。でも、ドッジ

ボールなんて本当にひどいゲームだから、悲劇というほどじゃなかったけど）。

　13歳でも、まだ、仲間はずれだって気持ちになるみたい。何歳になってもそれは同じなのかもね。もっと本当に年取って、老人ホームに入ることになっても、仲良しグループみたいのってあるんだと思う。

保護者各位

　参加者全員が無事、到着しましたこと、お知らせいたします。〈ファー・ビュー・ターン〉キャンプでは、電子機器の画面からしばし離れ、自然に触れ、友情をはぐくみ、心の成長に専念してほしいと考えています。お嬢さまからの連絡は、手書きの手紙のみとなります。全員、少なくとも週に2回は手紙を書くことになっています。もちろん、こちらとしては、それ以上書くことを望んでいます！　文房具等はこちらで用意しています。また、封筒のあて先と切手は、必ず確認いたします。

　ぜひともすぐに返事を書いてあげてください。子どもたちは手紙を心待ちにしています。しかし、食料品等を送ったり、参加者がホームシックになるような写真（ペットの写真も含みます）はご遠慮ください。お嬢さまがたには、ファー・ビ

ュー・ターンの活動に集中してほしいと考えています。

　このたびは、お嬢さま方をお預けくださり、ありがとうございます。夏の終わりには、完全な「ターンっ子」として、お嬢さま方をお返ししたいと思います。

敬具

キャンプ責任者

（Mrs.）チェッシー・レオナルド

クリスティナ＆パパへ（アルファベット順）

　パパにこの手紙を書くから、すぐにスキャンして、クリスティナにメールで送ってくれる?

　ここにきたのは、まちがいでした。バンガローに電気がないことは耐えられるし、食事にほとんど選択肢がないこともがまんできます（ベジタリアンには、大変だけど）。でも、どうしてもひとつだけ、がまんできないことがあるの。「ターン」。

　クリスティナかパパか、「ターン」ってなにか知ってた?スコットランド英語で「湖」っていう意味だったの。キャンプの活動すべてが、幅40キロ〜50キロくらいある湖でのアクティビティに集中していて、最終週には、参加者全員が2

人乗りのカヌーに乗って（ほとんど見えない）向こう岸まで いかなければならない決まりです。例外は、一切認められません。

　もしそれを知ってたら、絶対にここへはきませんでした。 カウンセラーのジリーに、広い（深い）水域が苦手だという ことを説明しようとしたのだけど、聞いてくれません。パパ たちから電話して、説明してくれますか?　グロスマン先生 の診断書（しんだんしょ）も送ってくれる?　ここには、CIGIのようにセラピ ストがいないのです。

　わたしの置かれた状況（じょうきょう）について本気で考えてくれるのは、 西海岸のほうからきた、とても親切な女の子だけです。その 子もターン1年生です。あとの子たちはみんな、地獄（じごく）のキャ ンプ5年生だから。

　パパたちに会いたい。助けて!

　　　　　　　　　　　　　　　　　　　　　愛をこめて
　　　　　　　　　　　　　　　　　　　　　エイヴリー

パパ＆クリスティナへ（アルファベット逆順）

　キャンプでは、電話をさせてもらえません。頼（たの）んだのです が。だから、もう一度手紙を書いています。最初の2日は、

カヌーに乗るのを拒否しました。生理痛がひどいふりをしたの。でも、そうしたらリーダーのジリーが、カヌーをこがないとだめだと言いました。ジリーが暴力をふるうんじゃないかって、本気で思いました。ジリーは、わたしのせいで自分がだめなリーダーに見える、このままだと夏の終わりの自分の評価が悪くなる、と言いました。ジリーにとっては、それがなにより大事なことみたいです。

カヌーに乗る前に、耳栓と鼻クリップと、ライフジャケット（「救命胴衣タイプ2」っていうのが正式名称だと知りました）のマニュアルをもらいました。7キロの浮力があるものです。2着で14キロの浮力になるから、2枚着たのだけど、暑いし、ひどく着心地が悪いの（それに、人間の体の比重は平均で0.98だから、ライフジャケットがなくても浮くってこと。あくまで仮定だけれど）。

それでも、カヌーに乗ると、おぼれるんじゃないかとどうしても思ってしまいます。この状態でおぼれるのはかなり難しいはずだけれど。

運がよかったのは、例の親切な女の子と同じカヌーだったことです。その子は、わたしがこぐふりをするだけでも、怒らないの。ライフジャケットを2枚着ていると、腕を動かすのも大変だから。最初の2、3回は目をつぶって、気を散らすためにずっと鼻歌を歌っていました。

湖横断をしないですむようにしてください。じゃなきゃ、

最終週の前にうちに帰らせて。クリスティナとパパに会いたい。これ以上、ここにいるのは無理。

愛をこめて
エイヴリー

お父さんへ

　言っても信じないと思う!!!　ここのバンガローには電気がない!!!　ほんとのゼロ!!!　だから、停電もない!!!　そういうキャンプなんだ。

　夜は、ランタンを使うんだよ（ろうそくは禁止。火事を起こすって思ってるみたい）。ファー・ビュー・ターンのこと、くる前にちゃんと説明を読んでなかったから。文句を言ってるわけじゃないよ。水洗トイレがあってラッキーって思うくらいのレベルだってことを、伝えときたいだけ。

　とにかくなんでも超!!!旧式。だから、お父さんにも手紙ってわけ。ペン＆紙だからね（手書きじゃなきゃいけないんだよ）。まるで石器時代。ってよりは、「紙時代」か。だから、今はなんにもない、超原始的な場所で夏を過ごしてるってこと。ただし、規則だけは山のようにある。ここでは規則って言わずに、「伝統」って呼んでるけど。

リーダーのジリーは、なにを言うにも!!!「ここ、ファー・ビュー・ターンの伝統では」をつけるんだよ。で、あたしたちに命令する。たとえば、「ここ、ファー・ビュー・ターンの伝統では、毎晩寝る前に必ずシャワーを浴びることになってるの。だから、すぐ浴びて」みたいな感じ。

　しかも、ジリーはすごくうれしそうに言うの。「ここ、ファー・ビュー・ターンの伝統では、ジェットコースターに乗ることになっています」って言われたときのあたしくらい。もちろんここにはジェットコースターなんて、ないけどね。ジェットコースターには、電力がいるから。

　アニー・ノベンバーって子がいて、ロッコって名前のお兄さんがいるんだけど、ジェットコースターキャンプにいってるんだって!!!　うそじゃないよ。そのキャンプはバス移動&宿泊はモーテル&遊園地めぐり&ジェットコースターにぜんぶで30回乗るんだって。その子としばらく入れかわりたい!!!!!!

　で、ここのキャンプの一番!!!の伝統は、毎日カヌーに乗ること。最終週には全員で湖の反対側までカヌーでいくんだって。たぶん、25キロくらいあるんじゃないかな。それで、向こう岸にひと晩泊まって、次の日にまたカヌーでもどるの。かなりこぐことになりそうだよね。

　でも、同じバンガローの子で1人、おぼれるのが怖い!!!って子がいて、すっごく!!!気の毒。たぶん湖がないところから

きたんじゃないかな。めちゃくちゃ乾燥してるところとか。もしかしたらドバイからきたのかも。申し込んだときは、無理やりカヌーをこがされるなんて、知らなかったんだって。

キャンプの女の子たちはみんなすごく親切だけど、1人だけ、ブリエルっていうお高くとまった子がいて、なるべく関わらないようにしてる。ここには、有色人種の子はあまりいなくて、あたしのバンガローでは、ヨーロッパにいったことがないのはあたしだけ。信じられる？　バンガローにランタンしかないのも、ステキ!!!なんだって。恵まれた環境で育つと、照明のスイッチがない生活が、冒険みたいに思えるのかもね。

じゃ、これで便せんも埋まったから、今日はここまで。返事ちょうだい。あめとかポテトチップスとか、もちろん!!!ビーフジャーキー（テリヤキ風味）も送っちゃいけないことになってるから。でも、もし箱に入れて＆表に〈品名：本〉って書いておけば、うまくあたしの手元まで届くかも。それよりもっと悪知恵を働かせるなら、本に穴をあけて中にかくせば完璧!!!だけど。

愛をこめて

ベット

ママへ

　今までのところ、ファー・ビュー・ターンではとてもうまくいってる。バスでここまでくるときも、とても楽しかった。ターンっ子同士うしろに固まってすわって、さっそく歌を歌いはじめたら、上の学年の子たちも一緒に歌いだして、すっごくいい感じだった。

　担当リーダーはジリーで、これは今ひとつかな。本当はアリ・Hのほうがよかったけど、今年、アリは3年生のグループ担当なの。アリのほうがジリーよりいい人なのに。去年きてた子たちはほとんどきてるけど、マーサーとシルはこなかった。マーサーは別のキャンプにいったんじゃないかな。シルのことは、だれも知らないって。

　バンガローには、新しくきた子が2人いるけど、どっちとも仲良くはしてない。1人はニューヨークからきてて、まるで赤ん坊。湖が怖くて、カヌーはいやなんだって。すぐに帰るだろうと思ってたけど、もう1人の子が友だちで、だから離れたくないとか、そんな感じみたい。もう1人のほうは、カリフォルニアからきてる。カリフォルニアの人って、ほかの州の人よりも自分がクールだと思ってると思う。昨日、わかったんだけど、2人とも!お父さんがゲイなんだって。そ

れって、理解できないかも。へんだと思わない？

　とにかく、今はそんな感じ。うちに帰ったら、新しいスマホにしてもらえる？　こっちでは、みんな、自分のスマホの機能についていろいろ話してるのに、わたしは黙ってるしかない。わたしの機種が2世代前だって、ここなら知られずにすむからよかった。

　ママも元気でね。

愛をこめて

ブリエル

エイヴリー

　おまえの手紙をスキャンして、クリスティナに送ったよ。それから、すぐにキャンプの責任者のレオナルドさんに電話した。レオナルドさんは、なにも問題ないっておっしゃったんだが、本当か？　おまえの手紙が届くのに4日かかったから、そのあいだに状況が変わったのかもしれないな。

　レオナルドさんは、おまえは湖のアクティビティにも慣れて、今ではちゃんと目を開けて、カヌーもこいでいるとおっしゃっていた。それに、ファー・ビュー・ターンは、ずっと無事故だそうだ。

おまえなら、ちゃんとやれるだろう。きっとあっという間に夏も終わる。いい友だちができるといいな。同じバンガローの女の子はとてもいい子そうじゃないか。その子と一緒にいるといい。

　おまえがいなくてさみしいよ。

愛をこめて
パパ

エイヴリーへ

　かわいそうに。アウトドアの楽しい活動がいくらでもあるはずの場所で、無理やりカヌーに乗せるなんて、信じられない。そのレオナルドさんとかいう人に電話をしたのだけど、直接あなたと話させてくれなかったの。問題はもう解決して、エイヴリーは日々、新しい方向へ成長を見せてますから、って（具体的に言わないから、どういう意味なのかもわからなかったけれど）。

　レオナルドさんが言ったことを信じて大丈夫? ずいぶんと自信のある（そして、えらそうな）口ぶりだったけど、ふだんからそういう人なのかも。表情や身ぶりを見ないと、声だけじゃ、はっきりわからないじゃない? サムに電話をして、

キャンプから帰らせたほうがいいか相談しようとしたのだけど、わたしとは相談したくないみたいで。

　どうしたらいいか、身動きがとれない気持ちよ。ただひとつだけ言えるのは、自分が恐れているものと正面から向き合う必要があるときもあるってこと。あと、口を開けて、思い切り大きく、長く、声帯を開くのも、効き目があることがあるのよ。怒りやいらだちを外に吐き出させてくれるの。これまで数えきれないほど、わたしもやってる。わたしの下の階に住んでる人が、証人よ。

　エイヴリー、いつもいつもあなたのことを考えてます。同じバンガローに親切な子がいて、本当によかった。

永遠の愛をこめて
クリスティナ

ブリエル

　ママは毎日、郵便受けまでいっているけれど、毎日、請求書とかカタログしかなくて、がっかりしています。でも、今日、ようやくあなたの手紙が届きました。やっとね!

　文句を言ってるんじゃないのよ。ママがあなたからの手紙を心待ちにしているのは、わかってるでしょ。あなたがいな

くてさみしいわ。タイラーからは、月曜日に連絡がきました。ストーン・ポイント・キャンプは、あなたのキャンプのちょうど対岸よね。2日目に、ある男の子が面白がって、焼マシュマロの金串をほうり投げたんですって。タイラーは、たまたま悪いときに悪い場所にいてね。そのせいで今、耳に水ぶくれができてしまったの。もっとひどいけがをしていたっておかしくなかったのよ。キャンプの最終日の写真には、水ぶくれが写らないといいけど。

女子と男子のキャンプが合流してダンスをする日に、あなたたちも会えるんじゃないかしら。タイラーの耳がちゃんと治っているか、知らせてちょうだい。パパには話してないの。だから、パパに手紙を書くときは（書く必要はないけど）、その話は書かないでおいて。パパは出ていくとき、子どもたちの日々の生活については知らなくてもいいという選択をしたわけですからね。それに、今年、あなたたち2人をキャンプにやるのをやめようって言ったのよ。だから、耳の水ぶくれのことを聞いたら、ますますいろいろ言ってくると思うから。

マーサーとシルがこなかったのは、残念ね。2人とも、いいターンっ子だったのに。手紙に、新しくきた子たちのお父さんが、2人ともゲイだって書いてあったわね。ほかの人の人生の選択に、あれこれ言う気はまったくないけれど、最近ではどういう子がファー・ビュー・ターンにくるのかって考

えてしまったわ。昔は、そういうことはなかったのに。

　ママのほうは、ゲストハウスを整理しようとしています。売って、引っ越さなきゃならないかもしれないから。弁護士が言うには、この件では最後までパパと争わなきゃならないそうよ。でも、ブリエルは心配しないで。今はただ楽しんでらっしゃい。

愛をこめて
ママより

お父さんへ（ハビエルにもよろしく言っといて）

　元気？　あたしは元気。ここでは手紙を書く日っていうのがあるんだ。ほかの選択肢はなし。ここでは、ほとんどなんでもそうだけどね。毎日、カヌー＆ハイキング＆歌でめちゃ忙しい。演劇キャンプじゃないのに、キャンプの歌っていうのがあって、めちゃ重要視されてるんだ。

　何人かいい感じの友だちができたけど、同じバンガローのブリエルって子は、なんでも自分が中心って思ってんだよね。シャーロット・キャナデイって子が親友らしいんだけど、その子は、5分ごとに逆立ち＆側転をやるの。あたしも逆立ち＆側転はするけど、そんなしょっちゅうみんなに見せびらか

したりしない。

　ここについて1日目に、持ってきたお父さん＆フィリップの写真をブリエルに見られたから、2人ともお父さんだって話したんだ（フィリップが死んだことは言わなかった。そんなこと、ブリエルには関係ないし）。そしたら、昨日、お手洗いに入ってたとき、ブリエルがシャーロットに「お父さんがゲイだから、悪い影響を受けてるのかも」って言ってるのが聞こえた。

　だから、すぐさまドアを開けて（まだお手洗いもすませてなかったんだけど）、「どういうことよ！」ってどなってやった。

　そしたら、2人とも超気まずそうな顔して、それから、今話していたのは、去年きてた別の子の話だって言いはじめたんだ。その子のお父さんがゲイだったって。うそばっか！もっとさわぎたてることだってできたけど、まあそこまでにしといてやった。

　だれにもこの話をする気になれなくて。だから、お父さんに話したんだ。でも、大丈夫。ブリエルとは、あたしなりのやり方で決着つけてやるから。

愛をこめて

ベット

P.S.　ジュニーとレーズンはどうしてるか、聞いてる？　ジ

ュニーとレーズンに会えないのが!なによりも!つらい!!!とは
書かないよ。それじゃ、失礼だもんね。ガガは元気?

ベットへ

　今日、手紙を受け取ってうれしかったよ。だが、いじわる
な子の話には、頭にきた。もしおまえが望むなら、キャンプ
に連絡（れんらく）するぞ。おまえには、お父さんがついてるからな。い
つでも言え。なにもかも、1人で戦う必要はない。父親って
いうのは、そのためにいるんだから。
　今は、ブルックリンのプロジェクトで忙（いそが）しくしている。一
番のハードルは、一緒（いっしょ）にやるのがいつもの作業チームじゃな
いことだ。だが、ここにいるおかげでハビエルと過ごすこと
ができる。ハビエルの仕事時間はめちゃくちゃで、夜は公演
だから、2人とも必死でスケジュールを合わせようとしてる。
　ガガの公演は3回観にいったよ。観るたびに、うまくなっ
てる。

　　　　　　　おまえがいなくてさみしいよ。愛をこめて
　　　　　　　　　　　　　　　　　　　　　　父より

P.S.　今、中身をくりぬいた本のアイデアを実行に移そうと

してるところだ。お楽しみに。

大切な娘たちへ

　今、2人に手紙を書いて、1枚コピーしたところだよ。2回書いても、ほとんど同じ内容になるからね。それに、エイヴリーが同じような方法を使ったんだろう？

　あたしは、キャンプってものにはいったことがない。キャンプはしたことはあるし、それはそれでいい思い出だけどね、硬い土の上で寝るのはぜんぜん好きになれなかったよ！

　クリスティナから、ファー・ビュー・ターンのキャンプでは、カヌーがメインイベントだと聞いたよ。ベットが一緒でよかったよ。大丈夫、2人が一緒にいってるってことは、内緒にしてるからね。エイヴリー、エイヴリーが湖や海が怖いのは知ってるよ。だけど、ときには、慣れてないことを始めなきゃいけないこともある。

　こっちの大ニュースは公演を新しい劇場でやることになったことだね。今度の劇場はずっと大きくて、豪華なんだ。クリスティナは大喜びだけど、あたしは前のところがなつかしいね。今のマンションの人たちも、大勢観にきてくれたんだ。クリスティナが全員分のチケットをとってくれてね。公演のあと、みんなでピザを食べたよ。ディノス（ドアマン）も一

緒にきたんだけど、実はしょっちゅう、芝居やオペラにいってるそうだよ！　だれでも、びっくりするような一面を持ってるものだ。つくづくそう思うね。

　ずっと忙しくしてるけど、あいだをぬってお父さんとハビエルには会うようにしてる。2人ともリラックスした付き合いをしているよ。おまえのお父さんは、ブルックリンっていうのはそういうところなのさ、って言ってるけどね。「そういうところ」っていうのがどういう意味かは、よくわからないがね。

　ベット、ちゃんと規則は守ってるだろうね。エイヴリー、おまえさんはちょっとは破るといいよ。2人に愛をこめて！

ガガより

パパ＆クリスティナ

　パパとクリスティナに、心配させたくはないの。わたし1人で、パパとクリスティナとわたし3人分心配してるんだから。たぶん、少しずつましになってきていると思う。だけど、湖はつねに目の前にあって、こちらをじっと見ている。

　いろいろなことについてちゃんと声に出して言うようにしてる。今では毎晩サラダバーにトウフが出るようになったか

ら、それなりに成果もあがってる。

　土曜日にキャンプ・ストーン・ポイントの男の子たちとダンスパーティがあるの。おかげで心配事がひとつ増えたけど、そのくらいのほうがいいのかもしれない。湖でおぼれることと、蚊に食われながらターンっ子同士で固まってつっ立ってるはめになることを両方心配するのは難しいから。そのキャンプの男の子たちには会ったこともないの。なのに、ダンスをするってこと？　それも伝統ってことみたい。ここでは、ぜんぶが「伝統」。

　以上が近況。ニューヨークはどう？

あなたの娘

エイヴリー・アレンベリー・ブルーム

ブリエル

　キャンプ責任者のチェッシー・レオナルドから電話がきて、あなたが兄とけんかをしたと聞きました。いったいどうやって、メイン州の別々のキャンプにいっているあなたたち2人がけんかすることになったのか、さっぱりわかりません。それぞれ楽しんでいるはずじゃないの？

　もう二度と、こんなことは許しません。ずいぶんとひどい

ことを言い合ったみたいね。実際、なんて言ったかまでは聞かなかったけれど、チェッシーは正式な反省文を書いてもらうことになるって言ってたわよ。どういうことか、よくわからないけど。

　ブリエル、ママはもう手一杯なの。しゃんとして、しっかりとした生活を送ってちょうだい。あなたのお父さんと結婚したことを心から後悔しているけど、子どもがいることまで後悔させないで。

母より

エイヴリーへ

　ストーン・ポイント・キャンプのタイラーだよ。手紙を書いても、迷惑じゃないといいけど。なにがあったか、ちゃんと説明したいんだ。ぼくたちはファー・ビュー・ターンへいく前、〈真実か挑戦か〉のゲームをしてた。で、ぼくは負けた。だから、罰ゲームで一番にダンスを申し込まなきゃならなくなったんだ。

　エイヴリーは1人で立ってたけど、お手洗いから友だちが出てくるのを待っているんだろうって思った。エイヴリーとは初対面だし、エイヴリーのことはなにも知らなかったんだ、

本当だよ。ほかの子たちは、何人かのグループで立ってたよ
ね（ずっと逆立ちしてた子は、別だけど）。

　ぼくがダンスに誘ったら、かかってる曲が嫌いだって言っ
ただろ。確かに、って思った。あの曲はたぶん、ターニーの
キャンプが始まったころの曲だよね。リーダーの人たちすら、
古すぎるって笑ってたし。

　そのあと、ぼくは赤い髪の毛の、片足でタップをふんでた
子を誘った。そうすれば、〈真実か挑戦か〉の罰ゲームは終
わりになるから。それに、あの子はジルバの踊り方を知って
るって言ったからさ。それがなんだか、知らないけど。

　そしたらようやく、だれかが曲を変えるやり方を発見した
みたいで、たくさんの子が踊りはじめたろ。だから、ぼくも
そっちへいったんだ。今度は本当にエイヴリーを誘いたかっ
たから。

　エイヴリーが妹と同じバンガローなんて、知らなかったん
だ。ブリエルがぼくたちを見て（たぶん3曲目）、エイヴリ
ーのこと、ゲイのお父さんがいる子のうちの1人だって知っ
てるの?って聞いてきたときも、なんの話だか、ぜんぜんわ
からなかった。そしたら、次の瞬間に、あのどなり合いが始
まったんだ。

　エイヴリーにぼくまで妹みたいなバカだと思われるのが、
いやなんだ。エイヴリーのお父さんがゲイだとか、ぜんぜん
どうでもいい。うちのお父さんは今、新しい恋人のアンバー

とフロリダで暮らしてる。アンバーは、お父さんのメイヒュー油脂っていう会社の元営業員だったんだ。知らないかもしれないけど、ファストフードのレストランはどこも、使用ずみの油を回収してもらわないとならない。環境のためにとても大切なんだ。とにかく、アンバーはとてもいい人だけど、そんなこと、お母さんには絶対に言えない。

　今度、もう一度ダンスパーティがあるよね。そのときに、また会えるといいなと思ってる。あと、友だちのニックが、エイヴリーの友だち（ベットだっけ？　妹とけんかした子）のこと、カッコいいって言ってる。ニックっていうのは、赤いパーカー着てたやつ。もし、友だちがだれのことか知りたがったら、そう説明しておいて。

　最後にもう一度、ほんとにごめん。あんな気まずいことになっちゃって。

　　　　　　　　　　　　　タイラー・メイヒュー

タイラーへ

　手紙をありがとう。説明しなくても大丈夫。わたし、妹さんとは仲良くしてるわけじゃないから。バンガローは同じだけれど。

友だちのベットは、妹さんはやいてるんだって言ってた。わたしたちのパパはカッコいいし、わたしのママは脚本家で、ベットのおばあちゃんはオフ・ブロードウェイの舞台に出ているから。ベットのお父さんのボーイフレンドは、ニューヨークの〈バレエ・ヒスパニコ〉のスターなの。わざわざ触れ回っているわけじゃないけど、そういうことってだんだん知られるものでしょ。たとえば、ハンナ・ミンターのご両親がペンシルヴァニア州のマタモラスにカジノを持っていることも、みんな知っているし（今は、売りに出しているんだって）。一緒に暮らしていれば、だんだんとそういう細かいことも耳にするようになるものだから。

　次のダンスのときに、もしわたしがまだいれば、会えると思う。でも、その前にうちに帰っているかもしれない。全員強制で、カヌーで湖を横断しなきゃならないのだけど、そのころ、うちでちょっと用事ができる可能性があって、少し早めに帰らないとならないかもしれないから。

エイヴリー

ガガへ

　今では、同じバンガローの子のほとんどと、すごく仲良い

よ。だけど、例のブリエル・メイヒューって子だけは最低。男子のキャンプの子たちとのダンスのとき、すごいけんかになったのも、ブリエルが原因。あたしとエイヴリーの父親がゲイだって言って。少なくともあたしはそれが原因だと思ってる。もみあいになって→リーダーたちが明かりをつけて→女子はバンガローへもどれって言われて→男子はバスに乗せられた。

お父さんとハビエルはどう？　いつか荷物をまとめて教会を出て、ニューヨークへ引っ越すことになっても、あたしはかまわないよ。ジュニーとレーズンが、歩道に積もった雪を見てどう思うかわからないけど、ニューヨークには、ガガがいるし、エイヴリーとクリスティナが住んでるから、きっと大丈夫だと思う。エンジェル＆サマー＆ほかの友だち＆サーフィンと別れるのはつらいけど。ぜんぶがなつかしくなるだろうな。

ひとつ、わかったのは、あたしは人のことを、思いどおりに動かすようなリーダータイプじゃないってこと。これまでだってそうじゃなかったんだと思う。

小さいころ、サンディエゴのそばにあったレゴランドの宣伝文句が、「ここでは、子どもが王さま」だったんだ。だから、初めてお父さんに連れていってもらったとき、中では子どもがなにもかも決めてるんだと思った。でも、そうじゃなかった。子どもが大人の行動を決めてるわけじゃなかったんだ。

これは、CIGIで「メディア・リテラシー」のクラスをとる前の話。そのクラスでは、広告は念入りに見なきゃならないって教わったからね。

　ガガ、いつもいろいろ聞いてくれて、ありがとう。大好きだよ。（だれかにこう書けって言われたわけじゃないけど、リーダーのジリーが「最後まで気を抜くな!」って言うから。大学では陸上をやってるんだって）

xo
ベットナンバー2

パパ＆クリスティナへ

　こちらでは、浮き沈みがはげしいです。いい日もあれば、悪い日もある。2回目のダンスパーティがあったんだけど、今回はずっと楽しかった。だれもけんかしなかったから。それに、少なくとも今回は、相手の男の子たちのことも知っていたし。というか、知っているってほどじゃないけれど会ったことはあったわけでしょ。

　今も、湖横断のことが不安なのは変わりません。でも、水に関係ないアクティビティもたくさんあるし、移動するときは必ず歌うの。おかげで、1日のうち5時間は、それでつぶ

れるし。

　今回の手紙は短くてごめんね。もう長さはチェックされなくなったの。封筒（ふうとう）を集めるだけ。だから、中身は空のまま送ることだってできるけど、もちろんそんなことはしません。

愛をこめて

エイヴリー

エンジェルへ

　今、ファー・ビュー・ターンのハンモックの上でこれを書いてる。本当は、ここが最高で、来年はエンジェルもきなよって誘（さそ）うところなんだろうけど。ま、確かに、今は楽しく過ごしてる。

　最初はそこまで楽しくなかったんだけど、今では、お気に入りの馬も見つけた（トリティップって名前なんだ）＆バレーボールもできる＆アーチェリーもサッカーも好き＆ロープ・クライミングも好き。あと、超（ちょう）面白いのが、借りもの競争。チームに分かれて、リストにあるものをぜんぶ見つけるんだ。めちゃ夢中になる。それに、食事はおいしいし、自分たちでアイスクリームを作ることもある。難しくはないけど、大昔みたいに容器についてるハンドルをずっと回さなきゃな

らないんだよね。この世には電動のアイスクリームメイカー
があって、ボタンをおすだけでいいのは知ってるけど、ここ
じゃ、「電気」っていうのは絶対使っちゃいけない恐ろしい
言葉だから。

　新しい友だちも何人かできたよ。いろんなところからきて
るけど、ニューヨークとボストンが多いかな。エイヴリーは
なんとかやってる。ここにきたのはエイヴリーと会うためで、
2人で楽しくやってるけど、エイヴリーは湖が嫌いだし、な
ぜかだれよりもたくさん蚊に刺されちゃうんだよね。それに、
寝つきが悪くて、夜中にしょっちゅう目が覚めるけど、夜中
の3時に話し相手にはなれないじゃん？　ていうか、夜中の
3時には、だれとだって話したくない!!!　ま、とにかくエン
ジェルに会いたいよ。あとちょっとで帰るから。そうしたら、
ぜんぶいろいろ話すね。おみやげも持って帰るつもりだけど、
マツボックリだけかも（でも、すっごく大きいやつ）。

愛をこめて
ベットより

パパ＆クリスティナへ

　あいかわらず、西海岸からきた女の子と一緒にいる時間は

長いけど、前ほどではありません。同じアクティビティが少ないから。それはそれでいいの。午前中は、たまに1人で行動する許可ももらったから、バンガローにもどって、荷物を整理したり、看護師さんに教えてもらった瞑想のトレーニングをしたりしてる。わたしがベッドの上にいて、森へいったり湖へ入ったりしないかぎり、リーダーのジリーはなにも言いません。どっちも、わたしがするはずないってこと、ジリーもわかってるんだと思う。

　夏が終わるのを指折り数えて待っている、とは言いません。一日中、そのことばかり考えているわけではないから。ここに自生している花をいくつか見つけました。たいていはものすごく小さいから、持ってきた本のあいだにはさんでおし花にしてる。ほとんどの子たちは、こうした小さな花なんか目に入っていません。存在することすら、知らないと思う。

愛をこめて
エイヴリー

ガガへ

　先週、近くのキャンプの男子たちと2度目のダンスがあったんだ。ボーイフレンドができたって報告じゃないよ。ちが

うから!!!　でも、コネチカット州のグリニッジからきた男の子とたくさん踊ったんだ。ニックって名前で、トーストのにおいがするの。いいにおいって意味ね。

　エイヴリーは、ず———っと!!!タイラーって男の子と踊ってた。複雑な事情がある子なんだ（ブリエルのお兄さんだって話はしたよね）。

　あたしはほっとしてる。タイラーのおかげでエイヴリーはおぼれる話!!!以外のことも話すようになったから。その話ばかり聞かされて、頭がおかしくなりそうだったんだ。タイラーの先祖はメイフラワーでアメリカにきたらしいよ（引っ越し業者の〈メイフラワー〉じゃないよ、イギリスからの移民を乗せてきた船のメイフラワー号。ほんとの話）。

ガガ、大好き!

xxoo

ベット

ドッグフィッシュへ

　今は真夜中で、バンガローの子たちはみんな寝てる。ドッグフィッシュも。だから、緊急用の懐中電灯をつけて書いてるの。

このキャンプを選んだのは、まちがいだった。スプレッドシートだけですべてを理解することなんてできなかった。そのことは学べたけれど、ここから生きて帰れるか、本当にわからない。

　今でも、カヌーに乗るのが怖くてたまらないの。本物の恐怖vsわたしの非合理的な恐怖。つまり、エアコンの室外機が落ちてきて死ぬとか。でも、これってみんなが思っているよりは、たくさん起こってる事故なのよ。

　だけど、今、目が覚めたのは、別の理由だと思う。

　わたし、自分が湖のことばかり言いすぎてるのはわかってるし、それでベットがイライラしてるのもわかってる。ベット、わたしのこと、怒ってる？　わたしたち、いつも一緒にいる必要はないし、だれだって、ときには相手にうんざりする瞬間があると思う。だから、今日の夕食のとき、マーキーと先に出ていったんじゃないかって思ったの。わたしを避けようとしてる？　好きなように行動したいって思ってる？　それなら、それでいいの。その気持ちはわかるから。たぶん。

　この手紙は、枕の下に置いておくね（起こさないといいけど）。そうしたら、明日読めるだろうから。

XXX

夜フクロウより

エイヴリー

　今、お手洗いに起きたんだけど、エイヴリーは眠（ねむ）ってるよ。それで、今、手紙を読んだ。なにも言う気はなかったけど、エイヴリーに聞かれたから、言うね。ううん、あたしはエイヴリーに怒（おこ）ったりしてない。ただ、カヌーのことは克服（こくふく）してほしい!!!って、心の底から思ってる。料理になにが入ってるか、しつこく聞くのもやめてほしい（肉は入ってないって言われたら、それを信じて）＆虫刺（むしさ）されとか夜に聞こえる音とか食べ物のバクテリアのことでいちいち大さわぎするのはやめてほしい。

　おたがい、ここではほかに友だちもできたし、二人三脚（さんきゃく）みたいにいつもペアでいる必要もない。ちなみに、明日はマーキーと組みたいんだ。気を悪くしないでね。だけど、マーキーとあたしならきっと勝てると思う。

　たまには好きなように行動したいかって言われれば、そうなんだと思う。だって、そもそもあたしたちに共通点ってある？　前はお父さんたちっていう共通点があったけど、それも終わったわけだし。エイヴリーがガガのことを好きなのは知ってるけど、ガガはあ!た!し!の!!!おばあちゃんで、エイヴリーのおばあちゃんじゃない。こんなこと言うの、失礼かも

しれないけど、あたしは四六時中エイヴリーを世界から守ってあげるわけにはいかない。かかりっきりになるわけにはいかないよ。

　あたしは、夜中にバンガローのみんなと湖に泳ぎにいきたい→いつもエイヴリーと残るのは、いや。馬に乗って森の中にも入りたい→道しか走らないのはいや。エイヴリーがしたくないことで、あたしがしたいことはたくさんある。

　ごめん。エイヴリーとは友だちでいたいけど、エイヴリーがこれを読んだら、誤解するような気がする。でも、それでも本当のことを言わなきゃと思ったんだ。エイヴリーに聞かれたからだよ。

ベット

Bへ

　この手紙を、ベットの収納箱の歯ブラシの下に置いておきます。目が覚めたら、すぐに読んでほしいから。

　今朝早起きして、ジリーに、湖横断のとき、ベットと別のカヌーにしてほしいと頼みました。そして、オーケーをもらいました。だから、ベットはマーキーと組めます。

　ベットの言うとおりだと思う。わたしたちにあまり共通点

はないから。パパたちがうまくいかなかったのは、よかった
んだと思います。わたしたちもうまくいかなかったというこ
とだし、たぶんその理由は、パパたちの理由と重なるものが
たくさんあると思う。ベットとベットのお父さんは2人とも、
むこうみずなところがあるし、それが他の人を危ない目に合
わせるかもしれないってことに気づいていません。

　今日の午前中は、レオナルド先生と町へいく予定。〈ポプラ〉
班の女の子を病院に連れていくの。クモにかまれて化膿した
から。一緒にいって手伝わせてほしいと頼みました（それに、
毒を抜くのか、抗生剤の注射をするのか、両方なのか、見て
みたいから）。

　心配しないで。もうベットのじゃまはしません。

　明日が湖横断で、1週間後には、ここを去るわけだから。

AAB

クリスティナ＆パパへ

　恐怖の〈湖横断〉前の、最後の手紙になります。湖横断は、
明日の午前中で、6時出発です。

　とても怖いです。きっと2人とも、怖がっていてはなにも
できないって言うだろうけれど、そんなふうに言ってもらっ

ても、ちっとも役立たない。ごめんね。

　リーダーはみんな、湖横断によって絆が生まれると言ってます。これ以上、まだ絆が必要なの?　これまでだって、食事も睡眠も、あらゆることを一緒にやっているのに。夏じゅうずっと、ここにいたんだから。

　今の時点では、早くここの人たちとの絆を切りたいし、そうしようと努力しているところ。

　とにかく、パパたちの言うとおり。きっとスリル満点。

　かも。

　祈（いの）ってて。

エイヴリーより

From: ジリー・ホランド
To:　　チェッシー・レオナルド
件名:　今日の湖でのことについて

- -

　なにがあったか、きちんと文章にして説明してほしい、その際は事実だけを書くように、とのことなので、今の時点ではまだ動揺（どうよう）していますが、やってみます。

　わたしは20歳（さい）で、メイン州のファー・ビュー・ターン・キャンプのシニア・リーダーをしています。リーダーとして参加したのはまだ3回目ですが、その前9年間、ターンっ子

でした。だから、このキャンプのことは、とてもよく知っています。

　わたしの班のメンバーは12名、マツボックリ班です。

　昨日は、キャンプ最後の〈湖横断〉の初日でした。カヌーで湖を横断し、対岸で1泊して、翌日、こちら側にもどってくる予定でした。

　湖は直径18キロで、たいていのカヌーは時速約5キロで進みますから、4時間かからずにわたれる計算になります。参加者は、このためにほぼ夏じゅうかけてトレーニングしていますし、わたしの班の12名の健康状態も、まったく問題ありませんでした。

　12名のうち1名だけ、エイヴリー・ブルームは、横断に不安を抱えていました。

　エイヴリー・ブルームは、シャーロット・キャナデイと組んでいました。シャーロットは班で一番のこぎ手です（体操をやっています）。

　ブリエル・メイヒューはパイパー・ティリーと、ベット・デヴリンはマーキー・ビショップと組んでいました。

　あとの子たちもそれぞれ適切な相手と組んでいました（今回の事件とは関係ありませんが、念のため）。

　カヌー1そうにつき、こぎ手は2人。あと、ボート用キットが積まれていました。緊急用ホイッスル、フロート付きけん引ロープ、カヌー内に入った水を排出するためのスポンジ

です。わたしのカヌーには、大型の応急処置セットも積んで
ありました。さらに、全員に水のペットボトルを2本ずつ、
栄養補給食品が4種類、配られていました。

　一番遅いカヌーのペースに合わせることも、全員がわかっ
ていました。1そうだけ先にいかせるようなことはなく、す
べてのカヌーが、声の届く範囲にいなければならない決まり
です。

　湖の対岸には、泊まることのできるバンガローがあるので、
寝袋などは持っていく必要はありませんでした。

　昨日は、スケジュール通りに反対岸に着くことができまし
た。夜も、なんの問題もなく過ごしました（パイパー・ティ
リーが午前3時に目を覚まして吐きましたが、デビルドエッ
グの食べすぎです。それ以上の問題は起きませんでした）。

　今日は、8時に出発しました。わたしは、ジュニア・リー
ダーのサーシャ・パプと一緒にカヌーに乗りました。

　途中、3回休憩をとることにしていましたが、3回目、岸
からそんなに離れていないところで休憩をとったときに、事
件は起きました。

　申し訳ありませんが、気分が悪くて書けないので、続きは
あとで書きます。

　その後、子どもたちの具合はどうですか？　一緒に救急車
に乗りたかったのですが、だめだと言われてしまって。

　本当に申し訳ありません。ほかに言葉もありません。ひた

すら申し訳ないと思っています。

From: サニー・メイヒュー
To:　ジェームズ・メイヒュー
件名: 今日、ファー・ビュー・ターンで、事故がありました

ジェームズ

　ブリエルは無事です。でも、今はメイン州の病院にいます。ほかにあと2人、入院しているそうです。わたしはこれからすぐ、病院へむかいます。あなたもニューアークから飛行機でこられるわよね。携帯をオンにしておくから、電話をちょうだい。さっきメッセージを入れておいたから。おたがい口をきかないなんて、バカバカしい。そんなことはもういいから、すぐ電話して。

サニー

From: ジュニア・リーダー　サーシャ・パプ
To:　チェッシー・レオナルド
件名: 今日の事故について

　最初にお伝えしておきたいのですが、わたしたちにははっ

きりした状況はわかりません。わたしたちの班の7そうのカヌーのうち4そうは、事故が起こった場所から離れたところにいたからです。そのとき、全員で10分間の休憩をとっていました。ジリーとわたしのカヌーを含めた4そうのカヌーは、少し離れたところで歌を歌っていました（3つのパートでハモるところでした）。離れていたのは、風で西のほうに流されていたからです。歌っていたことと、近くにいなかったために、問題が起こっているのに気づいたのは、緊急用ホイッスルの音がしてからでした。そのときにはもう、子どもたちは湖に落ちていました。

　ですから、このあとのことは、ジリーとわたしが子どもたちから聞いたことです（実際に、見たわけではありません）。マーキー・ビショップのカヌーには、前にマーキー、うしろにベット・デヴリンが乗っていました。2人ははしゃいでいて（もう少しで18キロ横断が終わるところでしたから）、マーキーがパドルを持ったまま、立ちあがろうとしました（確かにマーキーのバランス感覚はすぐれていますが、もちろんカヌーで立ちあがることは禁止しています）。そして、バランスをくずして、落ちかけたんです。そのひょうしに、落としたパドルがベット・デヴリンのこめかみにあたって、ベットはカヌーの右側の金属のヘリの部分に頭をぶつけ、そのまま湖に落ちました。

　他の子たちの話では、ベットの手が高くあがって、血が流

れ、次の瞬間ががくっと力が抜けたようになって（意識を失ったのだと思います）湖に落ちたのが見えたということです。

　しかも、ベットはライフジャケットを着ていませんでした。事故の数分前に、暑いからと言って脱いでいたそうです。当然規則違反です（もちろん、ジリーとわたしのところからは、見えていませんでした）。シャーロット・キャナデイとマーキー・ビショップも、ライフジャケットを脱いでいました。それも、わたしたちは気づいていませんでした。

　ベット・デヴリンは顔が下になって浮いている状態でした。すると次の瞬間、エイヴリー・ブルームがカヌーから湖に飛びこみました。そのせいでカヌーがかたむき、シャーロットも湖に落ちました（シャーロットもライフジャケットはつけていませんでしたが、泳ぎは得意です）。

　エイヴリー（ライフジャケットは着ていました）は、ベットのところまで泳いでいって、ベットをあおむけにしました。水中には血が流れ出ていたのだと思います。そのせいで、パイパー・ティリー（ブリエル・メイヒューと一緒のカヌーに乗っていました）が気を失いました（前の晩に吐いた子です）。

　エイヴリーは自分のライフジャケットを脱いで、ベットの体の下に入れ、ベットの顔が水の上に出るようにしました。しかし、相当の労力を要したため、エイヴリー（泳ぎは得意ではありません）は、かなりの水を飲んでしまいました。しかも、体を浮かせるものがなくなったために、沈みはじめま

した。この時点でパニックを起こした可能性もあります。シャーロットが、エイヴリーはふいに息ができなくなったように見えた、と言っていますので。

　すると、今度はブリエルが湖に飛びこんで、エイヴリーのほうへ泳ぎはじめました。

　ホイッスルの音が聞こえたのは、このときです。シャーロット（まだ湖の中にいました）が手をのばして、気を失っているパイパーからホイッスルをとったのです。

　わたしたちは事故現場へいって、事態をのみこむとすぐに、ジリーが携帯電話で救急に電話をしました。

　そのあとのことは、もうお聞きだと思います。

From: マーロウ・デヴリン
To:　　サム・ブルーム
件名: 病院の住所―エメラルド・ベイ通り1800

- -

　サム、エイヴリーは大丈夫だ。なによりもまず、それを伝えようと思った。エイヴリーをカヌーの上に引き上げたときは、ちゃんと自分で呼吸をしていたそうだ。きみに電話かメッセージで連絡しようとしたんだが、つながらなかった。たぶんまだ飛行機の中なんだろう。おれは運よく最初の飛行機に乗れたんだ。娘たちがずっと同じキャンプで一緒だったなんて信じられない!!!　おれたち2人とも、気づいてなかった

なんて。ポートランドまで飛行機でいって、レンタカーを借りて、時速160キロで飛ばしていったが、どうしてか警察に止められずにすんだ。きみの留守電を聞いたが、確かバンガーへ飛ぶと言っていたな。今は、ベットの病室にいる。頭のけがのせいで、鎮痛剤を打っている。神経医もきている。

　ベットに回復してもらわなければ。ベットはおれの子ども、大事な娘なんだ。

　おれの人生そのものなんだよ、サム。

留守番電話：クリスティナ・アレンベリーより

　エイヴリー、あなたは世界一勇敢な子よ。わたしもずっと、いろいろなものが怖かった。失敗すること、成功すること、赤ん坊の責任を持つこと。あなたは湖に飛びこんだ瞬間、恐怖を克服したのよ、命を救うために。

　あなたのパパとわたしは、自分たちは、なんてバカだったんだろうと思ってる。あなたとベットが、一緒にキャンプにいっていることも知らなかったんだから。だけど、一緒でよかった。

　劇場では、みんなで手をつないで目を閉じて祈った。わたしは昔ながらの意味で信仰心がある人間ではないけれど、ガガが先導役になって。声をそろえて「神よ、神でなくてもどなたでもいいですから、娘たちを助けてやってください。ど

うか、助けてください」って。

　エイヴリー、わたしたちは今、そちらへむかっているから
ね。わたしと、ガガと。マンションのディノスが運転をして
くれています。もう少しで着くから。もう少しで会えるから、
今、メッセージに残したことを直接言える。

　あなたの母親であることを誇<rb>ほこ</rb>りに思ってる。これまでも、
これからも。

From: ベティ・デヴリン
To:　　ベット・デヴリン
件名:　あたしの大切な娘たちへ

ベット＆エイヴリー

　このメールは、おまえたち2人へだけど、自分のためにも
書いてるんだ、正直に言うとね。眠<rb>ねむ</rb>れないんだよ。言葉を連
ねていると、おまえたちに話しているような気持ちになれる。
おまえたちと話したいんだ。そう、この先もずっと。

　2人とも絶対よくなるって、わかってる。2人ともあたし
の大事な娘だよ。あたしには娘はいなかったからね。一人息
子だったし、息子の夫は早く死んじまったから。ベット、そ
れから、エイヴリー、2人はあたしの人生の穴をすべて埋<rb>う</rb>め
てくれた。おまえたちが現われる前は、穴があることさえ気

340

づいてなかったのに。

　病院の看護師長に、全員出ていけって言われちまってね。残れたのは、ダグだけだ。ダグは、ベットの枕元のいすで寝ていいことになった。たぶん、全員いたら、うるさいってことだろうね。エイヴリー、サムもエイヴリーの部屋で寝たいと言ったんだよ。だが、だめだと言われた。エイヴリーの容態は落ち着いているし、部屋にはほかにも患者さんがいるからね。これ以上は許可できないと思ったんだろう。

　ドアマンのディノスが、車であたしとクリスティナをここまで送ってくれたんだ。9時間近くかかったよ。ディノスはちょうどプリウスの新車を買ったところでね、燃費がすごくいいんだ。

　病院へ着いて中へ飛びこむと、ダグとサムがたがいを支えあうようにしてすわっていた。嵐に吹き飛ばされそうになってるみたいに。2人とも泣いていて、あたしたちみんな、泣いちまったんだ。おまえたちのことをろくに知らないディノスまでね。

　2人とも、まだ危機を脱したとは言えないからね。こうしたことは、長くかかることもある。今はそっとしておくよ。

　エイヴリー、エイヴリーは今日のヒーローだよ。ブリエルって子も、そうさ。その子とトラブルがあったのは知ってるが、おまえたち2人を助けてくれたのは、ブリエルなんだよ。ブリエルも病院に運ばれたんだ。「経過観察」のためにね。

おまえたちを助けたあと、ショック状態になったそうだよ。人生っていうのは、つくづくふしぎなものだよ、それだけはまちがいない。

　今はモーテルにいるよ。8月の繁忙期だから、一部屋しかあいてなくてね。ディノスは折り畳み式のベッドに寝ている。サムはクリスティナと同じベッドで寝ているよ。クリスティナはサムに腕を回してる。写真を撮っておいたんだ。このときのことを、忘れてほしくないからね。あたしは、ソファーベッドに寝てる。どうせ眠れないってわかってるからね。だから、でこぼこのマットレスはあたしが使えばいいのさ。朝一番で病院にもどるしね。

　公演は代役の女優さんがやっていて、評判も上々らしい。それを聞いて、しばらくテキサスに帰ってみようかと思いはじめたんだ。またすぐにニューヨークにもどるつもりだけど、愛猫のシナモンと庭のようすを一度見ておかないとね。車で街を回ったり、裏のベランダでハエをやっつけながら親友のダイヤモンドと暑い暑いって文句を言ったりしたいんだよ。みんながいいって言ってるのに見そびれてるテレビ番組の「一気見」もやってみたいしね。

　だけど、心の底から望んでいるのは、かわいい娘のベットとエイヴリーが回復することだよ。

　あたしの望みはそれだけ。

　昨日にもどりたいよ。

愛をこめて
ガガ

From: マーロウ・デヴリン
To:　ハビエル・マルティネス、サム・ブルーム、クリスティ
　　ナ・アレンベリー、ベティ・デヴリン、ディノス・
　　トンブラス
件名: やった!

　いすじゃ眠れなかったから、起きて、2階にコーヒーを買
いにいったんだ。そしてもどってきて、人生最大のショック
を受けた。ベットが部屋にいなかったんだ。

　パニックになって、廊下に飛び出した（コーヒーをこぼし
てしまった。だれか、余分なシャツを持ってたら、持ってき
てくれないか?）。看護師さんに、ベットは大丈夫だと言われ
て、2人で探しにいったんだ。そうしたら、ベットは点滴ス
タンドを引っぱって、どうやってかエイヴリーの部屋を見つ
け出し、エイヴリーのベッドの横にもぐりこんでいたんだよ。

　病室に入っていったら、2人が並んで眠っていた。304号
室で、ベットとエイヴリーがぐっすりと。2人とも元気だ。
すばらしく元気だよ。

From: サム・ブルーム
To:　マーロウ・デヴリン
件名:　ニューヨークへもどるよ

- -

マーロウ

　もう一度確かめたいんだ。今日の午後、エイヴリーと私が
ニューヨークへもどってもかまわないって言ったのは、本当
に本心か？

　きみたちが必要なだけ、メイン州に残るつもりだったんだ。
それは、わかっていてほしい。マーロウ、命というのはかけ
がえのないものだな。当たり前のことだが、今回、病院にい
るあいだ、それしか考えられなかった。

　今夜、うちに着いたら、連絡する。なにか必要なことがあ
ったら──書かなくてもわかるよな。

From: ジリー・ホランド
To:　サム・ブルーム
Cc:　マーロウ・デヴリン
件名:　湖での事故について

- -

ブルームさま、デヴリンさま、

ベットとエイヴリーの班リーダーのジリーです。病院の廊下の自販機の前でお会いしました。覚えてらっしゃらないかもしれません。お二人ともすっかり動揺なさってましたから。

　お嬢さんがたが元気になられて心からほっとしています!!!

　今日、メールを書きましたのは、マツボックリ班からの詩をお送りするためです。キャンプの参加者たちはみな、事故のあと、すっかり動揺し、なかには早めに帰宅した子もいました。なので、残った子たちでなにか書いたらいいかもしれないと考えたのです。詩には、いろいろなことをほんの少しよくしてくれる力があると考えています。そこで、コンテストを開いて、マツボックリ班はこの詩に曲をつけました（『朝日のあたる家』【注：暗いメロディで注目されたアメリカのフォークソング】のメロディで歌おうとしたのですが、あまり合いませんでした）。結果は、3位でした。

かしこ

ジリー・ホランド

おそろしのカヌーの旅のバラッド

ファー・ビューの少女たちはカヌーで出発した。

朝日と朝露で輝く朝に

空は晴れわたり、もうしぶんなかった。

そう、事故が起こるまでは。天国から地獄へ。

1人の少女がまちがいを犯し、パドルがすべりおちた。

あっという間の出来事だった。

ベットはカヌーに頭をぶつけた。

しかし、エイヴリーが勇気を見せた。そして、ブリエルも。

2人はスーパーヒーロー。芯の芯まで、ターンっ子。

わたしたちの愛するベットは、恐ろしい運命を逃れた。

わたしたちの愛するエイヴリー、2人は姉妹のよう。

ここの夏は長く、導いてくれる電気の光もない。

けれど、闇の中でも光の中でも、

かたわらにはつねに友がいる。

愛をこめて

マツボックリ班より

From: エイヴリー・ブルーム
To: ベット・デヴリン
件名: 帰宅

　ベット、ベットがいつこれを読めるかわからないけど、送ります。脳しんとうのせいでしばらく電子機器は使えないと聞いてるから。パパとわたしはあいさつをするために病室の前までいったの。でも、ドアは閉まってた。ベットはちょう

どスポンジで体を拭いてもらっているところで、しばらくかかるって言われました。スポンジなんて、ちょっと気まずいわよね。それに、衛生的なのかな？　あ、こういうふうに連想していくのはやめなきゃね。

　キャンプで本当に面倒なことばかり言って、ごめんなさい。もう二度と謝らないでって、ベットは言ったけど、謝らずにはいられないの。わたしってなんでもやりすぎちゃうから。フクロウの特性なの（というのは、今、考えたでたらめ）。ベットも謝ってくれたね。無神経でいつも自分のやりたいようにやっちゃうからって。

　でも、本当に大切な人とは、けんかするのも悪くないって思う。一度、思っていることをはっきり言い合うと、前よりも親しくなれるんじゃないかな。いいことばかりじゃなくて悪いことも分かち合うことで、関係が本物になるっていうか。相手に対して誠実になるって、そういうことよね。

　今回わたしたちのあいだにあったことは、そういうことだと思ってる。それって、けんかのあと、2人とも「ターン」という著しく危険なもののせいで死にかけたからだけじゃない。そうじゃなくて、1. わたしはベットが好き、2. ベットのおかげで、ありのままの自分を肯定できる、から。

　わたしたちは今や、2人とも、終身ターンっ子!　二度とあのキャンプにいくつもりはないけど、あの場所のことを忘れるって意味じゃない。これから一生、毎日、思い出すと思

う。それと、すごくすてきでびっくりするようなことがあるの。ベットが重体で、わたしは肺に大量の水が入った状態からやっと回復しはじめたときに、起こったこと。

パパたちが仲直りしたの。わたしたち、死にかけたことでやっと、もう一度2人をつなげることができたというわけ。今のところ、パパとクリスティナに内緒（ないしょ）でベットと同じキャンプにいったことについては、なにも言われてない。これから叱（しか）られるかもしれないけど。

看護師さんに聞いたら、神経科のお医者さんがいいって言うまで、ベットは入院してないとならないみたい。神経科の検査のあいだ、わたしも病院にいたかったな。理由はたくさんある。神経学は、医学のなかでも一番難しい専門領域だと考えられているのよ。

湖横断のことは怖（こわ）くてしょうがなかったし、なにか問題が起こるかもっていうわたしの予想もあたっていたと思う。でも今は、本当の問題は、「なにが起こるかわからない」ということだと思ってる。なにが起こるかわからないから問題なのよね。よかったことは、おかげで、大学の入学選考に提出する論文の、すごくいいテーマを見つけられたこと。「サマーキャンプで1人の命を助けるに至った経緯（けいい）——意外な仲間の助けを借りて」

でも、本当は「1人の命」なんかじゃない。わたしの一番の親友の命だから。わたしの姉妹（親の結婚じゃなくて、自

分たちの意志による）、わたしのドッグフィッシュの命だから。

XO

P.S.　キャンプでは、わたしたちの持ち物をぜんぶまとめて、病院に持ってきてくれました。それで、速報!　タイラーはブリエルと家に帰ったんだけど、彼の〈ストーン・ポイント・キャンプ〉のロゴ入りのグリーンのパーカーをわたしにくれたの。手紙が付いてて、ブリエルと一緒にニューヨークで会わないかって。だから、タイラーたちに会うかも。病院に2人のご両親もきたのよ。

From: ベット・デヴリン
To:　　エイヴリー・ブルーム
件名: 勇気＆エイヴリー

夜フクロウ

　やっと!!!ノートパソコンを持ちこめるようになったよ。脳しんとうとかいうやつは、マジたいくつ。ひたすら眠って、電話はなし、テレビもなし、電子機器もなし。だけど、それも今日で終わり!　でも、10分でメールを書かなきゃならないんだ。脳を刺激しすぎるとか、そんなようなことを心配し

てるらしい。だから、どんどん書くね。あのとき、カヌーに乗っていた→次の瞬間、気づいたら、マーキー・ビショップに頭をなぐられていた→で、今、入院5日目。

　エイヴリーが言ったこと、ぜんぶ!!!そのとおりだと思う。もしエイヴリーがとなりのカヌーに乗ってなかったら、どうなってただろうって、ずっと考えてる。他の人が間に合うように、きてくれた？　それは一生わからない。

　でも、これはわかってる。これから一生、ボートに乗るときはライフジャケットをつけること＆マーキー・ビショップとは一生同じカヌーに乗らないこと（でも、入院3日目に、マーキーのパパとママから、めちゃめちゃゴージャスなシーソルト・キャラメルのボックスが届いたんだ。だけど、きっとあたしたちに訴えられないようにだと思う）。

　調理師さんの一人が、あたしたちが病院に連れていかれるところをスマホで録画してたんだってね。それが本当なら、見たいな。特に、あたしたちが2人とも同じ救急車に乗せられたんなら、絶対見たい。それって、来年のファー・ビュー・ターンの『ターンっ子のようす』ビデオには絶対登場しないよね。

夜フクロウへ愛をこめて
ドッグフィッシュ

P.S. タイラーとブリエルがニューヨークに会いにくるなんて、すごい!

From: **エイヴリー・ブルーム**
To: 　**ベット・デヴリン**
件名: **近況**

- -

　ガガが、メイン州のモーテルに泊まったとき、クリスティナとパパが同じベッドに寝ている写真を撮ったの。クリスティナはパパに腕を回してる。ガガが送ってくれたから、火曜日にプリントアウトして、額にかざったんだ。パパはそれを見るたびに、笑ってる。

　ベットたちがカリフォルニアに帰ってから、ベットのお父さんとパパがしょっちゅう電話で話してるのは知ってる? びっくりじゃない?

　こうなったのって、もしかしてぜんぶ、わたしたちのおかげ? パパは電話でしゃべるときに書斎にいって、わたしには聞こえないようにしてる。ベットなら、パパたちのメール、読める? 2人がなにを話してるか、わかるかな?

　あとで、電話するね。今日、ママに会うんだけどガガにも会うから。わたし今、「クリスティナ」じゃなくて「ママ」って書いたね。ちょっとへんな気分。びっくり。

愛をこめて
夜フクロウより

From: ベット・デヴリン
To:　エイヴリー・ブルーム
件名: ニュース!!!

　お父さんはとうとうメールのパスワードを書いた封筒を靴下の引き出しにしまうのをやめちゃったんだよね。だから、今はお父さんのことはわからない。あ、わからないのは、お父さんのメールだけね。まだエクスペディアのアカウントには入れるから（こっちのパスワードはそのまんま）。

　でね、なにを見つけたと思う!? 　ニューヨーク行きのチケットの予約! 　こっちからはなにも言わないつもり。一世一代のニュースを待って、心の準備をしてるところ。

▶3か月後

From: InviteOnline@WeddingInvitationsTheGreenWay.
com
To: Undisclosed Recipients
件名: 結婚式のご招待状

下のボタンをクリックして、内容をご確認の上、出欠のお返
事をよろしくお願いいたします。

From: エイヴリー・ブルーム
To: ベット・デヴリン
件名: 大切な質問

　ベットはなにを着ていく⁈⁈⁈⁈

　2人の服を合わせなきゃ!!!!!!　同じものを着るのはだめだ
けど、たがいに引き立てあうようなものを着るの!!!!!!　「引
き立て役」になるっていう意味じゃないからね。「引き立て
あう」って、つり合いをとるとか、相性がいいとか、そうい
う意味!!!!!!!　いい言葉!!!!!!って思う。わたし、湖に沈んだと
きの酸素欠乏のせいで言葉がうまく使えなくなってないか、
つい確かめちゃうの。これまでのところは問題なし!!!

　よかった!

　とにかく、今回のことは本当にうれしい!!!　ううん、うれ

しい以上!!!!!!　ううん、うれしいとかとは別の気持ち!!!!!!!
ぴったりの言葉が見つからない!!!!!!!　でも、見つからなくたって問題ない!!!!!!!

　!!!!!!だらけのメールでごめん。わたし、さけんでるんだと思う!!!　だってそういう気分だから!!!!!!

　こうなるって（それも、こんなに早くこうなるって）わかってた、とか言わないでよ。そんなの、信じないから!!!!!!

From: ベティ・デヴリン
To:　ベット・デヴリン、エイヴリー・ブルーム
件名: 言っておきたいこと

- -

娘たちへ

　大事な日を前にして、いくつか書いておきたいことがある。まずは一番大切なこと。「2人とも、愛してるよ」
　この言葉だけは、古臭（ふるくさ）くなることはない。地球で最期の息を引き取るときに、最後に言いたい言葉もこれだよ。そんなことはしばらく先だといいと思うけど、こればっかりはわからないからね。
　結婚式（けっこんしき）が近づいてくるにつれ、子どもを育てるっていうのはどういうことか、つくづく考えている。おまえたち2人は、ピッカピカの硬貨（こうか）みたいに賢（かしこ）いし、おまえたちから教わるこ

ともたくさんある。だが、これはあたしからの手紙だからね、あたしから話しておきたいことを書かせてもらうよ。

　ベットのおじいさんのアルデン・デヴリンはあまりにも早くこの世を去っちまったがね、ちゃんとやることはやったよ。もちろん完璧(かんぺき)じゃなかったけど、なんとか息子のことを理解しようとしていた。時がたつにつれ、少しずつ楽になったようだよ。アルデンは受け入れることを学んだんだ。それは、息子のほうも同じだ。

　アルデンは、息子のダグ（マーロウでもいいけどね、なんでいちいち名前を変えたんだろうね、まったく面倒(めんどう)ったらありゃしない）に、「親になる」というのはどういうことか、身をもって示した。それが、人生において大切なことなんだよ、身をもって示すってことが。教えなきゃいけないことはたくさんあるけど、模範(もはん)を示すのが一番さ。自分の子どもが子どもを持ったときに、きちんと責任を引き受けられるように育てるのが、いい親っていうもんなんだよ。

　ベット、おまえのお父さんは勇敢(ゆうかん)だったよ。若いうちから、人を愛することについては勇敢(ゆうかん)だった。学ぶのは、子どもだけじゃない。親も、子どもから学ぶものなんだ。

　つまり、おまえのお父さんはあたしに、勇気を持って生きることを教えてくれた。ダグが勇敢(ゆうかん)に生きるのを、あたしはこの目で見てきたからね。めぐりめぐるってやつさ。ダグは（わかってるわかってる、マーロウだろ）シカゴでサムに出

会い、2人とも独身で娘を育てていた。2人とも、娘のこと
を愛していた。2人は、娘たちが友だちになるといいと願い、
（いつか）姉妹になることを望んだ。

　そして、おまえたちは姉妹になった。試練に立ち向かい→
突破<ruby>突破<rt>とっぱ</rt></ruby>したんだ。

　家族というのは、つねに形を変えつづける。<ruby>結婚式<rt>けっこんしき</rt></ruby>の前に、
それを言っておきたかったんだよ。この1年で、あたしたち
の家族はより大きく、よりすばらしくなったからね。

　2人とも、愛してるよ。これからもずっとね。

ガガ

From: エイヴリー・ブルーム
To:　　ベット・デヴリン
件名:　リハーサル・ディナー

- -

　今日の夜は本当に楽しかった。夜ふかしって楽しいね。今
は、月を見てる。今夜は十三夜ね。十三夜ってあんまりきれ
いな呼び方じゃないけど、月はとてもきれい。

　もしかしたら、すべてがきれいに見えるのは、<ruby>結婚式<rt>けっこんしき</rt></ruby>の前
の日だからかも。

▶ 結婚式の翌日

From: ベット・デヴリン
To: 　ベティ・デヴリン
Cc: 　エイヴリー・ブルーム
件名: お祝いの言葉!

ガガ

　この手紙は2人から。打ってるのは、あたしだけどね。本当は起きてちゃいけないんだけど。だって、夜中の2時まで踊ってたんだし。だけど、あたしたち2人とも、ブラインドから日がさしこんできたら、もう眠れなくて。まだ興奮してるから。

　というわけで、どうせもう起きてるから、昨日の夜ガガに頼まれたことをすることにしたんだ。あたしたちの結婚式のスピーチを送るね。

　スピーチしたときとまったく同じじゃないかもしれないけど。ちょっと写真と似てるかも。つまり、写真写りが悪くても、実物のほうがいい!!!!!!ってほうがいいじゃん?　その逆よりは。まあ、デジタルだと、写真ではよく見えるのに、実物はそんなによくない!!!!!!ってほうが多いけどね。今は写真はシェアされて、その人のブランドになるからね。

　エイヴリーとあたしはまず、別々にスピーチを作ったんだ。

それから、2人で何度もやりとりした。ほら、学校のグループ課題みたいに。もちろん、今回のは本番だったわけだけど（学校では、必ず1人はなにもやらない子がいるよね）。

　まさか、ガガが泣くとは思わなかった。お父さんたちは泣くだろうと思ってたけど。お父さんたちは涙もろいからね。

　エイヴリーが今横で、バーテンダーの人も泣いてたよ、って言ってる。だけど、季節の変わり目のアレルギーのせいかも、だって。それか、ライムを山ほどしぼったせいって可能性もあるよね。

　この下のがスピーチの原稿。実際スピーチをしたときは、1行あきのところで、エイヴリーとあたしと交代したんだ。まあ、今みたいに文字で読むときは、そんなことはどっちでもいいだろうけど。

スピーチ

　今夜は、結婚式のお祝いに参加できてとてもうれしいです。

　わたしたち2人とも、本物の結婚式に出席するのは、初めてです。こんなことになるなんて、信じられない気持ちです。2人のことが大、大、大好きだし、家族で結婚式を祝いたいという夢がかなったからです。

結婚式がどういうものかは知っています。美容院にいくと、必ず「花嫁さん」という雑誌が置いてあるからです。「花婿さん」という雑誌は見たことがないけれど、これもまた、差別の一例だと思います。わたしたちはこれからもこういったことに目を光らせていくつもりです。

　わたしたちは2人とも13歳になりました。年上の人たちに比べれば、経験も少ないけれど、いろいろなことを目にしてきました。たとえば、

　ひとつの物語が終わっても、また別の物語が始まること。

　家族というのは、離ればなれでなく、一緒にいたいと願う人たちで作られること。

　どういう形が家族で、どういう形がそうでないかは、だれにも決められないこと。もちろん、決めつける人はいるけれど、そんなことに耳をかたむける必要はないし、かたむけてはいけないのです。聞かなければならないのは、自分の心の声だけだから。

　心配しなくていいことを心配するときがあること。

大胆な人もいれば、怖がりの人もいるけれど、大胆な人が怖がって、怖がりの人が大胆になることもあること。

　愛は、思いもかけないときに見つかること。それは、愛する対象が、人でも新しい仕事でも同じです。たとえば、一度もやったことがなかったのに、いきなり始めた女優業とか。

　ぜんぜんちがう人同士が一緒になって、人生が結びつくこともあること。たとえ、ときには相手にイライラしたりすることがあっても、人間だから当たり前だということ。

　一緒になる運命の人たちがいること。

　一緒にならない運命の人たちもいること。

　最初、わたしたちは、お父さんたちが一緒になるのはまちがっていると思いました。

　それから、おたがいのことを知るにつれ、お父さんたちのことは最高にすてきだと思うようになりました。

　なぜなら、それはわたしたち2人にとって、最高にすてき

なことだったから。

　わたしたちは姉妹になりたいと思いました。ベット・デヴリン＝ブルーム＆エイヴリー・デヴリン＝ブルームのほうが、ベット・ブルーム＝デヴリン＆エイヴリー・ブルーム＝デヴリンよりも、音の感じがいいとも。

　でも、わたしたちがそうやって盛りあがっている一方で、お父さんたちのあいだはうまくいかなくなって、わたしたちにそれを止めることはできませんでした。

「あなたたちは愛しあってはいけません」なんて、決して言うべきではないけれど、たぶん、「あなたたちは愛しあいなさい」も、言うべきではないのだと思います。

　わたしたちがほしかったのは、元の家族より大きな家族でした。お祝いしたくて、結婚式<ruby>結婚式<rt>けっこんしき</rt></ruby>がしたかったんです。だから今夜、わたしたちは夢を実現することができました。

　もちろん、わたしたちの力ではありません。でも、わたしたちも少しは役立ったと思います。わたしたちは夜フクロウと、ドッグフィッシュ。1人は夜フクロウのように賢くて<ruby>賢<rt>かしこ</rt></ruby>くて＆夜遅<ruby>夜遅<rt>よるおそ</rt></ruby>くまで起きて、いろいろなことを観察しています。もう

1人はサメのように荒々しくて＆つねに行動を起こします。わたしたちにはなんの共通点もないように見えるかもしれませんが、そうではありません。わたしたち2人が一緒になれば、陸＆空＆海をすべて網羅できます。わたしたちは2人でひとつのチームなのです。

　でも、今夜のお祝いは、別のチームのことです。ディノスとガガまたの名をベティが恋に落ちたお祝いだから。

　2人は同じ年ではありません（ごめんね、ガガ。ただ、ガガのほうが年上だっていうのは、事実ってだけ）。出身地もちがいます。育った環境やこれまで生きてきた世界もちがいます。でも、ガガは、夫のアルデンを失くしました。ディノスは妻のカリスタを失くしました。

　ガガは今、女優でニューヨークに住んでいます。ディノスは、ガガのマンションの主任ドアマンです。ガガはテキサス出身です。ディノスはギリシャ出身です。

　そして、2人は愛しあっています。

　2人はそのことに、メイン州へむかうディノスの車の中で気づきました。

グーグルマップのアプリが反応しなくなったときに、ガガが道案内できたという理由だけではありません。

　ディノスが、ガガの手作りのピーナツブリトルを食べたあと、歯医者さんにいくはめになったのに、また食べたいと言ったからでもありません。

　ディノスが世界一おいしいコーヒーをいれるからでも、オペラ＆芝居＆サーディンのサンドイッチを好きだからでもありません。

　そんなことよりもっと大きなことを、相手の中に見ているからです。つかんで、決して放したくないものを。

　2人は、おたがいの魂を生き生きさせることができるのです。

　だから、今夜、わたしたちはここにいるのです。

　ガガ、ディノス、新しい生活が始まったばかりですね。わたしたち、エイヴリー・アレンベリー・ブルームとベット・ガルシア・デヴリンは、いつも2人のそばにいるからね。

この部屋にいる全員が、同じことを言うために集まったのです。

　家族は、どんどん変わったっていい。姉妹だって、それは同じ。

　ガガ、ディノス、2人はわたしたちのおばあちゃんとおじいちゃんです。いろいろな意味で!

　そして、お父さん、パパ、2人は今は友だちよね。

　これからもずっとそうだと思う。だって、バイクで中国を横断したんだから。そのおかげで、クリスティナがわたしたちの人生に大きく関わることになったのだから。

　そして、ガガとディノスがお付き合いするようになったのです。

　今日は、いろいろなところから大勢の友人がかけつけてくれました。ギリシャから。テキサスから。結婚式を執り行ってくださったエヴァン判事。『空の半分を支えて』の俳優やスタッフのみなさん。それぞれの夏のキャンプの友だちも何

人か、きてくれました（ブリエル＆タイラー＆パイパー＆ディルシャッド＆ジャスミン、ありがとう!）。32BJドアマン組合のみなさん＆もちろん、親戚のみなさん。

ディノスの3人のお子さん、ヘレンとヴィヴィとドミトリィと、そのご家族のみなさん。みなさんにお会いできて、とてもうれしいです。エポリア、エポリアはディノスの孫娘で、つまり、これからはガガの新しい孫娘になるわけだけど、なんとわたしたちと同じ年! サマーキャンプには興味ある?

同じく孫息子のジャレン＆ビリー、新しいベビーシッターが2人増えたってことよ。これから2人と会えるようになるのを、楽しみにしてる。

シャンパンを飲んだあとはスペシャル・ダンスがあります。

ディノスとガガがまず、踊ります。それから、ガガがマーロウと踊って、ディノスがヴィヴィ、そして、ヘレンと踊ります。それからエイヴリーがサムとフロアに出て、あたしもお父さんとダンスします。ヴィヴィは今度はココと踊って、シルヴィアとシドも加わります。

クリスティナは、CIGIのダニエル・バーンバウムと踊りま

す（2人がまだ連絡をとっていたなんてびっくり。もちろん、ぜんぜんかまわないけど）。

　そしてそのあと、みなさんで踊りましょう。

　あと、最後に。全員、ハビエルみたいに踊るよう、がんばって!

　もちろんまったく同じってわけにはいかないけど、ハビエルがお手本を見せてくれるから。

　ダンスは、精神を自由に解き放ってくれます。これはわたしたちの言葉じゃなくて、ハビエルの言葉。

　家族に乾杯。お父さんたちと、お母さんたちと、兄弟姉妹と、おじいちゃんおばあちゃんと、おじさんおばさんと、いとこたちに乾杯。

愛に乾杯!!!

全員に乾杯!!!!!!

訳者あとがき

　この本をパラパラとめくって、すぐに気づかれた読者もいるかも——そう、このお話は約99%がメールだけで進んでいきます（あと、１％は手紙＋ショートメッセージ）。

　今はさまざまなSNS（インターネットを介して人と繋がるサービス）があり、場面や相手によって使い分けている人も多いと思います。そんなみなさんには、一昔前までは、だれかと連絡を取りたければ、会って話すか、電話をするか、手紙を書くくらいしか方法がなかったなんて、信じられないかもしれません。今なら、ベットがやったように、メールアドレスさえわかれば、すぐに連絡が取れるのですから。

　そういう意味では、今の時代でなければ、この物語は生まれなかったと言えるかもしれません。アメリカの西海岸カリフォルニア州で暮らす12歳のベットは、東海岸のニューヨーク州に住んでいる同じく12歳のエイヴリーにメールを出します。といっても、２人は会ったことはもちろん、その日までおたがいの存在さえ知らなかった者同士。ベットがお父さんのメールを盗み見て、２人のお父さん同士がお付き合いをして、娘たちを同じサマーキャンプに行かせようとしていることを知って、エイヴリーのメールアドレスを調べたのです。

　12歳という以外、何１つ共通点のない２人ですが、大人たちの勝手な思惑でキャンプに行かされるなんてとんでもない！　という思いは同じ。相手の出方を探るようにジャブを打ったり、たま

にはストレートをくりだしたり、しぶしぶながらメールのやり取りをしているうちに、だんだんとお互いの生い立ちや趣味、性格からものの考え方などを知るようになります。スポーツが得意で、動物が好きで、思いついたことはなんでも口にする（書く）ベットと、読書が好きで、物知りで、生真面目なエイヴリーは、正反対。水と油のような（エイヴリーの言葉を借りれば「雪と花崗岩」のような）2人に加え、ベットのお父さんのマーロウと、エイヴリーのお父さんのサム、ベットのおばあちゃんのガガや、エイヴリーのお母さんのクリスティナなど、一筋縄ではいかない面々が集まって、物語は思わぬ（!）方向に進んでいきます。

　最初に、今でなければこの物語は生まれなかったかも、と書きましたが、実は昔から書簡体小説というジャンルがありました。登場人物の手紙（書簡）のやりとりからストーリーが進んでいく小説です。それどころか、文学の歴史で初めての小説とされている作品も、『パミラ』という書簡体小説でした。ほかにも、ウェブスターの『あしながおじさん』やゲーテの書いた『若きヴェルテルの悩み』など有名な作品があります。

　メールはもちろん、ラインやツィッター、インスタグラムなどの短いメッセージでも、やり取りするうちにその人の人柄がにじみ出てくると思いませんか？　このお話を読んだ後、みなさんもきっとベットとエイヴリーが友だちのように感じるのではないかと思います。

　最後になりますが、編集の喜入今日子さんに心からの感謝を!

2020年5月　　三辺律子

ホリー・ゴールドバーグ・スローン
Holly Goldberg Sloan

ミシガン州生まれ。オランダ、トルコ、そして、ワシント
ンDC、オレゴン州などさまざまな場所を巡った後、現在
はカリフォルニア州サンタモニカで暮らす。映画の脚本、
監督などを手がける。脚本作品に『エンジェルス』、原案に
『メイド・イン・アメリカ』など。前作『世界を7で数えたら』
は、クゥヴェンジャネ・ウォレス主演で映画化が決まっ
ている。

メグ・ウォリッツァー
Meg Wolitzer

1959年生まれ。ニューヨーク在住の小説家。「天才作家
の妻　40年目の真実」は、メリル・ストリープ主演で映
画化。数々の作品が、ニューヨークタイムズのベストセ
ラーとなる。

三辺律子
さんべりつこ

英米文学翻訳家。訳書に、「マジカル・チャイルド」シリー
ズ（小峰書店）、『ジャングル・ブック』（岩波書店）、『お
いでフレック、ぼくのところに』（偕成社）、『世界を7で
数えたら』、『おじいちゃんの大脱走』（共に小学館）など
多数。共著に『12歳からの読書案内　海外作品』など。

SUPER!YA
夜フクロウとドッグフィッシュ

2020年7月14日　初版第1刷発行

作	ホリー・ゴールドバーグ・スローン
	メグ・ウォリッツァー
訳	三辺律子
発行者	野村敦司
発行所	株式会社小学館

〒101-8001 東京都千代田区一ツ橋2-3-1
電話 03-3230-5416(編集)
　　　03-5281-3555(販売)

印刷所	萩原印刷株式会社
製本所	株式会社若林製本工場

Japanese Text©Ritsuko Sambe 2020
Printed in Japan　　　　　ISBN978-4-09-290587-0

制作／後藤直之　資材／斉藤陽子　販売／筆谷利佳子　宣伝／綾部千恵
編集／喜入今日子

フローラ

エミリー・バー 作　　**三辺律子** 訳

記憶障害の少女フローラが、たったひとつ覚えて
いたのは、あこがれの彼と水辺でキスをしたことだ
った。それまで、一人でどこへも出かけたことがなか
ったフローラが、彼を探して旅に出た。こぼれ落ち
ていってしまう記憶……。

本当の自分は、どこにあるのか？
それは、自分探しの旅だった。

人生が
変わる!

世界を7で数えたら

ホリー・ゴールドバーグ・スローン 作

三辺律子 訳

天才児だけれど人とつきあうのが苦手な12歳の少
女ウィロー。彼女の最大のこだわりは、数字の7と
植物。唯一の理解者だった養父母の突然の死によ
って、ひとりぼっちになってしまったウィローが、困
難を乗りこえ自分の生きる場所を見つけるまでの、

ちょっと風変わりな
新しいキズナの物語。